Auf den Glauben an die Magie der Liebe, des Glücks bis ans Ende aller Tage und der Märchen!

Denkt immer daran: Alles geschieht aus einem bestimmten Grund! Auch wenn du es nicht verstehst, wirst du eines Tages zurückblicken und BOOM, die Gründe erkennen, warum deine Reise so verlaufen ist.

MAYRA STATHAM

UNTIL US

BLAZE

ROMANCE EDITION

UNTIL US: ***BLAZE***

Mayra Statham

Aus dem Amerikanischen von Jennifer Kager

1. Auflage

Covergestaltung: © Sturmmöwen
Titelabbildung: © New_World (shutterstock)
Redaktion & Korrektorat: Romance Edition

Printed in Germany

ISBN-Taschenbuch: 978-3-903413-08-5
ISBN-EPUB: 978-3-903413-09-2

www.romance-edition.com

Prolog

Milagros ›Millie‹ Delgado

Mein Blick blieb an ihrer Hand hängen. Sie war klein und zart, ihre Haut vom Alter und der Sonne gezeichnet. Als sie leicht meine Finger drückte, um meine Aufmerksamkeit zu erlangen, schwoll der Kloß in meinem Hals weiter an. Ich wusste, wie viel Kraft sie diese sanfte Berührung abverlangte. Das Hintergrundpiepen der Maschinen, an die sie angeschlossen war, erinnerte mich stetig daran. Aber ich hatte zu große Angst, um in ihre dunklen, wissenden Augen aufzuschauen.

Das Ende war zu nah und ich einfach nicht bereit.

Ich betrachtete die zierliche Hand in meiner. Wann waren ihre Hände so geschrumpft? Wenn ich an meine Mutter dachte, hatte ich sofort das Bild einer starken Frau im Kopf, die voller Tatendrang durchs Leben fegte. Sie hatte stets hart gearbeitet, heftig geliebt und war loyal.

Krebs war allerdings ein böses Miststück.

Meine Mutter, meine beste Freundin, war zu einem Schatten ihrer selbst geworden, und ähnelte kaum noch der Frau, die ich einst kannte.

»*Mira me, Mija*«, drängte sie mit brüchiger Stimme. Ich holte tief Luft, bevor ich zu ihr hochsah.

»Ich bin hier, Mom«, erwiderte ich. Sie hob die Hand und umfasste meine Wange. Die Schmerzmittel hatten ihre Sicht verschlechtert.

»Mein schönes Mädchen. *Mi niña.*« Ihre Lider schlossen sich langsam, ehe sie heftig hustete. Die Schmerzen, die sie dabei empfand, waren ihr deutlich anzusehen, und ich wünschte, ich könnte ihr dieses Leid abnehmen. Doch das konnte ich nicht. Ich saß bloß hilflos neben ihr und hielt ihre Hand, während ich darauf wartete, dass sie mich verließ.

»Mom, du solltest dich ausruhen ...«, begann ich, als sie ein weiterer Hustenanfall ereilte und mich unterbrach, dann schüttelte sie den Kopf.

»Das werde ich«, versicherte sie mir, als sie sich wieder beruhigt hatte. »Bald, aber ...« Sie atmete tief ein. Heiße Tränen stiegen in mir auf, aber ich schluckte sie wie die Verzweiflung hinunter, die ich am liebsten hinausgeschrien hätte. Zusammen bildeten sie einen dicken Kloß in meinem Hals, so groß wie ein Anker. »Zuerst musst du mir versprechen ...«

»Mom ...«

»Versprich es mir«, drängte sie. »Versprich es.«

»Mom.«

»Bitte. *Por favor, mi niña chula*, ich muss es hören. Du musst es mir versprechen«, wiederholte sie.

Unfähig, ihrem Blick weiter standzuhalten, sah ich zu Boden. Allein der Gedanke an das, was sie von mir verlangte, war zu viel für mich. Die Vorstellung eines Lebens ohne sie stimmte mich unfassbar traurig, dass ich es mir nicht ausmalen wollte.

»Mom, lass uns nicht darüber reden.«

»*Mija*, das Leben ist zu kurz«, sagte sie, und ich schaute zu ihr auf. »Und ich weiß, wie kurz.« Die Tränen in meinen Augen wurden mit jeder Sekunde schwerer, also atmete ich tief durch, damit sie sich nicht Bahn brachen. »Mir bleibt nicht viel Zeit, Millie. Versprich mir, dass du dein Leben nicht vergeuden wirst.«

»Du hast deines auch nicht vergeudet«, betonte ich. »Du kamst mit nichts hierher und hast dir alles, was du mir und

Candi gegeben hast, hart erarbeitet.« Meine Schwester Candi war am Morgen hier gewesen. Unser Vater hatte sich vor ihrem fünften Geburtstag von Mom getrennt, und unsere Mutter hatte Unglaubliches vollbracht. Mit der Unterstützung unseres Großvaters, ihres Dads, kaufte sie ein Haus, damit wir einen Ort hatten, an dem wir uns ein Leben aufbauen und endlose Erinnerungen erschaffen konnten. Auch wenn das Geld meist knapp war und wir den Gürtel enger schnallen mussten, waren wir immer glücklich. Denn Liebe hatten wir im Überfluss.

»Das weiß ich, Milli. Und ich bereue nicht eine Sekunde davon, *Mija*. Ich bin zufrieden damit, wie alles gekommen ist. Dennoch wünsche ich mir etwas anderes für dich. Du verdienst mehr. Los Angeles ist nicht das, was es zu meiner Zeit gewesen ist. Hier zu leben, ist zu hart. Zu teuer. Nimm deine Wohnung zum Beispiel, wenn man sie überhaupt so nennen kann. Sie ist winzig, die Miete aber enorm hoch.«

»Mom«, stöhnte ich.

»Du tust nichts als zu arbeiten und anschließend nach Hause zu gehen. Du lebst nicht. Also versprich es mir.«

»Mom ...«

»*Ven aqui*. Komm her.« Sie bedeutete mir, näher zu kommen, also beugte ich mich vor und schmiegte mich an ihre kleine Gestalt. Den Kopf auf ihre Brust gebettet, strich sie mir durchs Haar. »Ich liebe dich, Milagros. Mein persönliches kleines Wunder«, flüsterte sie an meinem Scheitel. Trauer übermannte mich, und ich schloss die Augen.

Mir war diese Geschichte wohlbekannt. Ich war ihr Wunder und Candi die Süße in ihrem Leben. Zu wissen, dass ich diese Geschichte nie wieder hören würde, machte mich wütend. Weil ich nichts tun konnte, um es zu verhindern.

»Es ist nicht fair, *Mija*, aber solange wir den *Bonito*, die Schönheit, bewahren, ist es das wert. Ich will, dass du etwas aus deinem Talent machst. Vergeude es nicht, indem du darauf wartest, dass die Dinge auf magische Weise ihren Lauf nehmen.«

»Das tue ich nicht«, entgegnete ich, woraufhin sie mir ein herzzerreißend schönes Lächeln schenkte. Am liebsten würde ich es fotografieren, um es für immer festzuhalten und es nie zu vergessen. Denn mir war klar, dass sie mich bald nicht mehr auf diese Weise anlächeln konnte.

»Doch, mein Kind«, widersprach sie mir. »Du hast dich um mich gekümmert. Und dafür ...« Ich hörte, wie sie scharf einatmete. »... liebe ich dich mehr, als du dir je vorstellen kannst. Ich weiß zu schätzen, was du alles getan hast. Aber, Millie, wir beide wissen, dass die Zeit nicht ...«

»Nicht«, fuhr ich dazwischen und sah sie wieder an. »Vielleicht, wenn wir ...« Mom schüttelte wissend den Kopf.

Ich schmiegte meine Wange auf ihre Brust und lauschte dem sanften, steten Rhythmus ihres Herzschlags, der mich erdete. Er war noch da und sie noch bei mir.

»Bitte, Milagros«, bat sie erneut, ihre Stimme schon etwas schwächer. Schniefend rang ich um Beherrschung. Sie sollte mich nicht weinen sehen. Wie oft war sie nach einer langen Schicht mit einem mageren Gehalt nach Hause gekommen und hatte ihre Angst und Verzweiflung darüber verborgen? Wenn sie das für uns tun konnte, konnte ich diese Sache für sie tun. Das musste ich.

»Ich verspreche es«, flüsterte ich. »Ich werde mich daran halten.« Als ich ihrem Blick begegnete, lagen Erleichterung und Wärme darin.

»Genieß das Leben, *Mija. Enamorate.*« *Verliebe dich.* Schon der Gedanke klang so unmöglich wie ein Lottogewinn, nichtsdestotrotz gab ich ihr auch dieses Versprechen, womit ich sie zum ersten Mal anlog.

»Finde die ganz große Liebe.« Sie streichelte mir über den

Kopf. »Einen Mann, der dich verdient.«

»Das werde ich, Mom.«

»Er soll dich zum Lachen bringen und dich deinen Namen vergessen lassen.« Bei Letzterem öffnete sie ein Auge, und ich kicherte leise über ihren Scherz.

»Okay, Mom. Versprochen.«

»Und fahr Motorrad«, fügte sie verträumt hinzu und ihre Lippen umspielte ein wehmütiges Lächeln.

»Motorrad fahren?« Mein Lachen klang rau.

»Das wollte ich unbedingt mal tun. Hol das für mich nach, ja?« Der Kloß in meinem Hals wurde noch größer.

»Versprochen, Mom, ich werde auf einem Motorrad fahren.«

»Und trink Tequila, aber den guten.« Sie lächelte so breit, dass sich ein Grübchen in ihrer Wange abzeichnete. »Und verliebe dich. Auf die gute Art.«

»Versprochen.«

»Sieh dir die Welt an, *Mija*.«

»Ich verspreche es.«

»Gut.« Sie seufzte und ihre Gesichtszüge entspannten sich. »Gut.«

»Versprich mir, dass du mir ein Zeichen gibst, wenn du in der Nähe bist?«, flüsterte ich, als mich die Angst zu übermannen begann.

»*Chula*, so funktioniert das nicht.«

»Versprich es. Das ist nur fair.«

»Ich werde immer bei dir sein, mein süßes Wunder. Immer.« Ihre Atemzüge wurden flacher.

»Ich liebe dich, Mom«, wisperte ich und wartete auf ihre Antwort, aber sie erwiderte nichts. Dann wurden die Finger in meinem Haar so reglos wie ich. »Mom?«, rief ich und versuchte, ihren Herzschlag auszumachen.

»Mom?« Ich setzte mich auf und betrachtete ihre gesenkten

Lider. Die Welt um mich erstarrte.

Das Piepen der Maschinen wurde lauter und das Blut in meinen Adern gefror. Ich hatte das Gefühl zu ertrinken, während ich beobachtete, wie das Krankenhauspersonal zu ihr eilte und vergeblich versuchte, sie wiederzubeleben. Mein Herz sank in meiner Brust, fiel zu Boden und zerbrach.

Meine Mutter, meine beste Freundin, die unsere Familie stets zusammengehalten hatte, hatte allen Widrigkeiten des Lebens getrotzt. Anmutig und mit stiller Stärke bot sie dem Krebs, der ihren Körper zerfraß, die Stirn. Doch es war nicht genug. So weh ihr Verlust tat, war ich froh, dass sie endlich in Frieden ohne Schmerzen leben konnte.

1

Millie

Mein Gegenüber sah mich an, als würde er auf meine nächste Reaktion warten. Langsam bekam ich das Gefühl, dass ich mein Vorstellungsgespräch für eine Stelle als Empfangsdame im *Broken Eagles* Bike Shop total vermasselt hatte.

Ich war in der Werkstatt meines Großvaters aufgewachsen, bevor er den Laden schließen musste, weil die Miete zu hoch geworden war. Stattdessen war dort so ein Hipster-Avocado-Toast-Laden eingezogen.

»Danke, dass du gekommen bist, Millie.« Der Besitzer des Shops, Wes Silver, stand auf und reichte mir die Hand. »Ich denke ...«

»Mr Silver ...«

»Wes«, korrigierte er mich, und ich atmete tief ein.

»Wes, bevor ich hier weggeschickt und durch einen anderen Kandidaten ersetzt werde, kann ich auch einfach ...« Ich zögerte und runzelte die Stirn. *Ich brauche diesen Job.* Mich an das Versprechen erinnernd, sah ich den Mann an und sprach so sanft wie möglich: »Vielen Dank für die Gelegenheit dieses Vorstellungsgesprächs. Ich versichere dir, dass ich hier zurechtkommen werde. Mein Großvater besaß eine Werkstatt, ich bin im Umgang mit Mechanikern geübt.«

»Du bist Grafikdesignerin«, merkte er an, und mir war sofort klar, worauf er hinauswollte. Für den Job einer Empfangsdame war ich überqualifiziert, dennoch brauchte ich ihn.

Je mehr ich über die Arbeit hier nachdachte, desto begeisterter wurde ich. Es hörte sich richtig gut an, aber nicht nur das. Der Tod meiner Mutter lag nun vier Monate zurück und ich war fest entschlossen, meine Versprechen – oder Teile davon – zu halten. Und genau das hatte mich nach Tennessee geführt.

Nach ein paar Gläsern eines guten Tequilas hatte ich einen Dartpfeil auf eine Karte der Vereinigten Staaten geworfen und BOOM. Er war direkt bei Nashville gelandet. Ich bewarb mich um jeden Job, der nur annähernd etwas mit Kunst zu tun hatte, und ergatterte eine Stelle als Eventhost für *Paint Nite's*. Das waren Kunstkurse, bei denen pro Abend ein bestimmtes Bild mit den Teilnehmern gemalt wurde. Der Kursleiter machte es Schritt für Schritt vor und erklärte die Techniken. Das Ganze erinnerte an die Sendung mit Bob Ross, nur dass es nicht im Fernsehen ausgestrahlt, sondern in einer bestimmten Lokalität abgehalten wurde. Ein Teil davon zu sein, klang ehrlich gesagt toll.

»Das war ich mal.« Wes verschränkte die Arme vor der Brust und starrte mich nieder. »Ich *war* Grafikdesignerin.«

»Du bist überqualifiziert. Telefonate entgegenzunehmen, wird dir nicht gerecht ...«

»Ich kann das. Meine Arbeit als Grafikdesignerin diente allein dem Zweck, meine Rechnungen zu bezahlen und meiner Mutter eine bessere Krankenversicherung zu ermöglichen.«

»Und jetzt?«

»Nun ...« Ich zögerte, aber ganz ehrlich, was hatte ich zu verlieren? Meine Mutter hatte mich auf ein Abenteuer geschickt, und mir auf die Zunge zu beißen, würde mich nicht weiterbringen. »Habe ich die Erlaubnis, frei zu sprechen?«

Seine Mundwinkel zuckten. »Das hier ist nicht die Army, Millie. Was ich weiß, weil ich diese Ehre hatte.«

»Danke für deinen Dienst.« Er nickte und forderte mich auf, weiterzusprechen. »Ich habe getan, was ich tun musste, um sicherzustellen, dass meine Mutter versorgt ist. Jetzt ist sie aber nicht mehr da.« Als der Ausdruck in seinen Augen weicher wurde, wandte ich den Blick ab und an seiner Schulter vorbei. Schwermut überkam mich wie jedes Mal, wenn ich mich an meinen Verlust erinnerte. »Ich bin hierhergekommen, um etwas zu ändern. Ich habe ihr versprochen ... Meine Mutter war verrückt, Wes. Sie ließ mich verrückte Dinge versprechen. Also habe ich Los Angeles aus einer Laune heraus verlassen – weiter als bis nach Vegas bin ich zuvor nie gekommen –, und es hat mich nach Nashville verschlagen.« Ich holte tief Luft und erzählte weiter: »Nashville ist eine tolle Stadt, aber mich zieht es hierher nach Murfreesboro. Ich habe eine Stelle als Host für *Paint Nite's* gefunden, was ich liebe. Ich liebe Kunst. Ich liebe es zu unterrichten. Ich wäre Kunstlehrerin geworden, wenn es damals möglich gewesen wäre. Und dieser Job bei dir ist eine perfekte Ergänzung. Die Arbeitszeiten sind großartig und es handelt sich um eine feste Anstellung, sodass ich mich ganz dem Unterrichten hingeben kann. Außerdem ... könnte ich damit eines der Versprechen einlösen, die ich meiner Mutter machen musste«, erklärte ich, und kaum dass ich fertig war, lag etwas anderes in seinem Blick.

»Welches Versprechen?«

»Motorrad zu fahren.«

»Was?« Er zog die Brauen zusammen.

»Sie erzählte mir, dass sie schon immer Motorrad fahren wollte. Mir war das völlig neu. Seltsam, wie einen die Leute manchmal überraschen«, sagte ich mehr zu mir selbst. »Sie hat dieses Detail auf ihrem Sterbebett fallen lassen. Auch wenn sie nicht mehr fahren konnte, wollte sie, dass ich es für sie tue. Deshalb habe ich mich hier beworben. Ich habe die Stellenausschreibung gesehen und sie als ein Zeichen aufgefasst. Du brauchst eine Empfangsdame, und ich brauche feste Arbeitszeiten. Was ich zuvor getan habe, um über die Runden zu kommen, darfst du bitte nicht beachten. Ich habe den Job als Grafikdesignerin gehasst. Vor einem Computer zu sitzen und für Leute zu arbeiten, die dich für austauschbar und selbstverständlich halten, ist frustrierend. Aber ich habe es für ...«

»Deine Mutter getan«, unterbrach er mich, als wüsste er, dass es mir schwerfiel, das ein zweites Mal zuzugeben. Er seufzte und rieb sich den Nacken. »Die Jungs hier sind ein bisschen schroff.«

»Nichts für ungut, Wes, aber ich bin in LA aufgewachsen. Ich kann mit Rowdys umgehen.«

»LA-Typen sind metrosexuell und brauchen morgens im Bad wahrscheinlich länger als meine Frau und ihre Schwestern zusammen«, scherzte er und brachte mich zum Lachen.

»Vielleicht. Ich aber bin in der Gosse aufgewachsen. Zeit hatten die Jungs dort nur, um nach – du weißt schon was – die Falten aus ihren übergroßen Hosen und Flanellhemden zu bügeln.« Er betrachtete mich für einen Moment, und ich hielt den Atem an, in der Erwartung, er würde mir sagen, es täte ihm leid, aber es ginge nicht. Als er jedoch nickte, überkam mich eine Welle der Erleichterung.

»Okay, du bist eingestellt.«

»Wirklich?«

»Ja, wenn dir einer der Jungs das Leben schwer macht, sagst du mir Bescheid, okay?«

»Ich bin sicher, es wird ...«

»Ich meine es ernst. *Broken Eagles* passen aufeinander auf.«

»Okay«, erwiderte ich, verstand aber nicht so recht, warum er über seinen Laden wie über einen Motorradclub sprach.

»Wenn sie dich verarschen, sprichst du mit mir, und ich wasche ihnen den Kopf. Hast du mich verstanden?«

»Pfadfinderehrenwort.« Ich hob die Hand zum Salut, was er mit einem amüsierten Laut quittierte.

»Du kannst am Montag anfangen.«

»Wirklich?« Ich spürte, wie ich von Ohr zu Ohr grinste. Zwar hatte ich ein paar Ersparnisse und einen kleinen Notgroschen, da ich vor meinem Umzug all meinen Besitz verkauft hatte, aber das würde nicht ewig reichen.

»Ja. Ich hoffe nur, dass dich die Jungs nicht in die Flucht schlagen.«

»Wie sollten sie?« Welche Art von Menschen beschäftigte er denn?

»Wie ich schon sagte, sie sind schroff.«

»Ich kriege das schon hin.« Ich schüttelte ihm die Hand und nahm meine Tasche. Ich hatte einen Job! Eine feste Anstellung. Die Arbeit für die *Paint Nite Company* glich einem Glücksspiel, die davon abhing, wie viele Kurse mir angeboten wurden. Besser wäre es, wenn ich mir selbst einen Kundenstamm aufbaute und meine eigenen *Paint Nite*-Abende organisierte. Wenn nicht, würde mein Verdienst darunter leiden, da ich pro Kurs bezahlt wurde.

»Millie?«, ergriff Wes noch einmal das Wort.

»Ja?« Ich drehte mich um und sah ihn an.

»Diese *Paint Nite's*, die du erwähnt hast.«

»Ja?«

»Wohin gehst du dafür?«, fragte er, und ich lächelte.

»Hängt davon ab, welche Veranstaltungsorte ich dafür buchen kann.« Ich zuckte mit den Schultern. »Noch hoffe ich darauf, einen meiner Kursteilnehmer dazu zu überreden, eine Nacht in Nashville zu bleiben und den Kurs direkt dort im Hotel zu veranstalten. Allerdings hatte ich bisher noch nicht so viel Glück. Bislang habe ich auf ein paar kleine Bars in Nashville zurückgegriffen, einmal fand es in einem Diner statt.«

»Schau bei *Daniel's Bar* in der Stadt vorbei«, schlug er vor, und mein Herz machte einen freudigen Sprung. »Sag Blaze oder Jinx, dass ich dich schicke. Sie finden bestimmt einen

Tisch oder Raum für dich, wo du deinen Kurs abhalten kannst.«

»Danke.« Ich lächelte. »Vielen Dank. Ich verspreche, ich werde dich nicht enttäuschen.«

»Süße, du hast dich für unser Gespräch nicht wie ein Groupie einer Rockband angezogen, also bist du den anderen Bewerbern schon weit voraus«, sagte er in einem seltsamen Tonfall. Ich fragte mich, welche Art von Menschen sich für die Stelle bisher vorgestellt hatten. »Wir sehen uns Montagmorgen um acht. Pünktlich.«

»Alles klar.« Ich winkte ihm zum Abschied und verließ gut gelaunt den Laden, um über den Parkplatz zu meinem gelben Fiat zu gehen. Mein Blick fiel auf einen roten, rostigen Truck, der gegenüber dem *Broken Eagles* stand. Der Mann am Fahrersitz schaute in meine Richtung. Ich runzelte die Stirn, als ein Motorrad an mir vorbei auf den Parkplatz fuhr. In der Zwischenzeit hatte sich der Mann im Truck abgewandt. Vermutlich war er nur in Gedanken versunken gewesen und hatte mich gar nicht bemerkt.

Ich wischte den Vorfall beiseite und legte die letzten Meter zu meinem Wagen zurück. Dort schloss ich die Augen. Das Atmen fiel mir nun deutlich leichter als heute Morgen. Zum ersten Mal seit dem Tod meiner Mutter fühlte ich mich ein wenig glücklich und nahm nichts anderes wahr als die Wärme der Sonnenstrahlen. So hell und warm, ganz anders als zu Beginn des Vorstellungsgesprächs. Ich wusste, dass *sie* dafür verantwortlich war. Das war ihr Zeichen. Mom hatte mich hierhergeführt und erinnerte mich nun daran, dass sie immer bei mir war. Sie wachte über mich und behielt mich wie früher schon im Auge. Diesmal, um sicherzustellen, dass ich mein Versprechen hielt.

Eine Liebesaffäre mit einem Mann, der mich zum Lachen brachte und mich meinen Namen vergessen ließ, war mit

hoher Wahrscheinlichkeit unerreichbar.
Aber Motorrad fahren?
Das würde ich hinkriegen. Mal ehrlich, was käme hierfür gelegener als die Arbeit in einem Bike Shop?

Patrick ›Blaze‹ Kelly

Ich konnte den Blick nicht von der Frau abwenden, die aus dem Büro der Werkstatt trat.
Sie war wunderschön. Auf diese unschuldige, sexy Weise, die mich augenblicklich hart werden ließ. Ihr dunkelbraunes Haar fiel ihr in sanften Wellen auf die Schultern und sie trug eine Strickjacke. Normalerweise hätte ich nicht zweimal hingesehen. Sie wirkte anständig, und das passte nicht zu meinem ausufernden Lebensstil. Jemand wie sie würde weder meine Tattoos noch den Sinn hinter meiner Arbeit verstehen. Zugegeben, die Geschäfte, denen ich nachging, waren nicht jedermanns Sache.
Als die Fremde ihr viel zu kleines, gelbes Auto erreichte, schaute sie zum Himmel und schloss die Augen. Mein Herz setzte für einen Moment aus. Die Sonne warf einen goldenen Schimmer auf ihre gebräunte Haut, und auf ihren Zügen breitete sich ein Lächeln aus, das all meine Sinne wachrüttelte und auf sie polte. Als würde ich zum ersten Mal Farben sehen. Eine ruhige Glückseligkeit schien sie zu umgeben, und ich wollte daran teilhaben.
Fest umklammerte ich das Mobiltelefon in meiner Hand, um mich davon abzuhalten, genau das zu tun. Auf sie zuzugehen, sie an mich zu ziehen und ihr Gesicht zu umfassen. Sie

würde sich weich an meinem harten Körper anfühlen. Das war so klar, wie der Himmel blau war. Mein Schwanz regte sich unter dem Jeansstoff. Ich wollte ihre seidige Haut spüren. Ihr tief in die Augen schauen, um zu erkennen, welche Farbe sie hatten. Mir jedes Detail ihres Gesichtes einprägen, bis hin zur letzten Sommersprosse.

Nicht dass sie mich bemerkt hätte.

Ich hatte gerade mein Motorrad geparkt und wollte anschließend meine E-Mails checken, als ich sie entdeckte. Sie schien in ihrer eigenen Welt versunken zu sein, und ihr Anblick berührte etwas in mir. Ich wollte sie und diese Glückseligkeit beschützen, von der sie umgeben war. Bevor ich von meinem Bike steigen konnte, um genau das zu tun, setzte sie sich in ihre gelbe Schrottkiste und fuhr davon.

Boom.

Ich wusste nicht, wer diese Frau war, aber ein Blick auf sie hatte gereicht, um zu erkennen, dass ich es herausfinden musste.

2

Millie

Die Arbeit im *Broken Eagles* weckte Erinnerungen an LA. Ich vermisste meinen Großvater und die Mitarbeiter aus seinem Laden. Mit der Zeit waren sie mir ans Herz gewachsen und ich hatte sie als einen Teil meiner Familie betrachtet, als meine Ehrenonkel und -cousins.

Während meiner ersten Woche in Wes' Bike Shop wussten seine Männer nicht so recht, was sie von mir halten sollten. Ich hatte das Gefühl, sie würden von mir erwarten, dass ich sie anschmachtete oder ihnen kokett zuzwinkerte. Als ihnen jedoch klar wurde, dass ich nur meinen Job erledigen wollte, entspannten sie sich nach und nach. Dabei halfen vielleicht auch die Muffins und Donuts, die ich gelegentlich mitbrachte. Bald danach fand ich heraus, dass die meisten von ihnen Mitglieder im *Broken Eagles MC* waren oder versuchten, darin aufgenommen zu werden.

Das erklärte, warum Wes beim Vorstellungsgespräch über sein Geschäft wie über einen Motorradclub geredet hatte. Eine Familie, die aufeinander aufpasste, so hatte er die *Broken Eagles* bezeichnet.

Fast hätte ich darüber gelacht, wo ich da blindlings hineingeraten war. Seit ich fünfzehn war, hatte mich meine Mutter immer vor Gangs gewarnt. Und jetzt hatte mich ausgerechnet ihr letzter Wunsch genau in die Nähe der Badboys geführt. Wenn das nicht verrückt war?

»Du musst Millie sein.« Eine hübsche Frau trat zu mir ins Büro und holte mich aus meinen Gedanken. Ich schenkte ihr ein Lächeln.

»Das bin ich.«

»Ich bin July«, stellte sie sich vor, und ich riss überrascht die Augen auf.

»Wes' Frau?« Ich stand auf, um ihr die Hand zu schütteln. »Es ist so schön, der Stimme ein Gesicht zuordnen zu können.« Ein paar Mal hatten wir schon miteinander telefoniert, und ich hatte über kurz oder lang mit einem Besuch von ihr hier im Laden gerechnet, damit sie mich unter die Lupe nehmen konnte. »Schön, dich kennenzulernen.«

»Ebenso.« Freude erhellte ihre Augen, als sie sich näher zu mir beugte, und ich ertappte mich dabei, wie ich dasselbe tat. July Silver war umwerfend und hatte eine einnehmende, aber nicht einschüchternde Ausstrahlung. »Du hast keine Ahnung, wie froh Wes ist, dass er dich eingestellt hat«, fügte sie hinzu, und ich spürte, wie sich meine Wangen bei ihrem Kompliment erwärmten.

»Ich vollbringe hier keine Wunder«, erwiderte ich schulterzuckend. »Ich gehe nur ans Telefon.«

»Er lässt dich bestimmt mehr erledigen als das, da bin ich sicher. Es ist schon eine Weile her, dass er an einem Motorrad herumschrauben konnte, weil er so sehr mit Bürokram eingespannt war. Und den hasst er, das wirst du längst mitbekommen haben. Du musst wissen, dass er deine Hilfe sehr zu schätzen weiß.«

»Danke.« Das war wirklich schön zu hören. Ich war erst zwei Wochen hier und mochte bislang jeden Aspekt meines Aufgabenbereichs. Auch wenn nichts davon mit Design oder Kunst zu tun hatte. Ich fühlte mich als Teil eines Teams.

»Er hat erwähnt, dass du neu in der Stadt bist?«

»Ja«, antwortete ich mit einem Nicken. »Ich bin gerade von

Los Angeles hergezogen.«

Julys Augen weiteten sich. »Wow. Das ist eine große Veränderung. Wie gefällt es dir bis jetzt in Tennessee?«

»Es ist anders.«

»Im Vergleich zu LA bestimmt.« Sie grinste, und wir mussten beide lachen. »Hast du Heimweh?«

»Ist es schlimm, wenn ich nein sage?« Wir kicherten und ich seufzte. »Ehrlich gesagt, Murfreesboro kommt mir vor wie eine Filmkulisse. Alles ist so bezaubernd.«

»Hm. So habe ich das noch nie gesehen.«

»Ich mag es. Die Brücken hier sind wundervoll. Und die Main Street ist eine richtige Hauptstraße und kein Betondschungel«, fuhr ich fort. »Es gibt frische Luft und keinen Smog.«

»Nashville hat Smog.«

»Stimmt, aber nicht so viel wie LA. Das ist aber nicht das Einzige, was mir an eurer Gegend gut gefällt. Auch die Architektur ist so anders als das, was ich bisher gesehen habe. Ein toller Tapetenwechsel.«

»Super. Das freut mich.« Sie grinste. »Hast du Haustiere?«, fragte sie beiläufig. Den Kopf zur Seite geneigt, wunderte ich mich, ob ich sie falsch verstanden hatte.

»July«, stöhnte Wes, als er aus seinem Büro trat und zu uns nach vorne zu meinem Schreibtisch kam. »Vorsicht, Millie, sonst überredet sie dich, einen von ihren Schützlingen zu adoptieren.«

»Adoptieren?

»Ich bin Tierärztin.« Sie zuckte lächelnd mit den Schultern, ehe Wes sie dicht an seine Seite zog. »Wenn du jemals nach einem flauschigen Mitbewohner suchst, sag mir Bescheid.«

»Das werde ich, danke.« Ich fand die Idee nicht schlecht. »Gesellschaft wäre schön«, sprach ich versehentlich laut aus. Einen Moment lang sah July mich an und nickte.

»Gib mir dein Telefon«, verlangte sie und streckte die Hand aus. Ohne nachzudenken, holte ich es aus der Schublade meines Schreibtischs und reichte es ihr. Sie tippte kurz darauf herum, bevor sie es mir zurückgab.

»Ich habe meine Nummer eingespeichert und mich selbst angerufen, damit ich deine auch habe. Wenn du etwas unternehmen willst, melde dich. Egal wann.«

»Vielleicht nicht *egal wann*«, murmelte Wes und drückte ihr einen Kuss auf die Schläfe. Es war super süß, die zwei als Paar zu erleben. Sie passten perfekt zusammen, und ich musste an meine Mutter denken. Das war die Art von Liebe, von der sie gewollt hatte, dass ich und meine Schwester sie finden würden.

»Höhlenmensch«, murmelte July, als sie zu Wes aufblickte. An ihrem Lächeln erkannte ich, dass sie sich nicht an den Possen ihres Mannes störte. Ihr Blick schweifte zu mir. »Millie, was machst du diesen Samstag?«, fragte sie und überrumpelte mich damit ein wenig.

»July.« Wes' tiefe Stimme klang liebevoll. »Setz sie nicht unter Druck. Vielleicht hat sie was zu tun?«

»Oh, sei still.« Sie tätschelte seine Brust. »Und?«

»Oh ... ähm ...«, stotterte ich. »Eigentlich habe ich keine Pläne. Ich dachte darüber nach, etwas zu backen.«

»Backen?«, hakte Wes nach, dessen Interesse nun geweckt war. »Noch mehr Muffins?«

»Vielleicht.« Ich lachte, und July grinste.

»Toll! Die Männer veranstalten ein Barbecue. Du solltest kommen und ein paar deiner berühmten Muffins mitbringen. Ich habe schon einiges darüber gehört.«

»Tatsächlich?« Ich liebte es zu backen. Es war kreativ und danach hatte ich etwas Süßes zu naschen.

»Unglaublich viel. Komm vorbei und ich stelle dir ein paar von den Mädels vor«, bot July an.

»Oh, das wäre wundervoll«, stimmte ich mit ehrlicher

Freude zu. Leute zu treffen, vor allem andere Frauen, und Freundschaften zu schließen, war beängstigend, aber es hörte sich lustig an. Ich vermisste es, unter netten Menschen zu sein.

»Achtung, Millie, es gibt einen ganzen Kalender von ihnen«, merkte Wes an. Kalender? Ich hatte nicht den geringsten Schimmer, wovon er sprach, aber so wie July lachte, war ich mir sicher, dass er sich einen Scherz erlaubte.

»Ach sei doch still!« Kichernd boxte sie ihm gegen den Oberkörper. »Und ich hoffe, es macht dir nichts aus, aber Wes hat mir erzählt, dass du nebenbei auch *Paint Nite's* veranstaltest.«

»Ja. Ich wollte heute Abend in *Daniel's Bar* nachfragen, ob sie mir einen Raum zur Verfügung stellen können.«

»Perfekt.« Sie lächelte noch breiter. »Betrachte es als beschlossene Sache.«

»July«, warnte Wes.

»Sag Jinx oder Blaze, dass Wes dich geschickt hat, und sie werden nicht nein sagen«, redete sie weiter und ignorierte ihren Mann.

»Oh, ich kann doch nicht ...«

»Das solltest du aber, Millie«, mischte sich Wes ein. »Also kann ich nun meine Frau zum Mittagessen ausführen?« Er wendete sich an July. »Oder willst du Millie die Nägel machen, während du versuchst, ihr einen ganzen Wurf Kätzchen aufzuschwatzen?«

»Keine Katzen, tut mir leid. Ich bin allergisch.«

July lachte und rollte mit den Augen. »Mach dir darüber keine Gedanken. Wenn du aber über einen Hund reden willst, komm vorbei.« Sie zog eine Visitenkarte aus ihrer Handtasche und reichte sie mir. Ich warf einen Blick darauf.

»Du hast deine eigene Tierarztpraxis«, platzte ich heraus. »Das ist großartig!«

»Es ist eine Menge Arbeit, aber ich bin gern mein eigener

Chef.«

»Das kann ich mir vorstellen.«

»Wir haben auch einen Wurf Welpen, die in ein paar Wochen zur Adoption bereit sein werden, aber ehrlich, kein Druck.« Je mehr sie über einen Hund sprach, desto verlockender wurde die Idee.

Da ich in einer Wohnung aufgewachsen war, hätte ein Haustier eine Aufstockung der Mietkaution bedeutet, zusätzlich zu den anderen Kosten, die angefallen wären, um den Vierbeiner zu versorgen. Geld, das wir nicht hatten. In meiner ersten eigenen Wohnung waren keine Haustiere erlaubt gewesen. Nun lebte ich in einem kleinen Haus, wusste aber nicht, was in meinem Mietvertrag über Hunde stand. Wenn ich später daheim war, musste ich unbedingt nachsehen.

»Danke, ich denke darüber nach.«

»Gut. Sehen wir uns am Samstag?«

»Okay, ja, das klingt gut.« Ich lächelte und fühlte mich, als wäre ich ein Stück mehr angekommen. Ich war dabei, Kontakte zu knüpfen und hatte gleich zwei Jobs.

»Genial!« July klatschte in die Hände und wandte sich an Wes. »Okay, mein Großer, besorg mir was zum Essen.«

»Endlich«, murmelte Wes. »Ich bin bald zurück. Mein Handy habe ich dabei, falls ihr mich braucht.«

»Klingt gut, Chef.« Ich vollführte einen Salut.

»Bye, Millie!«, rief July und winkte mir ein letztes Mal zu, bevor sie das Büro verließen.

Durch das Fenster konnte ich sehen, wie Wes ihr einen Helm reichte, den sie lächelnd entgegennahm. Vertrautheit und Liebe waren in ihren Blicken zu erkennen. Wes überprüfte noch einmal den Gurt des Helms, ehe er auf sein Motorrad stieg. July tat es ihm gleich, dann fuhren die beiden los.

Ja, genau das hatte meine Mutter damit gemeint, dass ich die ganz große Liebe finden sollte. Eine Art Explosion, die heiß und hell loderte, und dann BOOM! Sie schüttelte einen durch, als gäbe es kein Morgen und kein Zurück in das Leben, wie man es vor diesem Moment gekannt hatte.

Die Verbindung, die July und Wes teilten, war offensichtlich. Völlig unvergänglich.

Vielleicht würde ich das eines Tages auch haben.

Vielleicht.

»Was hast du gerade gesagt?«, ertönte ein tiefes Knurren am anderen Ende der Leitung, und ich rollte mit den Augen.

»Mondo.«

»Verarsch mich nicht, Mills. Oh Gott.« Die Verärgerung in seiner Stimme hatte ich erwartet, und genau deshalb hatte ich es ihm nicht schon früher gesagt. Es war ein Leichtes mir vorzustellen, wie mein bester Freund Mondo in seinem Wohnzimmer saß und sich besorgt mit seiner Hand über die Glatze rieb.

Meine zweite Arbeitswoche im Bike Shop war wie im Flug vergangen und ich hatte sie nun offiziell hinter mich gebracht. Alle waren super nett, und July war gestern vorbeigekommen, um mich an das heutige Barbecue zu erinnern.

»Du verlässt *East Los*, um in einem Kaff mit einer verdammten Motorradgang zu leben.«

»Club«, korrigierte ich ihn und verdrehte die Augen.

»Das schaffst nur du, Wundermädchen«, sagte er leise. Der Spitzname verursachte einen Kloß in meinem Hals, eine Erinnerung daran, dass meine Mutter fort und ich verdammt weit von zu Hause entfernt und ganz allein war.

»Ich weiß.« Ich benötigte einen Moment, um die Einsamkeit

abzuschütteln, die ich plötzlich verspürte. »Ich verspreche, es klingt schlimmer, als es ist.«

»Ich wette, dieser *Club* besteht aus einem Haufen Pfadfinder«, erwiderte er sarkastisch, und ich lachte.

»Möglich.«

»Vermutlich«, murmelte er, was in mir den Drang weckte, ihm ein paar mehr Details zu verraten.

»Mein Chef und ein paar von ihnen sind Veteranen.«

»Warte nur, bis dein *Abuelo* davon hört.«

»Wird er nicht, weil du deinen Mund halten wirst. Grandpa hat endlich seinen Frieden mit dem Verlust meiner Mutter gemacht, Mondo. Es gibt keinen Grund, ihn neuerlich aufzuregen, wenn nicht der geringste Anlass zur Sorge besteht.«

»Biker, Mills. Biker sind etwas, worüber man sich Sorgen machen muss.«

»Du lässt es so klingen, als wären sie eine reale Version von *Sons of Anarchy*«, merkte ich an und hielt einen Moment lang inne. »Das glaube ich zumindest nicht«, ärgerte ich ihn und lachte, als ich ihn knurren hörte.

Mondo und ich waren zusammen aufgewachsen. Unsere Mütter waren beide alleinerziehend und arbeiteten in allen möglichen Branchen, um über die Runden zu kommen. Wir wohnten genau gegenüber in demselben hässlichen Wohnhaus. Aber während Candi und ich in der Lage waren, weiter zur Schule zu gehen, hatte Mondo diese Möglichkeit nicht gehabt. Er hatte einen anderen Weg eingeschlagen. Den der Straße, und er hatte sich mit Leuten eingelassen, mit denen man nichts zu tun haben sollte. Es war mein Großvater gewesen, der ihm aus diesem Schlamassel herausgeholfen hatte. Bis heute kannte ich keine Details über Mondos Straßenvergangenheit, aber es hatte etwas mit einem Mann namens Sebastian Herrez zu tun. Ein Name, den die Leute im Viertel nur flüsterten.

»Oh Gott«, grollte er mit seiner tiefen Stimme, und ich konnte meine Belustigung darüber nicht zurückhalten. »Ich kann dir gar nicht sagen, wie schön es ist, dich lachen zu hören.« Abrupt verebbte meine Heiterkeit.

»Mondo ...«

»Ich weiß.« Er räusperte sich. »Nur Freunde.«

Kurz vor meiner Abreise hatten wir zusammen abgehangen und ein paar Shots mehr gehoben, als gut für uns war. Mondo gestand mir, mehr als nur freundschaftliche Gefühle für mich zu hegen. Ich hatte es gehasst, ihm sagen zu müssen, dass ich ihn nicht auf diese Weise sah. Es gab zu viel Vergangenheit und platonische Liebe zwischen uns. Er hatte verständnisvoll reagiert. Ihm war nur wichtig gewesen, dass er es wenigstens einmal aussprach, bevor ich LA verlassen würde.

»Wie geht es allen?«, fragte ich, um das Thema zu wechseln.

»Gut.«

»Und Candi?«

»Du hast nicht mit ihr gesprochen?«, entgegnete er leicht verwundert. Meine kleine Schwester und ich hatten eine stürmische Beziehung. Wir liebten uns bis zum Mond und zurück, aber sie war nicht damit einverstanden, dass ich meine Siebensachen packte und mich auf ein wildes Abenteuer einließ, nur weil ich bisher wie eine Nonne gelebt hatte. Ihre Worte, nicht meine.

Der Timer des Backofens ertönte.

»Wir haben uns Nachrichten geschrieben«, teilte ich ihm mit und machte mich auf den Weg in die Küche.

»Mills ...«

Ehe Mondo eine Predigt darüber halten konnte, wie wichtig die Familie war, kam ich ihm zuvor: »Ich weiß. Ich sollte anrufen. Aber du kennst Candi«, flüsterte ich. »Geht es ihr gut?«

»Ja, das tut es, Mills. Wenn nicht, hätte ich dir längst

Bescheid gegeben, wie du weißt. Sie kommt jeden zweiten Tag bei deinem Grandpa vorbei.«

»Gut«, antwortete ich leise, griff nach dem Topfhandschuh und klemmte mein Handy zwischen Ohr und Schulter, während ich im Backrohr nach den Muffins sah.

»Bist du am Backen?«

»Ja, ich gehe heute zu einem Barbecue.«

»Das ist gut. Neue Leute kennenlernen.«

»Auch wenn es Biker sind?«, erwiderte ich lächelnd und hörte, wie er sich beschwerte.

»Ich dachte, du würdest nach Tennessee fahren, um zu malen«, murmelte er.

»Ich male.« Das tat ich wirklich. Ich hatte den Wintergarten meines Hauses in ein Atelier verwandelt und verbrachte fast meine gesamte Freizeit dort. »Die *Paint Nite's* sind nur ein bisschen selten.«

»Vielleicht solltest du dir das nächste Mal erst einen Job suchen, bevor du deine Sachen verkaufst und Millionen von Kilometer von zu Hause wegziehst, ja?«

»Hey, so war das nicht!«, entgegnete ich gespielt empört und schüttelte amüsiert den Kopf.

»War es nicht?«, fragte er herausfordernd, und ich atmete tief durch, den Blick auf die halbfertigen Schokoladen Cupcakes gerichtet, die auf der Herdplatte abkühlten. Es fehlte nur noch das Topping.

»Ich habe dir gesagt ...«

»Schon klar. Wegen deiner Mutter«, murmelte er und seufzte. »Hör zu, ich werde jetzt auflegen. Da ist eine Autoshow, und ich bin noch nicht richtig angezogen.«

»Karos und Khakis bügeln?«, scherzte ich sanft, und ich fühlte mich wohler, als ich sein tiefes Lachen vernahm.

»So ist es. Man muss die Bügelfalte richtig hinbekommen.«

»Natürlich«, flüsterte ich, denn ich vermisste mein Zuhause

und meinen besten Freund, auch wenn es zwischen uns seit jener Nacht etwas seltsam war.

»Wenn du es schon nicht lassen kannst, dann lass dich wenigstens nicht erwischen, richtig?«, meinte er. Ich wünschte, ich würde mehr als nur platonische Gefühle für ihn empfinden, aber das hatte ich nie. Er war ein guter Kerl und würde eine Frau eines Tages sehr glücklich machen.

»Immer, Mondo. Sag meinem Grandpa, dass ich ihn liebhabe und ihn morgen anrufen werde, ja?« Die beiden würden sich mit Sicherheit sehen, immerhin waren sie Nachbarn und Mondo schaute regelmäßig bei ihm vorbei. Er war wirklich ein guter Kerl.

»Auf jeden Fall. Sei vorsichtig da draußen. In Ordnung?«

»Versprochen.«

»Okay, Wundermädchen, wir sprechen uns bald.«

»Mon?«, sagte ich schnell, bevor er das Gespräch beendete. Obwohl er nichts erwiderte, war mir klar, dass er noch dran war und zuhörte. »Du weißt, dass ich dich vermisse, oder?«, platzte ich heraus und zuckte zusammen. Es war an der Zeit, die Dinge richtig zu stellen. »Es tut mir leid, dass ich nicht dasselbe empfinde, aber ... du bist immer noch mein bester Freund, und ich möchte nicht, dass es zwischen uns seltsam wird.«

»Wird es nicht«, versicherte er mir nach einer langen schweigsamen Sekunde. »Ob du es glaubst oder nicht, du bist zwar erst vor einem Monat abgehauen, aber dieser letzte Monat war ...« Er nahm sich einen Moment Zeit und ich wartete. »... augenöffnend. Du hattest recht. Ich war betrunken und die Gefühle, an denen ich festgehalten hatte, waren Kindereien, verstehst du?« Ich erwiderte nichts und hörte ihn seufzen. »Ich habe jemanden kennengelernt«, fuhr er fort. Ich musste lächeln.

»Wirklich?« Grinsend ging ich durch die kleine, gemütliche

Küche zu dem Sofa in meinem Wohnzimmer.

»Ja. Sie ist ... sie ist ziemlich fantastisch.«

»Kenne ich sie?«

»Vielleicht.« In seinem Tonfall schwang ein Lächeln mit.

»Heiliger Strohsack, das bedeutet, dass ich sie wirklich kenne! Wer ist es?«, fragte ich aufgeregt.

»Es ist noch ganz frisch, also wirst du dich etwas gedulden müssen, bevor ich dir das verraten kann.« Für einen Kerl, der es sonst nie ernst meinte, schien es ihm mit dieser Frau mehr als ernst zu sein. Was mich nur noch neugieriger stimmte.

»Okay«, gab ich leise nach. »Ich hoffe, sie verdient dich. Ansonsten muss ich ihr in den Hintern treten.«

»Nicht nötig, Mills. Wenn überhaupt, dann bin ich nicht gut genug für sie.« Mondo hatte vielleicht keinen Master- oder Doktortitel, aber er war sehr gutaussehend. Groß, tätowiert und muskulös. Nicht nur das, er hatte auch ein großes Herz und einen guten Geschäftssinn. Nachdem ihm mein Großvater aus seiner misslichen Lage herausgeholfen hatte, hatte er etwas aus sich gemacht. Was auch sein Ego etwas gepusht hatte.

»Wow. Das klingt nicht so frisch, wie du behauptest«, merkte ich an und fischte nach mehr Informationen.

»Vielleicht«, gestand er. Das machte mich glücklich und ein wenig besorgt. Nicht weil ich etwas für ihn empfand, sondern weil Mondo ein toller Kerl war und ich hoffte, dass diese Frau nicht mit ihm spielte. »Wie auch immer«, stieß er hervor, »ich muss los.«

»Du triffst dich mit ihr«, vermutete ich. Es machte Sinn und war wirklich süß. Das war also der Grund, warum er so früh wach war und sich fertig machte. Sonst brachte ihn nichts vorzeitig aus dem Bett.

»Ja.«

»In Ordnung. Geh und hab Spaß.«

»Du auch. Finger weg vom Alkohol, wenn du fährst. Tennessee ist verdammt weit weg, um eine Kaution zu hinterlegen«, stichelte er, und ich rollte mit den Augen.

»Halt die Klappe.« Lachend beendete ich unser Telefonat mit einem »Bye« und spürte, wie eine Last von meinen Schultern fiel. Seit ich Kalifornien verlassen hatte, befürchtete ich, dass Mondos und meine Freundschaft nie wieder dieselbe sein würde. Doch wie sich herausgestellt hatte, war meine Sorge unbegründet gewesen.

Jetzt musste ich nur noch sicherstellen, dass ich die Sache mit Candi so bald wie möglich zurechtbog. Ich checkte die Uhrzeit auf meinem Handy und ging durch das Haus in mein Schlafzimmer, um mir zu überlegen, was ich zu einem Barbecue mit Bikern in Tennessee anziehen sollte.

Blaze

Zwei verdammte Wochen ohne eine Spur von dieser umwerfenden Frau. Ich fing an, mich selbst infrage zu stellen. Hatte ich sie tatsächlich gesehen? Oder hatte ich zu viel Sonne und Gras abbekommen und sie mir eingebildet?

Als ich an jenem Tag in das Büro des Bike Shops gegangen war, hatte Wes telefoniert, sodass ich bei ihm nicht hatte nachhaken können. Die Männer, an die ich mich danach gewandt hatte, waren genauso ahnungslos gewesen. Dann war ein Anruf von Jinx gekommen, der eine Menge Schwierigkeiten nach sich zog. Er hatte mir mitgeteilt, dass Lyric, eine meiner Tätowiererinnen, ein Problem mit einem Design hatte und meine Hilfe brauchte. Zwischen all der Arbeit in der Bar und dem Tattoostudio hatte ich keine Chance gehabt, ein weiteres Mal zum Motorradladen zu fahren und Wes nach der Frau zu fragen, die ich dort gesehen hatte.

Ich war entschlossen, ihn heute während des Barbecues auf sie anzusprechen, obwohl ich bezweifelte, dass er sich an sie erinnern würde. Nicht nur weil es bereits eine Weile her war, sondern weil unser Präsident des Clubs bei Frauen nur Augen für seine eigene hatte. Die Verbindung zwischen Wes und July war unbestreitbar. Man konnte nicht im selben Raum sein, ohne zu bemerken, dass sie füreinander bestimmt waren.

»Hey«, hörte ich Jinx grüßen, als er wie selbstverständlich in mein Wohnzimmer spazierte. Ich schaute über meine Schulter zu ihm. Jinx war nicht nur mein bester Freund, sondern auch mein Geschäftspartner. »Wir veranstalten einen Malabend«, verkündete er, und ich kniff die Augen zusammen.

»Einen was?«, fragte ich und sah, wie Jinx mit den Achseln zuckte.

»Malabend. Die Bar bekommt Kunden und einen Prozentsatz der verkauften Tickets dafür, dass jemand Hobbykünstlern Schritt für Schritt erklärt, wie man ein Bild malt oder so einen Scheiß.«

»Wer zum Teufel ist der Gastgeber?«, hakte ich nach und wunderte mich, wer das wohl veranlasst hatte.

»Keine Ahnung.« Er ging durch meine Wohnung und setzte sich an das andere Ende der Couch. »Die neue Empfangsdame des Bike Shops.«

»Was zum Teufel?«, sagte ich leise und schüttelte den Kopf. Es ging mich nichts an. »Wes hat das mit dir arrangiert?«

»Sie kam auf seine Empfehlung.«

»Du hast die Sache vereinbart, dann bist du auch dafür zuständig«, erwiderte ich und übergab ihm damit die Verantwortung, da ich mich nicht um noch mehr Dinge kümmern konnte.

»Wie du willst, es macht mir nichts aus. Sie ist ziemlich heiß.«

Ich quittierte seine Bemerkung mit einem Augenrollen und einem undefinierbaren Laut. Mir war zu Ohren gekommen, dass Wes jemanden für die Büroarbeit eingestellt hatte. Vermutlich eine dieser etepetete Sekretärinnen, da ich ihn gut genug kannte, um zu wissen, dass er keine dieser Clubhasen genommen hätte. Auch wenn sie sich bestimmt scharenweise auf die Stelle beworben hatten.

»Bist du bereit?«, fragte Jinx. Ich nickte und fuhr mit den Fingern durch mein frisch geschnittenes Haar. Es war an den Seiten rasiert und oben kurz gehalten.

»Klar, lass uns gehen. Nach der letzten Nacht brauche ich einen Drink.«

»Gleichfalls, Bro. Dann mal los.« Er verließ vor mir meine Wohnung, und ich steckte auf dem Weg nach draußen meine Brieftasche ein. Dabei wanderten meine Gedanken zurück zu der geheimnisvollen Frau, die mir immer mehr wie ein Engel vorkam. Mein Engel.

Alle hatten eine gute Zeit. Nachdem ich Wes ein wenig am Grill geholfen hatte, stellte ich mich hinter die Bar, wo ich auf Wunsch Bier und Shots verteilte. Währenddessen unterhielt ich mich mit meinen Clubbrüdern und einigen der Frauen, die hier auf Bad-Boy-Beutezug waren. Flirten und Barkeeping gehörten bei mir zum Tagesgeschäft, immerhin besaß ich selbst einen Laden, und ich war ein Meister in beidem.

Eine Blondine hielt auf der anderen Seite des Tresens und beugte sich vor, um mir einen Blick auf ihren tiefen Ausschnitt zu gewähren. Ich wollte mich gerade vorlehnen, um sie nach ihrem Getränkewunsch zu fragen, als ich etwas wahrnahm. Eine Vorahnung, die mich dazu brachte, von ihr weg und in die Menge zu sehen. Mir war nicht klar, wonach ich Ausschau hielt, aber ich hatte ein überwältigendes Bedürfnis, nach *etwas* zu suchen. Ich erhaschte einen Blick auf Wes' Frau. Sie lachte mit einer Dunkelhaarigen, die mir den Rücken zugewandt hatte. Als sie sich umdrehte, glitt mir das Tuch, mit dem ich über den Tresen gewischt hatte, aus den Fingern. Ich hatte angenommen, dass July mit einer ihrer Schwestern oder Cousinen sprach, aber damit hatte ich völlig danebengelegen.

Nein. Die Frau neben ihr war mein Engel. Meine sonnengeküsste, brünette und engelsgleiche Schönheit. Ich konnte nicht wegsehen. Mit verschränkten Armen sog ich ihren Anblick in mich auf.

»Millie«, hörte ich eine tiefe Stimme neben mir, die ich sofort als die von Wes erkannte.

»Millie?«, fragte ich, ohne meine Aufmerksamkeit von meinem Engel abzuwenden.

»Die Kleine, die du wie ein verrückter Stalker anstarrst«, bemerkte er.

»Leck mich«, entgegnete ich, ohne verärgert zu klingen. Gott, war sie schön. Ihr Lächeln ließ meine Brust eng und meinen Mund trocken werden.

»Du hast sie noch nicht kennengelernt?«, erkundigte sich Wes, und ich runzelte die Stirn. Nun sah ich ihn doch an.

»Wie hätte ich das tun sollen?«

»Sie ist die neue Empfangsdame im Shop«, informierte er mich, und mein Blick schweifte wieder zu ihr.

»Ohne Scheiß?«, murmelte ich. Ich war ein verdammter Idiot. Sie war die ganze Zeit direkt vor meiner Nase gewesen.

»Ja.«

»Sie ist das *Paint Nite Girl*«, stellte ich die Verbindung her.

»Genau die«, bestätigte Wes und nahm einen Schluck von seinem Bier. »July und ihre Schwestern wollen einen Kunstkurs machen, und Millie unterrichtet sie. Ich dachte, es wäre eine Win-Win-Situation. Die Mayson-Mädchen ziehen den Ärger an wie das Licht die Motten. Wenn der Kurs in der Bar stattfindet, können wir ein Auge auf sie haben.« Wes' Worte würden auf einen anderen gemein klingen, aber die Geschichten waren mir nur zu vertraut und ich wusste, wie recht er damit hatte. Ich nickte zustimmend, ohne den Blick von meinem Engel abzuwenden. Endlich kannte ich ihren Namen.

»Millie«, murmelte ich und genoss es, wie perfekt sich jede der zwei Silben auf meiner Zunge anfühlte. Mir entging nicht, dass Wes einen amüsierten Laut von sich gab, ehe er mir auf den Rücken klopfte.

»Viel Glück, Bruder, du wirst es brauchen«, warnte er und ich sah ihn an. Seine Miene schien Bände zu sprechen, allerdings war mir nicht klar, was genau ich darin lesen sollte.

»Wie meinst du das?«

»Sie wird kein leichter Fang sein«, merkte er an.

Mein Blick fiel zurück auf Millie. Sie unterhielt sich gerade mit Harmony, Harlens Frau. Harmony musste etwas Lustiges gesagt haben, denn die beiden fingen an zu lachen. Mein Engel, mein eigenes Wunder, hatte die süßesten Grübchen der Welt.

»Wer hat behauptet, dass ich es einfach haben will?« Ich löste meine Aufmerksamkeit von ihr, um nicht in Gegenwart unseres Präsidenten einen Ständer zu bekommen. Das würde er mich nie vergessen lassen und die anderen auch nicht.

»Ich kenne dich, Blaze.«

»Und?« Mit verschränkten Armen drehte ich Millie den Rücken zu, um mich ganz auf den Mann vor mir zu konzentrieren.

»Den Ausdruck in deinem Gesicht kenne ich, Bro, da ich

mal genau denselben hatte. Hast du vergessen, wie es gewesen ist, als ich July getroffen habe?«

»Ich ...« Da ich nicht der Typ war, der über seine Gefühle sprach, schluckte ich sie hinunter.

»Du hättest Millie neulich sehen sollen, als einige der Männer versucht haben, mit ihr zu reden. Jeden von ihnen hat sie abgewimmelt. Wie ein verdammter Profi. Hat mich zu Tode geschockt.«

»Sie haben sie angemacht?«, fragte ich mit einem leichten Grollen in der Stimme. Mein Kiefer krampfte sich zusammen und ich ballte die Hände zu Fäusten. Ich hatte keinen Anspruch auf sie, aber der Gedanke, dass sich jemand an sie heranmachte, ließ mich rotsehen.

»Entspann dich. Sie hat das ohnehin nicht zugelassen, aber in gewisser Weise haben sie ihr aus der Hand gefressen. Einmal sogar buchstäblich«, erzählte er. Bei der Vorstellung, wie sie meine Brüder fütterte, wollte ich um mich schlagen. Dabei betrachtete ich diese Männer als meine Familie. *Was zum Teufel sollte das alles?*

»Wie bitte?«, knurrte ich und verengte die Augen. Doch Wes lachte nur und schüttelte den Kopf.

»Es ist nicht so geschmacklos, wie du es dir vorstellst. Sie hat ihnen Cupcakes mitgebracht.«

»Die, die auf dem Tisch stehen?« Ich wies mit dem Kinn auf den gedeckten Desserttisch.

»Jepp.«

»Leck mich«, murmelte ich. Ich hatte selbst einen probiert. Normalerweise war ich kein Freund von Süßigkeiten, aber diesen Schokoladen-Cupcakes hatte ich nicht widerstehen können. Es war das Beste, was ich je in meinem Leben gegessen hatte. Das Einzige, was besser schmeckte, war vermutlich die Bäckerin selbst.

»Was weißt du über sie?«, wollte ich wissen. Ich brauchte

mehr Informationen. Wes öffnete den Mund und schloss ihn wieder. Sein Grinsen machte mir deutlich, dass er mir keinen Blödsinn erzählen würde.

»Sie kommt aus Kalifornien.«

»Kalifornien?«

»Ja.« Was zum Teufel hatte sie hier zu suchen?

»Was noch?«, hakte ich nach, doch Wes wies mich ab.

»Das musst du sie schon selbst fragen.« Er zuckte mit den Schultern und klopfte mir erneut auf den Rücken. »Das wird ein Spaß«, sagte er unheilvoll. Deutlich spürte ich, wie ich dabei die Stirn runzelte.

»Was ist?«, entgegnete ich, und seine Mundwinkel zogen sich amüsiert nach oben. »Die Mayson-Männer nennen es den Boom.«

»Boom?«

»Boom.« Er ahmte mit seinen Händen eine Explosion nach, und ich seufzte. Mir hätte klar sein sollen, dass er mir nicht mehr verraten würde. »Ich gehe besser zurück zum Grill und passe auf, dass niemand die Rippchen verbrennt«, teilte er mir mit. Als würde ich verstehen, wovon zur Hölle er sprach, nickte ich, obwohl ich keinen blassen Schimmer hatte.

Wes ging, und meine Aufmerksamkeit richtete sich wieder auf die Frau, die mich unwissentlich in den Wahnsinn getrieben hatte. Dabei hatte ich noch nicht ein verdammtes Wort mit ihr gewechselt.

Ich beobachtete aus der Ferne, wie einer der Männer sie ansprach. Er sagte etwas und sie lächelte, aber ich hatte das Gefühl, dass es gezwungen war. Er unterhielt sich mit ihr, woraufhin sie einen Schritt zurückwich und ich meine Hände zu Fäusten ballte. Als würde er ihr Unbehagen spüren, ging er auf Abstand, und ihre angespannte Haltung lockerte sich. Schlussendlich wandte er sich ab, und sie drehte sich zu Harmony um. Ich beobachtete sie genau und sog ihren Anblick in mich auf. Mein Gott, war sie schön. Sexy und süß mit einem Hauch von etwas anderem. Etwas mehr. Sie strich sich das Haar von der Schulter und deutete auf die Bar. Die Bar, an der ich stand. Ich erstarrte. Mein Herzschlag verlangsamte sich, als sie sich umdrehte und ihr Blick den meinen traf. Ihre Augen weiteten sich, als sie mich musterte.

Etwas in mir wurde lebendig, und alles in mir wartete darauf, dass sie sich näherte.

Boom.

Vielleicht hatten die Maysons bei all dem doch recht.

3

Millie

Dieses Barbecue war genau das, was ich gebraucht hatte. Das Clubhaus der *Broken Eagles* war voller Leute. Die Mädels, mit denen July mich bekannt gemacht hatte, waren toll und wirklich lustig. Das Essen schmeckte großartig, und mich beschlich das Gefühl, dass mein Glas nie leer wurde.

»Hey, ich hole mir etwas Wasser.«

»Soll ich dich begleiten?«, fragte Harmony, doch ich schüttelte den Kopf.

»Nein, alles gut. Danke. Ich bin gleich wieder da.« Als ich mich in Bewegung setzte, spürte ich, dass mich jemand beobachtete.

Ich schaute zur Bar hinüber, und als ich den Mann dahinter entdeckte, zog sich mein Magen zusammen. Unsere Blicke trafen sich und ich hätte beinahe abrupt innegehalten. *Wow.*

Groß, gut gebaut und tätowiert. Nein, jedes bisschen Haut, das nicht von seinem dunklen T-Shirt bedeckt war, war mit Tattoos versehen.

Ich war an Kerle wie ihn gewöhnt. Schließlich war ich mit ihnen aufgewachsen, aber bei ihm war es eine Spur mehr. Er war umwerfend gutaussehend und genau der Typ, vor dem ich mich laut meiner Mutter fernhalten sollte. Ein Blick auf ihn und meine Bad-Boy-Alarmglocken schrillten los. Oder vielleicht jubelten sie mir auch zu. Denn dieser *Bad Boy* war von der wirklich tollen Sorte. Die Art, die deinen Herzschlag in die

Höhe trieb und dich mit Sicherheit bis spät in die Nacht wachhielt.

Und aus irgendeinem Grund schien ich seine Aufmerksamkeit erregt zu haben. Himmel, er sah mich an, als wäre ich die einzige Frau auf dieser Party und das brachte alles in mir zum Glühen. Plötzlich war ich mir meines Körpers und jedem Zentimeter entblößter Haut sehr bewusst. Ich biss mir auf die Unterlippe und beobachtete, wie sich sein Blick direkt darauf richtete und sie zum Kribbeln brachte.

Jemand rempelte mich an und riss mich aus meiner Benommenheit.

»Entschuldigung«, sagte die Frau knapp, als sie an mir vorbei zu dem Mann hinter der Bar ging. Sie war groß und blond und trug winzige Jeansshorts, die selbst die Hotpants von Daisy Duke in *Ein Duke kommt selten allein* elegant erscheinen ließen. Ihr weißes Croptop war tief ausgeschnitten und entblößte fast ihr ganzes Dekolleté. Sie beugte sich über den Tresen und griff nach dem Tuch, das der Barkeeper in der Hand hielt. Ich kam mir wie eine Idiotin vor, denn ich hatte wirklich gedacht, verdammt, es sogar *gefühlt*, dass er mich direkt ansah. Himmel, hatte ich falschgelegen! Er hatte nicht mich, sondern die Blondine hinter mir mit seinem Blick gevögelt. Ich kam an der Theke an und wartete.

»Komm schon, Blazey! Warum hältst du mich heute Abend nicht etwas warm?«

»Tara«, sagte er mit leiser Stimme, und sein Blick traf meinen.

Ich sah beiseite, damit es nicht zu offensichtlich war, dass ich ihrem Gespräch lauschte. Mich daran hindern, konnte ich nicht. Erstens stand ich direkt neben den beiden, und zweitens war diese Tara nicht gerade diskret.

»Komm schon«, säuselte sie und lehnte sich weiter auf den Tresen. Darüber konnte ich nur die Augen verdrehen. »Ich werde das mit meinem Mund machen, das du so gerne magst.«

Wow! Sie kam ja ziemlich schnell zur Sache.

Mein Augenmerk auf den Tresen gerichtet, erblickte ich eine Reihe von Wasserflaschen gleich dahinter. Ich griff nach einer und zog erneut seinen Blick auf mich.

»Ich hätte es dir holen können«, sagte er, und selbst diese paar Worte erfüllten meinen Körper mit einem gewaltigen Kribbeln. Denn er hatte sie zu mir gesprochen.

Seine Augen waren so blau wie das Meer auf einem dieser wunderschönen Bildschirmschonern oder einem Gemälde. Als wäre das nicht genug, war er aus der Nähe sogar noch gutaussehender. Wild und männlich auf eine Art, wie ich es bisher nur in Erotikromanen gelesen hatte. Ich leckte mir über die Lippen und versuchte die plötzliche Trockenheit in meinem Mund zu bekämpfen. Dabei hätte ich schwören können, dass sein Blick auf diese sexy Weise dunkler wurde. Seine Aufmerksamkeit galt mir, so wie ich es zuvor angenommen hatte. Als würde er nur mich sehen, niemanden sonst.

Ich wusste es jedoch besser, und das riss mich aus der seltsamen Trance, in die mich dieser tätowierte Bad Boy versetzt hatte. Offensichtlich lief da etwas zwischen ihm und der Blondine, und ich gehörte nicht zu den Menschen, die einer anderen Frau den Mann ausspannten.

»Sieht aus, als ...« *... wäre dein Bett schon voll.* Es brannte auf meiner Zunge, diesen Gedanken auszusprechen, aber ich war kein Miststück. Soweit ich wusste, war Tara eine süße, nette und etwas leicht bekleidete Frau. »Als hättest du schon alle Hände voll zu tun«, beendete ich meinen Satz auf unschuldige Weise. Der Barkeeper öffnete gerade den Mund, als jemand nach mir rief. Wie eine Idiotin nickte ich ihm zu und ging weg.

Bei jedem Schritt, den ich auf die Mädels zuging, schien er mich mit seinem Blick auszuziehen, um an nackte Haut zu gelangen. Ich wollte zurückgehen und mich ebenso über den

Tresen lehnen, wie es die Blondine getan hatte, und mir eine Schlacht mit ihr liefern. Nicht dass ich jemals so etwas Gewagtes tun würde. Ich war zufrieden mit meinem Körper. Vielleicht war ich ein bisschen zu kurvig und mein Hintern etwas zu groß, aber ich konnte meine Vorzüge durchaus in Szene setzen.

Anstatt genau das zu tun, machte ich mich auf den Weg zu meinen neuen Freundinnen. Ihn immer wieder heimlich zu betrachten, ließ ich mir aber nicht nehmen. Tara war schon von der Bar verschwunden, als ich das erste Mal in seine Richtung schaute. Und auch dieses sowie jedes weitere Mal lag seine Aufmerksamkeit ganz auf mir. Die Hitze, die er damit in mir auslöste, war unbeschreiblich.

»Sein Name ist Blaze«, sprach July leise in mein Ohr und lehnte sich dabei zu mir.

Ich sah sie an. »Wen meinst du?«, gab ich mich betont unwissend. Natürlich war mir klar, auf wen sie anspielte. Und genauso sehr hätte ich wissen müssen, dass sie sich nicht so leicht täuschen ließ.

Sie grinste und trank einen Schluck von ihrem Bier. »Er ist ein guter Kerl. Arbeitet hart. Ist Wes gegenüber loyal.«

»Das ist doch gut, oder?« Meine Frage brachte sie zum Lachen.

»Er kann schon den ganzen Abend nicht die Augen von dir lassen«, bemerkte sie. Auf meiner Unterlippe kauend zuckte ich mit den Schultern und schob meine Hände in die vorderen Jeanstaschen.

»Ich bin sicher, dass er das mit allen Neulingen macht.«

»Nope.«

»Was ist mit Tara?«, fragte ich.

»Wer?«

»July!«, rief Wes, und wir sahen beide zu ihm hinüber.

»Ich bin gleich wieder da.« Sie zwinkerte und schlenderte zu ihrem Mann, während Wes jeden ihrer Schritte aufmerksam verfolgte, als wäre sie seine Beute. Es war niedlich zu beobachten, wie sie sich gemeinsam verhielten. Da wünschte man sich das Unmögliche für sein eigenes Leben.

»Hey, willst du Shots trinken?«, fragte April, eine von Julys Schwestern, und ich lachte.

»In Ordnung, aber nicht mehr als drei.«

»Gut.« Spielerisch verdrehte sie die Augen, als wir zu einem Stehtisch hinübergingen.

»Rick, das ist Millie, Millie, das ist Rick.«

»Hey«, sagte er. Höflich lächelte ich, bevor ich erneut einen Blick über meine Schulter zur Bar warf.

Gott, er war so gutaussehend. Die vielen Tattoos hätten mich abschrecken sollen, aber das taten sie nicht. Anstatt ihn furchterregend wirken zu lassen, weckten sie meine Neugier auf diesen Mann noch mehr. Er war nicht wie die anderen Kerle, mit denen ich mich üblicherweise traf. Versnobte und langweilige Typen, die überhaupt kein Risiko darstellten. Blaze, wie ihn July genannt hatte, war da schon mehr Risiko.

Seine Mundwinkel hoben sich, als er meinen Blick von der anderen Seite des Raumes auffing. Anerkennend ließ er ihn über meinen Körper schweifen und löste eine Hitze in mir aus, die sich langsam über mich legte und immer stärker wurde. Ich biss mir auf die Unterlippe, bevor ich meine Aufmerksamkeit wieder auf April und Rick richtete. Nicht dass Blaze weniger Wirkung auf mich gehabt hätte. Gott, selbst ohne ihn anzusehen, konnte ich spüren, wie er mich betrachtete. Es löste heißes Verlangen in mir aus.

All diese verrückten Empfindungen aus meinem Kopf vertreibend hing ich mit April und Rick ab. Wir redeten und tranken, während sich der Himmel draußen verdunkelte. Die Nacht brach herein, der Alkohol floss in Strömen und die gute Laune erreichte ihren Höhepunkt. Shot für Shot genoss ich den Abend. April überredete mich sogar zu einem vierten, den ich schnell bereute.

Als jemand nach April rief, umarmte sie mich, ehe sie mich mit Rick allein ließ, der über Dinge sprach, die mich nicht wirklich interessierten. Ich versuchte, seinem Gespräch über Autos und Auspuffanlagen zu folgen, aber mein Kopf war von Tequila und Bier benebelt. Andernfalls hätte ich nicht erst jetzt bemerkt, wie nah er mir mittlerweile war oder wie interessiert er mich musterte. Er schlug ein gemeinsames Abendessen vor. Doch das war das Letzte, worauf ich Lust hatte. Nicht dass Rick nicht gut ausgesehen hätte. Er war in Ordnung, aber da war kein Interesse von meiner Seite. Kein Funke. Nichts. Nichts von dem, was der Bad Boy Blaze hinter der Theke in mir auslöste.

Als ich versuchte, einen Schritt zurückzutreten, stieß ich gegen eine Wand. Eine sehr harte, sehr warme Wand bestehend aus Muskeln. Große Hände legten sich auf meine Hüften und verhinderten, dass ich nach hinten stolperte, während sie meinen Rücken zugleich an diesen wunderbar festen Oberkörper pressten. Ich musste nicht auf die stark tätowierten Hände hinunterschauen, um zu wissen, wer mich hier an sich drückte. Ricks Augen weiteten sich, als er an mir vorbeisah. Ich tat es ihm gleich und blickte über meine Schulter. Wie ein Fels in der Brandung stand Blaze hinter mir und hielt mich auf eine so selbstverständliche Weise, dass ich beinahe selbst glaubte, er würde das immer tun.

Als würde ich zu ihm gehören.

»Hey, Rick.« Beim Klang von Blaze' tiefer Stimme zog sich etwas in mir auf süße Weise zusammen. Der Klang hüllte mich ein wie warmer Samt.

»Blaze. Hey, Mann«, antwortete Rick sichtlich nervös.

»Alles in Ordnung, Babe?«, fragte Blaze und senkte den Kopf, sodass seine Lippen meine Schläfe berührten. Alles, was ich zustande brachte, war ein Nicken.

»Ich sollte jetzt gehen. Millie, es war nett, dich kennenzulernen.« Rick winkte zum Abschied und verschwand.

»Ich glaube, du hast ihn verscheucht«, sagte ich und brach damit das angenehme Schweigen, das zwischen uns herrschte. Noch immer stand Blaze hinter mir, und auch ich machte keine Anstalten, mich von ihm zu lösen.

»Du scheinst nicht allzu aufgewühlt zu sein«, antwortete er sanft. Gott, seine Stimme war zu sexy. Die Versuchung, mich umzudrehen und zu ihm aufzuschauen, war zu groß und ich gab ihr nach. *Dios mio!* Er sah sogar noch besser aus, als ich es in Erinnerung hatte.

Er drückte mich mit seinen starken Armen an sich, während Leute an uns vorbeiliefen und mich daran erinnerten, dass wir nicht die Einzigen hier waren. Wie zum Teufel hatte Blaze mich das vergessen lassen?

»Oh Gott, Babe, du bist wie mein eigenes Wunder.«

Ich blinzelte verwirrt. Er musste meinen Vornamen gehört haben, denn *Milagros* war Spanisch für *Wunder*, und seine Worte waren nur ein dummer Spruch, oder?

»Wie gewitzt«, murmelte ich. Seine Lippen zuckten, als würde er sich ein Lächeln verkneifen.

»Wollen wir von hier verschwinden?«, fragte er, während seine Hand über meine Wirbelsäule strich und mich in Versuchung brachte.

Wir hatten kaum mehr als eine Handvoll Worte gewechselt, und er kam schon zur Sache. Ich war nicht betrunken, nur beschwipst, und hatte mich völlig unter Kontrolle. Mit einem weiteren Blinzeln brachte ich die Millionen Gedanken, die mir durch den Kopf schossen, zum Schweigen. Eine sanfte Erinnerung daran, dass ich genau für solch einen Moment umgezogen war, drängte sich in den Vordergrund. *Abenteuer und Risikobereitschaft.* Ich sah zu dem großen, tätowierten Bad Boy auf – er war genau das, was ich brauchte. Wenn auch nur für eine Nacht. Wahrscheinlich hatte er ohnehin nicht mehr zu bieten als flotte Sprüche und ein paar nette Stunden.

»Also, was sagst du, mein Engel?«

»Hast du ein Motorrad?«, fragte ich und musterte ihn von oben bis unten, wobei mein Blick an seinen Lippen hängen blieb.

»Das habe ich.« Er schmunzelte und kam dabei noch näher. Seine blauen Augen strahlten eine Wärme aus, von der ich mich für heute Nacht nicht mehr lösen wollte. Als ich meine Hände seine Brust hinauf bis zu seinem Schlüsselbein wandern ließ, überkam mich eine Art Rausch.

»Ist es groß?«

»Sehr.« Seine Stimme klang rauer und seine Lippen schwebten knapp über meinen.

»Gut«, murmelte ich und strich mir die Haare hinters Ohr, bevor ich den Einsatz erhöhte. »Zu dir oder zu mir?« Ich trat einen Schritt zurück und schnappte mir meine Handtasche vom Stehtisch neben uns.

»Zu mir«, sagte er, und ich erschauerte. Einen Moment lang überlegte ich, wie es wäre, wirklich zu ihm zu gehören. Eilig schüttelte ich diesen verrückten Gedanken ab. Mehr als einen One-Night-Stand durfte ich nicht erwarten.

Blaze nahm seine Jacke von einem der Haken und zog sie über. Dann streckte er seine Hand aus, und ich legte meine hinein, bevor ich mich von ihm aus dem Clubhaus und über den Parkplatz zu seinem Motorrad führen ließ.

»Dein erstes Mal, Engel?« Wieso hatte ich das Gefühl, dass er nicht von seinem Bike sprach?

»Auf einem Motorrad, ja«, flirtete ich zurück, als er sich mit einem Helm in der Hand dicht vor mich stellte.

»Sicherheit geht vor«, murmelte er und half mir beim Aufsetzen. Ich strich mir mein Haar, das hinten länger war als die kürzeren Strähnen vorne, über die Schultern.

»Ein Mann mit einem Plan. Das gefällt mir.«

Sein tiefes Lachen umgab mich. »Wie viele Drinks hattest du?«, wollte er wissen und sah mich an, als wäre ich alles, was in seiner Welt existierte.

»Ich bin nicht betrunken«, antwortete ich ehrlich.

»Bist du sicher?« Er wirkte skeptisch, als er den Riemen festzog. Mit seinen Fingern an meinem Kinn dirigierte er meinen Blick hoch zu seinem.

»Ich bin sicher«, antwortete ich leise und verlor jegliche Zurückhaltung, während ich in seinen blauen Augen versank.

»Ich kann dich nach Hause bringen«, bot er an. Das war süß. Süßer als ich es von einem Kerl wie ihm erwartet hatte.

»Änderst du deine Meinung, Bikerboy?«, konterte ich.

»Vor dir steht kein Junge, Engel, sondern ein Mann.« Er beugte sich vor und küsste mich auf den Kiefer, bevor er seine Lippen näher an mein Ohr brachte. Voller Erwartung hielt ich absolut still. »Wenn du deine Meinung änderst, kannst du es jederzeit sagen. Wir können anhalten und abhängen, oder ich bringe dich zu dir nach Hause«, bot er an und löste ein Zittern in mir aus. Ja, ein *Zittern.*

»Ich werde meine Meinung nicht ändern«, antwortete ich selbstbewusst. Er streichelte mir über die Wange und nickte.

Er stieg auf sein Motorrad und begann den Reißverschluss seiner Lederjacke nach unten zu ziehen. Als er sie auszog, bekam ich erneut einen Blick auf seine starken, tätowierten Arme. Dann hielt er mir seine Jacke hin.

»Mein Mädchen soll es warm haben und sicher sein.« Sprachlos angesichts seiner liebevollen Worte ließ ich zu, dass er mir in das Kleidungsstück half und sogar den Reißverschluss zumachte. Seine Wärme und sein Duft umhüllten mich, und ich konnte nicht anders, als tief einzuatmen. Ich mochte alles daran. Maskulin mit einem Hauch von Kiefer und etwas anderem. Er ließ mich los und, sah mich aus seinen klaren blauen Augen an.

»Bereit?«, hakte er nach und reichte mir seine Hand. Es fühlte sich an, als würde er mich fragen, ob ich für mehr als nur eine Runde auf seinem Motorrad bereit war. Aus irgendeinem Grund störte mich das in diesem Moment nicht. Stattdessen lächelte ich und als ich meine Hand in seine legte, fiel eine Last von meinen Schultern, von der ich bis zu diesem Augenblick gar nichts gewusst hatte.

»Sehr bereit.« Und das war ich auch. Ich war bereit zu sehen, wohin uns diese Nacht führen würde. Selbst wenn es nur eine einmalige Sache war.

»Steig auf, Babe. Lass uns eine Runde drehen.« Ich setzte mich hinter ihn, darauf bedacht, mich nicht an ihn zu pressen. Er sah mich mit einer hochgezogenen Braue über seine Schulter hinweg an.

»Was?«, fragte ich. Diese unglaubliche Wärme spiegelte sich in seinem Blick, der im Mondlicht noch glühender erschien.

»Du musst dich an mir festhalten, Engel.«

»Oh, natürlich.« Hitze überzog meine Wangen. Ich schlang meine Arme um ihn, da umfasste er bereits meine Handgelenke und zog mich noch enger an seinen Körper. Mit der Brust gegen seinen Rücken gedrückt, schmiegte ich mein Gesicht an seinen Nacken, und es fühlte sich gut an. *Wirklich gut.*

Aufregung und etwas anderes, das ich noch nicht benennen konnte, durchfluteten mich, als er sein Motorrad startete. Plötzlich fuhren wir los, und der Wind wehte mir in die Haare und ins Gesicht. Mich überkam ein Gefühl der Freiheit, wie ich es nie zuvor empfunden hatte.

Blaze

Millie auf meinem Motorrad zu haben, fühlte sich verdammt gut an. Die Kombination aus ihren Brüsten, die sie von hinten gegen mich presste, und ihren Armen, die sie um meinen Oberkörper geschlungen hatte, machte mich noch härter, als ich es ohnehin schon war und je für möglich gehalten hatte. Sie hatte etwas an sich, das mich an mehr als nur die Gegenwart denken ließ. Es war verdammt verrückt.

Ich war hin- und hergerissen, ob ich die Fahrt mit ihr weiter genießen oder sie mit nach Hause nehmen sollte, um sie die ganze Nacht lang zu vögeln. Ihr Lachen brachte mich dazu, eine Entscheidung zu fällen, und ich nahm die landschaftliche Strecke über die Main Street. Ich saugte jedes Geräusch und jede ihrer Berührungen auf, während sie ihre erste Fahrt erlebte. Die erste von vielen.

Allerdings nur auf dem Rücksitz meines Motorrads. Seltsamerweise machte mich dieser besitzergreifende Instinkt nicht wahnsinnig. Dabei war ich sonst kein Mann, der Verpflichtungen einging. Das war nie mein Ding gewesen. Bis dieses kleine Wunder in mein Leben getreten war.

Ich hielt vor der Bar und drehte mich zu Millie um.

»Wollen wir etwas trinken gehen?«, fragte sie.

»Nein«, antwortete ich, während ich den Motor abstellte und das Motorrad stillhielt. »Ich wohne oben.«

»Oh.« Sie nahm die Hand, die ich ihr anbot, und hüpfte herunter.

»Vorsichtig, Babe«, warnte ich, und sie drückte meine Finger.

»Meine Beine fühlen sich wie Wackelpudding an.« Leise kicherte sie, und mir wurde dabei ganz warm ums Herz. Einen Moment lang beobachtete ich sie und nahm diesen Anblick in mich auf. Ich wollte derjenige sein, der sie zum Strahlen und Lachen brachte. Als sie die Kontrolle über ihre Beine wiedererlangt hatte, ließ sie meine Hand los und ich schwang mich von meinem Motorrad. Ich versuchte, meine Erektion zu verbergen, aber es blieb nicht unbemerkt. Millies Blick wurde dunkler. Ohne nachzudenken, zog ich sie dicht an mich.

»Bleibst du bei deiner Meinung, Babe?«, hakte ich nach. Eine Stimme in meinem Hinterkopf schrie mich an, ich sollte aufpassen, dass ich es nicht versaute.

Millie nickte. Ihre Augen funkelten wie frisch polierter Onyx, als ich den Riemen des Helms vorsichtig öffnete und sie daraus befreite.

»Du musst es schon laut sagen, Engel.« Ich musterte sie abwartend. Verdammt, sie sah in meiner Jacke einfach zu gut aus. Die Art, wie sie von dem Leder eingehüllt wurde, genauso wie mein Körper später ihren bedecken würde. Ich schluckte schwer, und mein Schwanz drückte gegen meine Jeans.

»Ich bin immer noch derselben Meinung«, antwortete sie, also ergriff ich ihre Hand und führte sie zu *Daniel's Bar*. Dass ich im ersten Stock wohnte, hatte mich bisher nie gestört.

Zum einen war es ein wirklich verdammt tolles Apartment. Der offene Grundriss bot viel Platz und einen Zugang zum Dach, wenn ich rauchen und auf die Stadt schauen wollte. Außerdem gefiel mir die Nähe zu beiden Geschäften, da sich das Tattoo Studio gleich nebenan befand. Ich nahm nie Frauen mit in meine Wohnung. Für gewöhnlich brachte ich sie nach Hause, bevor ich, ganz der Gentleman, sicherstellte, dass ihre Bedürfnisse befriedigt wurden. Doch ich schlief nur in meinem eigenen Bett. Mit Millie war es anders. Mir gefiel der Gedanke, sie bei mir zu haben, allerdings nicht, dass sich im

Stockwerk darunter ein Haufen betrunkener Arschlöcher die Kante gaben. Zum Glück bestand dieses Problem heute Abend nicht. Der Laden hatte früher geschlossen, und ich wusste, dass er inzwischen leer war.

Ich entriegelte die Tür und hielt sie ihr auf. Millie ging an mir vorbei, und ich atmete ihren Duft ein, bevor ich hinter uns abschloss. Langsam atmete ich aus, bevor ich mich zu der Frau umdrehte, die in den letzten zwei Wochen jeden meiner wachen Gedanken bestimmt hatte. Kaum zu fassen, dass sie sich endlich in meinem Zuhause befand.

Sie hatte sich an die Bar begeben und sah sich in dem Lokal um. Einige Nischen mit Sitzgelegenheiten, eine Jukebox, drei Billardtische und ein paar Dartscheiben. Einige Stehtische sowie die Bar mit einer neuen Arbeitsplatte und neuen Hockern. Es war nicht viel, doch es reichte aus, um seine täglichen Brötchen zu verdienen.

Sie wandte sich um und begegnete meinem Blick. Sie schob ihre Hände in die hinteren Hosentaschen, als wäre sie sich plötzlich über etwas unsicher.

»Kaffee?«, bot ich an. Sie öffnete den Mund, klappte ihn wieder zu und schüttelte den Kopf. »Wasser?« Diesmal wurde das schelmische Funkeln in ihren Augen wieder lebendig und sie nickte. Ich ging zum hinteren Teil der Bar, meinem Hoheitsgebiet, und holte uns zwei Gläser, füllte sie mit Eis und goss Wasser ein. Sie kam herüber und setzte sich auf den Hocker vor mir. Ich schob ihr den Drink über den Tresen zu, und sie bedankte sich, bevor sie einen Schluck davon nahm.

»Ich mag diesen Ort.«

»Murfreesboro oder die Bar?«, fragte ich und sah, wie ihre Augen aufleuchteten.

»Beides«, konterte sie frech und ich verkniff mir ein Lächeln.

»Wes erwähnte, dass du aus Kalifornien stammst?«

»Ja, du?«

»Von überall.« Ich zuckte mit den Schultern und gab nicht allzu viele Informationen preis. »Ich war eine Zeit lang in San Diego stationiert.« So viel dazu, dass ich nie etwas preisgab.

»Wirklich?« Ihr Blick wurde weicher, und ich nickte bestätigend und setzte mein Glas nach einem Schluck auf dem Tresen ab. »Danke für deinen Dienst.«

Erneut nickte ich und starrte sie viel zu lange an. Verdammt, sie war einfach so unsagbar hübsch, dass es mich meinen Verstand kostete. Mir wurde klar, dass ich sie nicht einmal nach ihrem Namen gefragt oder ihr meinen verraten hatte.

»Blaze«, stellte ich mich etwas verspätet vor, streckte meine Hand aus, und sie nahm sie. Ich betrachtete ihre sonnengeküsste Haut.

»Millie.«

»Millie.« Ich ließ mir ihren Namen auf der Zunge zergehen, wie ich es schon die ganze Nacht getan hatte, nachdem Wes ihn mir mitgeteilt hatte. »Millie aus Kalifornien.«

»Und Blaze von überall her. Willst du mir deine Wohnung zeigen?«

»Bist du sicher, Engel?«, fragte ich. Schweigend beobachtete sie mich. Viele Dinge waren mir wie meine Westentasche vertraut. Das Geschäftliche, die Frauen und vor allem, wie man ein verdammt gutes Tattoo stach. Als ich Millie nun ansah, war mir klar, dass sie nicht der Sorte Frau angehörte, die von einem Bett ins nächste hüpfte. Deshalb musste ich sie warnen. »Wenn ich dich nach oben bringe, kann ich mich vielleicht nicht mehr zurückhalten.«

»Wovon zurückhalten?«

»Davon, dass ich jeden schmutzigen Gedanken, den ich hatte, seit ich dich zum ersten Mal gesehen habe, zum Leben erwecken werde, Babe«, sagte ich ehrlich. Sie hatte keine Ahnung, dass ich zwei Wochen lang über diesen Moment fantasiert hatte.

»Du machst mir keine Angst.«

»Glaubst du, ich versuche es?«, entgegnete ich. Sie lehnte sich näher an mich heran, und ich konnte mich nicht davon abhalten, nach ihrer Hand zu greifen. Ich genoss es, sie in meiner zu spüren.

»Ich weiß es nicht. Du warnst mich ständig und fragst, ob ich meine Meinung geändert habe.«

»Ich will nur sicher sein, dass du weißt, was du tust. Du hast getrunken und ...«

»Lass mich dich genau hier unterbrechen, Blaze«, fiel sie mir ins Wort und ich hielt inne. Mir gefiel das Funkeln in ihren Augen. »Du kannst mich nicht kennen, da wir uns buchstäblich gerade erst getroffen haben, aber ich werde dir etwas erzählen. Ich bin hier, weil ich es so will. Ich bin nicht die Art von Frau, die nicht genau weiß, worauf sie sich einlässt.«

»Ich will nur, dass du verstehst, was passiert, wenn ich dich zu mir nach oben bringe. Denn ich werde dir jedes Kleidungsstück vom Leib reißen und jeden Zentimeter von dir kosten.«

»Blaze.« Ihr Atem stockte. Ich führte ihre Hand zu meinen Lippen. Ohne den Blick von ihr abzuwenden, küsste ich ihre Fingerspitzen.

Ihre Haut fühlte sich weich an, und ich konnte es kaum erwarten, herauszufinden, wie der Rest von ihr schmecken würde. Ihr Atem wurde flacher, während ich spürte, wie sich ihr Brustkorb schneller hob und senkte. Zu sehen, wie sie auf eine so einfache Berührung reagierte, weckte in mir das Verlangen nach so viel mehr.

»Du wirst rot.« Und die rosige Färbung ihrer Haut breitete sich bis zu ihrem Hals und Schlüsselbeinen aus. Ich wollte jeden Winkel und jede Kurve mit der Zunge erkunden und mir genau einprägen.

»Ich glaube, du wirst mögen, was ich gerade im Sinn habe«,

fuhr ich leiser fort, während ich mit meiner freien Hand eine ihrer dunklen Haarsträhnen zwirbelte. Lang und seidig machte es mich neugierig darauf, wie es wäre, ihr Haar um meine Hand zu wickeln, während ich sie von hinten nahm.

Mein, sagte etwas in meinem Kopf, und ich konnte nur an das denken, was Wes einmal erwähnt hatte. Der verdammte Boom war real. Fuck. Ich kannte weder ihre Lieblingsfarbe, noch wusste ich, was sie sonst mochte, aber ich *wusste,* dass sie *die Eine* war. Sie gehörte zu mir. Das sagte mir mein Instinkt.

»Ich möchte, dass dir klar ist, was ich mit dir anstellen werde, wenn ich dich nach oben bringe, denn ich will das nicht versauen. Du verdienst mehr als ein Arschloch, das einfach tut, was es will, ohne sich zu vergewissern, dass du damit einverstanden bist. So ein Mann bin ich nicht«, erklärte ich und konnte in ihrem Blick sehen, dass ihr nicht so klar war, was ich damit meinte. Sie sagte jedoch nichts.

Stattdessen sprang mein Wundermädchen, die Frau, die mich unwissentlich dazu brachte, plötzlich an Seelenverwandte und andere Hälften zu glauben, von ihrem Barhocker auf. Mein Körper spannte sich an und ich war darauf gefasst, dass sie mich bitten würde, sie nach Hause zu bringen. Es würde mich umbringen. Wenn ich zurückkäme, wäre eine eiskalte Dusche notwendig. Aber immerhin wüsste ich dann, wo ich sie finden würde. Aufgeben kam nicht in Frage. Ich würde ihr zeigen, dass diese Sache zwischen uns vorherbestimmt war.

Nur bat mich Millie nicht, sie nach Hause zu fahren. Sie schob den Riemen ihrer Handtasche über ihre Schulter und lächelte. »Bringst du mich nach oben, oder muss ich selbst herausfinden, wie ich da hochkomme?«

Verdammt, meine Frau war wundervoll unberechenbar. Ich konnte mich nicht daran erinnern, mich jemals schneller bewegt zu haben.

4

Millie

Erwartungsvoll raste mein Herz in meiner Brust.

Noch nie zuvor hatte ich eine Party oder eine Bar mit einem Mann verlassen. Niemals! Ich war nicht der Typ Frau, obwohl daran nichts verwerflich gewesen wäre, aber es passte nicht zu mir. Blaze hatte jedoch etwas an sich, das mich daran denken ließ, wie ich in seinen Armen lag, unsere Körper eng umschlungen.

Mein Höschen war ruiniert.

Die vielen gestohlenen, glühenden Blicke auf der Party und die anschließende Fahrt auf seinem Motorrad hatten mich angeheizt, und ich war mehr als bereit. Doch die Weise, wie er mit mir sprach und mich ansah ... Er *sah* mich wirklich. Als würde er alles über mich wissen wollen, in sexueller Hinsicht und jeder anderen, nur um noch einmal von vorn zu beginnen. Und als er sich vergewisserte, dass ich mir in Bezug auf unsere gemeinsame Nacht sicher war, fühlte ich mich in meinem Entschluss bekräftigt. Ein Mann, dessen Verlangen nach mir bereits in seinen Augen loderte, bat mich um Zustimmung.

Es war verdammt sexy gewesen und hatte eine ganz andere Seite von mir zum Leben erweckt. Eine, die von sich selbst überzeugt war und sich holte, was sie brauchte.

Meine Erregung staute sich auf fast unangenehme Weise in meiner Mitte, und das, obwohl er nur meine Fingerspitzen geküsst hatte. Ich konnte es kaum erwarten zu sehen, ob er seine schmutzigen Versprechen in seiner Wohnung wahr machen würde. Deshalb sprang ich ohne ein Wort vom Barhocker und verlangte verwegen nach dem, was ich wollte.

»Bringst du mich nach oben, oder muss ich selbst herausfinden, wie ich da hochkomme?«

Sein Kiefer spannte sich an, und er nickte, bevor er sich um den Tresen herumbewegte, wobei ich ihm auf halbem Weg entgegenkam. Kaum war er in meiner Reichweite umfasst er meine Taille und hob mich hoch. Ich schlang die Beine um seine Hüften, meine Hände ruhten auf seinen muskulösen Schultern, und mit den Fingerspitzen zeichnete ich eine bunte Tätowierung auf seinem kräftigen Hals nach.

»Du bist eine wandelnde Versuchung, Millie.«

»Es gefällt mir, dass du das denkst, Blaze«, hauchte ich, unsere Lippen so nah, dass wir dieselbe Luft teilten. Sein Atem roch nach Minze und ich wollte ihn schmecken. Verdammt, ich wollte es so sehr, aber da war etwas, das mich davon abhielt, meinem Verlangen nachzugeben.

Blaze war ein Mann. Das hatte er mir mit jedem Wort heute Abend bewiesen. Ich wollte keinen Kuss stehlen. Er sollte ihn sich nehmen. *Mich nehmen.*

Mein Blick war auf sein Gesicht und seinen Hals geheftet, während er mich durch die Bar trug, als wäre ich nicht schwerer als eine Tüte Chips.

»Ich kann laufen, weißt du?«

Er schüttelte nur den Kopf.

»Das würde bedeuten, dass ich deinen süßen Körper nicht in meinen Armen halten könnte, Babe, und das will ich nicht«, erwiderte er, als er das obere Ende der Treppe erreichte.

»Oh.« Ein angenehmer Schauer durchfuhr mich und meine Pussy zog sich zusammen. Ich fühlte mich so leer. Noch nie hatte ich jemanden so gewollt wie ihn in diesem Moment. Er öffnete die Tür und schloss sie hinter uns wieder, bevor er mich auf meine Füße stellte.

»Letzte Chance, Babe«, warnte er, als er seine Schlüssel auf einen kleinen Beistelltisch aus dunklem Holz fallen ließ. Ich war fertig mit Reden. Stattdessen löste ich den Griff um meine Handtasche und sie glitt zu Boden. Ich schlüpfte aus seiner Lederjacke, drehte mich um und legte sie auf die übergroße schwarze Ledercouch, die dort stand. Dann wandte ich mich wieder um und sah ihn an.

Ich war immer vorsichtig gewesen und auf Nummer sicher gegangen. Nicht heute. In dieser Nacht fühlte ich mich wild und sorglos.

Das Adrenalin floss seit der Begegnung mit Blaze und der Fahrt auf seinem Motorrad durch meine Adern, und ich wollte nichts davon missen. Mir gefiel es, wie er mich beobachtete. Wie ein Raubtier, das sich an seine mehr als willige Beute heranpirschte. Die Art, wie sein Blick über meinen Körper wanderte, gab mir das Gefühl, eine sexy Göttin zu sein. Als er mich aus seinen blauen Augen ansah, griff ich mit den Händen nach dem Saum meines Shirts und zog es mir über den Kopf, ehe ich es zu meiner Handtasche warf. Er ballte seine Finger an der Seite zu Fäusten, als würde er sich zurückhalten. Als wäre er kurz davor, die Kontrolle zu verlieren, und Gott, ich sehnte mich genau danach. Blaze war ein richtiger Mann, und ich wollte ganz von ihm eingenommen werden.

Für immer, flüsterte eine leise Stimme in meinem Hinterkopf. Ich schob den verrückten Gedanken beiseite. Es war viel zu früh, um mich damit zu befassen. Stattdessen konzentrierte ich mich auf das Hier und Jetzt. Ich streifte meine Schuhe ab und zog mir die Jeans von den Beinen, bis ich nur noch in einem durchsichtigen, dunkelorangenen BH und einem dazu passenden Höschen vor ihm stand.

»Dreh dich«, verlangte er in einem rauen Ton, der mir eine Gänsehaut bescherte.

Ich tat, wie geheißen, wohl wissend, dass er sehen konnte, wie sehr ich ihn brauchte. Die Nässe zwischen meinen Beinen war mehr als verräterisch, und meine Nippel waren so hart, als würden sie nach seiner Berührung flehen. Vorzugsweise nach seinem Mund. Er stieß ein tiefes, zustimmendes Knurren aus, als er meinen fast nackten Anblick in sich aufnahm. In einem Wimpernschlag stand er *direkt* vor mir. Eine Hand in meinem Haar neigte er meinen Kopf zurück, um sein Gesicht zu meinem Hals zu senken.

»Du riechst, als gehörtest du mir«, grollte er so nah an meiner plötzlich überempfindlichen Haut. Ich schloss die Augen.

»Blaze«, wimmerte ich, und ein katzenartiges Schnurren entwich meiner Kehle, als ich seinen Mund an meinem Hals spürte.

Seine langsamen Küsse mit leicht geöffneten Lippen erweckten jeden einzelnen Nerv in mir zum Leben und hinterließen eine heiße Spur der Lust. Ich wollte mich winden, näher rücken, aber seine Hand in meinem Haar stoppte jede meiner Bewegungen. Unterwürfig war nicht meine Art. Niemals hätte ich gedacht, dass ein dominanter Mann heiß sein könnte. Bis zu Blaze, denn ich verzehrte mich nach ihm.

Mit seiner freien Hand strich er langsam über meine Wirbelsäule. Auf und ab. Als hätte er alle Zeit der Welt. Als wüsste er, dass ich mich nach so viel mehr sehnte, aber er war entschlossen, mich mit seinem Vorspiel zu quälen.

»Fuck«, fluchte er, und ich neigte den Kopf weiter zurück, um mehr von seinem Mund zu bekommen. »Du schmeckst, als gehörtest du mir.« Seine Worte vibrierten gegen meine Haut, bevor seine Lippen auf die andere Seite meines Halses wanderten. Sanft zog Blaze an meinen Haaren, ein weiterer stummer Befehl, um ihm besseren Zugang zu gewähren.

»Bist du mein, Millie?«, fragte er mit dunkler Stimme, und ich wollte »Ja!« schreien, aber ich tat es nicht. Ich wusste nicht genau, was vor sich ging. Verschaffte es ihm einen Kick, einen Anspruch auf mich zu haben, nur für diese Nacht? Gott, ich wollte mehr als dieses eine Mal.

»Blaze«, stöhnte ich, als ich spürte, wie sich sein Mund zu meinem Kiefer bewegte. »Bitte«, flehte ich und presste meine Schenkel zusammen; das Verlangen war zu groß, zu stark. Ich hatte das Gefühl, vor aufgestauter Lust in Flammen aufzugehen.

»Meine Frau muss nicht betteln«, knurrte er, hob mich hoch und beförderte mich auf seine Schulter.

»Blaze!« Ich konnte nicht anders, als zu lachen. Beim Vorspiel! Noch eine Premiere. Irgendetwas daran machte mich noch heißer, als ich es ohnehin schon war.

»Verdammt, sogar dein Lachen macht mich hart«, gestand er und brachte mich damit erneut zum Kichern.

Doch ich verstummte schnell, als er mich auf das weichste Bett fallen ließ, mit dunklen Laken, die nach ihm rochen. Ich sah zu Blaze auf, der begann sich auszuziehen. Er griff in seinen Nacken, seine Muskeln traten hervor, spannten sich an und definierten sich.

Dios Santo! Mein Gott, war er schön. Mit Abstand das unglaublichste Beispiel für Männlichkeit, das ich je zu Gesicht bekommen hatte.

Der Anblick, wie er etwas so Einfaches wie das Ausziehen seines T-Shirts auf diese typisch männliche Art tat, machte mich sprachlos. Danach warf er es hinter sich, während er meinen Körper eindringlich musterte. Ich saugte den Moment in mich auf. Jeder Zentimeter von ihm war trainiert, gestählt und sein Oberkörper mit auffallenden Designs bedeckt. Ich wollte mir Zeit nehmen, jede einzelne Linie seiner Tätowierungen zu erkunden und mir genauestens einzuprägen. Er zog seine Schuhe aus, und ich stützte mich auf meine Ellenbogen, während ich die Bewegungen seiner Hände verfolgte, als er den obersten Knopf seiner Jeans öffnete.

Blaze beugte seinen Körper über mich, während ich mich instinktiv nach hinten sinken ließ. Mein Kopf landete auf dem Kissen und ich erwartete, dass Blaze' Mund jeden Augenblick auf meinen treffen würde. Aber das war nicht der Fall. Er wartete. Es war, als müsste er innehalten und den Moment genießen, und ich spürte es. Ein tiefsitzendes Wissen, dass danach nichts mehr so sein würde wie zuvor. Für den Bruchteil einer Sekunde versank ich in dem tiefen Blau seiner Augen. Ich könnte mich für den Rest meines Lebens in ihnen verlieren. Bevor ich mich für diese Gedanken zurechtweisen konnte, lagen seine Lippen auf meinen, und alles um mich herum verschwand. Mein Verstand schaltete komplett aus, als ich mich von der Strömung seines Kusses mitreißen ließ. Sanft, aber hungrig. Geduldig, aber verlangend. Dieser Mann wusste mit seinem Mund umzugehen.

Ich schnappte nach Luft, als er sich von mir löste. Die Hände an die Seiten seines Gesichts gelegt, bewegte ich mich zu seinen Lippen, um sie wieder auf meinen zu spüren, und damit verlor er die Beherrschung, an der er festgehalten hatte.

Unsere Zähne prallten aneinander, unsere Zungen duellierten sich. Feuchte, heiße Atemzüge und gestöhnte Laute entkamen uns, als sein Körper über meinem schwebte. Erneut wanderte seine Hand in mein Haar, neigte mein Gesicht, kontrollierte den Kuss und den Moment.

»Fuck«, stöhnte er und drückte seinen Mund auf meinen Hals. Ich öffnete meine Beine weiter, um ihm mehr Platz zu geben, während er über meine Haut leckte, hineinbiss und daran saugte. Ein Teil von mir wusste, dass er mir eine Erinnerung an unsere gemeinsame Nacht hinterlassen würde, und genau das wollte ich.

»Blaze«, rief ich in dem Moment aus, als ich seine Härte genau an der richtigen Stelle spürte. Schamlos drängte ich mein Becken an seines.

»Fuck, ja. Reib dich an mir. Zeig mir, wie sehr mich deine Pussy braucht«, sagte er, und ich liebte jedes einzelne schmutzige Wort. Noch eine Premiere.

»Ja!« Es war mir egal, wie bedürftig ich klang. Ich wollte ihn. »Ich ... mehr, Blaze. Bitte.«

»Ich werde dir alles geben«, versprach er und sein Mund wanderte tiefer, hielt knapp über meiner Brust. »Mein Gott.«

Nichts als der durchsichtige Stoff meines BHs trennte seine Lippen von meinen harten Nippeln, bevor er sie zwischen seine Zähne nahm und heftig daran saugte. Ein Kribbeln rann durch meinen Körper, bis hinunter zu meinen Zehen. Seine Zunge umspielte meinen Nippel und die Hitze seines Atems auf meiner sensiblen Haut brachte mich fast um den Verstand. Ich wand mich unter ihm, als seine Liebkosungen kräftiger wurden. Vergrub die Finger in seinem Haar und drückte ihn an mich, ein stummes Flehen nach mehr. Blaze löste sich langsam von mir, nur um im nächsten Moment über die Stelle unter meinem Bauchnabel zu lecken, wieder und wieder. Es fühlte sich an, als würde er seinen Namen auf meiner Haut schreiben. Eine Hitzewelle durchfuhr mich, das Bedürfnis wuchs mit jedem Mal weiter an. Seine Bartstoppeln rieben an meiner empfindlichen Haut, und ich bog den Rücken durch. Ein amüsierter, dunkler Laut drang an mein Ohr.

»Mein eigenes Stück Himmel auf Erden. Mein kleines Wunder. Das bist du, nicht wahr, Babe?« Ich war so erregt, dass ich keinen klaren Gedanken mehr fassen konnte. Es war mir unmöglich, ihm zu antworten, während sich sein Kopf auf meine Mitte senkte. Die Hitze seiner Zunge an meiner geschwollenen Klit, nur durch die zarte Spitze meines Höschens getrennt, ließ mich seine Bettwäsche umklammern.

»Blaze«, wimmerte ich, stützte meine Füße auf der Matratze ab und öffnete meine Schenkel weiter. Es gefiel ihm, denn seine Augen verdunkelten sich. Irgendwie wurde ich das Gefühl nicht los, dass ich gerade eine rote Fahne vor ihm geschwenkt hatte und er mich gleich verschlingen würde. Gott, wie mir diese Vorstellung gefiel.

»Ich weiß, Babe. Ich hab dich«, versprach er, streichelte über meine Hüften und begann die Innenseiten meiner Oberschenkel zu küssen. Ich hörte das Reißen von Stoff, dann spürte ich kühle Luft an meiner Pussy. Bevor es mir möglich war, einen Blick hinunterzuwerfen, befand sich sein Mund genau da, wo ich ihn brauchte, und ich schloss die Augen, während ich mich ihm lustvoll entgegenreckte.

»Oh Gott!«, schrie ich auf und umklammerte mit festem Griff Blaze' Haar, während er mich verwöhnte, als würde es ihm genauso viel Vergnügen bereiten wie mir. Er umfasste meinen Knöchel und legte sich mein Bein über seine Schulter. Unaufgefordert folgte ich mit dem anderen seinem Beispiel. »Braves Mädchen«, knurrte er gegen meine Haut, ehe er zwei Finger in mich schob.

Ich keuchte auf.

»Ja!« Mich gegen seinen Mund drückend drangen seine Finger tiefer ein.

»So eng«, grollte Blaze, bevor er an meiner Klit saugte. Ich stöhnte genussvoll auf, als mein Körper erbebte und pures Verlangen durch meine Adern floss.

Blaze machte unbeirrt weiter und beschleunigte die Bewegung seiner Finger. Bis er einen Punkt so tief in mir erreichte, der mich in ungeahnte Höhen katapultierte. Weißglühende Sterne explodierten vor meinen Augen, und ich bog den Rücken durch, doch er war noch nicht fertig.

Er zog meinen Orgasmus in die Länge, und ich könnte schwören, dass die Welle meiner Lust nicht ganz verebbte. Alles in mir war über die Maßen stimuliert und empfindlich. Als er einen weiteren Finger in mich schob, fühlte es sich unglaublich an. So unbeschreiblich gut, dass es mich beinahe erneut überwältigte. Ich war so nah dran. Nie hätte ich das für möglich gehalten, aber Blaze schien genau zu wissen, wie er mir über all meine früheren Grenzen hinweghelfen konnte.

Ich erkannte weder mich selbst noch die Laute, die ich von mir gab. All die unzusammenhängenden Bitten, die ich ausstieß und mit denen ich ihn anflehte, mich erneut kommen zu lassen. Ungefilterte Aufforderungen, die ihn noch hungriger nach mir machten.

Ohne Vorwarnung streifte sein Daumen über einen sehr intimen Punkt. Seine Zunge rollte über meine Klit, während seine andere Hand auf meinem Unterleib ruhte und mich in Position hielt.

»Komm für mich, Millie. Sei mein braves Mädchen. So verdammt süß. Ich muss mehr davon schmecken«, forderte er mit einem rauen Knurren.

Sein Daumen drückte leicht gegen meinen hinteren Eingang, noch nie hatte mich jemand dort berührt. Wie losgelöst, hob ich erneut ab, und er hielt mich fest in seinem Griff. Ein Beben erfasste meinen Körper und es schien nie aufzuhören. Als ich wieder zur Besinnung kam, spürte ich erneut seine Zunge; langsam fuhr sie über meine bebende Klit.

Blaze' Blick lag ungebrochen auf mir, und ich beobachtete, wie er die Innenseite meiner Schenkel küsste. Mit den Händen strich er meine Beine entlang, bevor er sie von seinen Schultern nahm. Gebannt sah ich dabei zu, wie er sie auf der Matratze absetzte und sich erhob. Ein zufriedenes Lächeln huschte über sein Gesicht, das ihn höllisch gut aussehen ließ.

»Schon genug, Babe?«, fragte er, und da war es wieder. Wenn man nur einen flüchtigen Blick auf ihn warf, dachte man an einen Bad Boy, aber er war genauso sehr Gentleman. Dieser Widerspruch war sexy und faszinierend, und ich hatte auf jeden Fall noch nicht genug. *Solange er mich haben will, bin ich die*

Seine. Diesmal wehrte ich mich nicht gegen diese Vorstellung.

Ich konzentrierte mich auf den Mann vor mir, der ohne es zu wissen meinem Leben Farbe verliehen hatte, so bunt wie die Tinte, die seine Haut bedeckte.

»Nein, mehr«, flüsterte ich, und er nickte. Endlich machte er sich daran, seine Jeans auszuziehen und bot mir dabei eine Show.

Die Vorfreude und das Verlangen wurden intensiver, schien die Luft zwischen uns zu verdichten. Der Raum roch nach Sex, und es sollte noch heißer werden. Ich leckte mir über die Lippen, als er seine harte Länge aus seiner Jeans befreite. Er trug keine Boxershorts, und es war mir unmöglich meinen Blick von ihm abzuwenden. Ich wollte ihn schmecken, *musste* es. Also setzte ich mich auf, aber seine Hand berührte meine Brust und unsere Blicke trafen sich.

»Nicht jetzt«, sagte er, als hätte er meine Gedanken gelesen. »Wenn du das tust, endet diese Nacht schneller, als es uns beiden lieb ist.«

Verständnisvoll nickte ich, ließ mich zurück in sein Bett sinken und spreizte meine Beine. Seine Gegenwart ließ mich jede Art von Verlegenheit oder Schüchternheit ablegen. Er kniete sich vor mich und brachte seine Finger zurück zu meiner empfindsamsten Stelle.

»Fuck«, fluchte er. »Du bist bereits zweimal gekommen und brauchst immer noch mehr, nicht wahr, Babe? Deine Pussy kriegt nie genug.« Seine schmutzigen Worte ließen mich erröten, und ich nickte. »Sag es.«

»Nie genug, Blaze. Nie genug von dir«, flüsterte ich. Er umfasste seine Härte und strich mit der Spitze über meine Nässe, hoch zu meiner Klit. Meine Lippen formten ein *Oh* und ich versuchte, mich an ihm zu reiben, ihn in mich aufzunehmen.

»Patrick«, knurrte er, und ich sah ihn an. »Nenn mich

Patrick. Mein Name. Ich will, dass du mich bei meinem Namen nennst.« Seine Atmung veränderte sich, als ich ihn an meinem Eingang spürte. Dieser Moment war so intim und so viel mehr, als es sein sollte. Wie der Beginn von etwas Unglaublichem.

»Patrick«, flüsterte ich und genoss den Klang seines Namens. »Bitte, Patrick.« Ich hob mein Becken an, um ihm noch näher zu kommen. »Ich brauche dich.«

»Mein schmutziges, süßes Mädchen.«

»Ich will dich. Ich ...« Die Worte erstarben, als er mich mit einem einzigen harten Stoß ausfüllte. Er dehnte mich bis zu dem Punkt, an dem sich Schmerz und Lust vereinten. Sein tiefes Stöhnen schien an den Wänden widerzuhallen. Ich schloss die Augen, als er sich zurückzog, bis nur die Spitze in mir zurückblieb, bevor er wieder in mich eindrang.

Er platzierte seinen Körper über meinen, schob sich tiefer in mich, als ich es für möglich gehalten hätte. Seine Hand legte er unter meinen Kopf, eine liebevolle Geste, die ich nicht erwartet hatte.

»Ist das okay?«, fragte er und sah mich auf eine Weise an, die mir unter die Haut ging. Als wäre ich das Schönste, was er je gesehen oder gefühlt hatte. »Zu viel?«, erkundigte er sich in einem so sanften Ton, dass ich wohlig erschauerte. Nur wegen seiner Stimme. Meine inneren Muskeln zogen sich zusammen, und ich beobachtete, wie sich sein Blick verdunkelte.

»Millie«, warnte er, und ich wiederholte es, wollte ihn endlich aus der Reserve locken. Ein sexy Knurren entrang sich seiner Kehle.

»Ich halte es aus«, antwortete ich ehrlich. »Ich will dich, Patrick«, hauchte ich. »Alles von dir. Nimm mich. Bitte.«

Das tiefe Blau seiner Augen wurde bei meinen Worten stürmisch, und er begann sich zu bewegen. Mein Verlangen steigerte sich mit jedem leichten Stoß. Ich ließ meine Fingerspitzen seine Arme hinaufgleiten, bis zu seinem Gesicht. Seine Wangen umfassend hielt ich ihn nah bei mir. Ich liebte es, wie er sich anfühlte. Dicht an mir und tief in mir. Wie er mich ausfüllte. Verbunden als eins. Das war so viel mehr als Sex, mehr als alles, was ich in der Vergangenheit verspürt hatte, und es ließ meine Mauern einstürzen, die ich vor langer Zeit errichtet hatte. Und mit diesen Mauern fielen auch alle Hemmungen von mir ab.

»Ich bin dein, Patrick«, flüsterte ich, woraufhin sich sein Kiefer anspannte. Unsere Nasenspitzen berührten sich, und ein Grollen ging von ihm aus. Das ermutigte mich, mehr zu sagen. »Ich kriege nie genug von dir, ich brauche dich«, neckte ich ihn so sexy, wie es mir möglich war.

»Fuck.« Er vergrub seinen Kopf an meinem Hals. Ohne auf seine Anweisung zu warten, schlang ich meine Beine eng um seine Hüften und mit den Armen hielt ich mich an seinen Schultern fest. Als wäre das ein stummes Startsignal für ihn gewesen, legte er richtig los. Völlig synchron, während er mich nahm.

Tief.

Hart.

Unnachgiebig.

Unsere Körper in völligem Gleichklang. Es war wild und alles andere als sanft. Und es weckte das schönste und heftigste Verlangen, das in mir nachhallte.

»Patrick«, keuchte ich, als er das Tempo erhöhte und seine Stöße kräftiger wurden. »Oh mein Gott!«, stöhnte ich und spürte die unbändige Hitze unserer Verbindung.

»Millie«, knurrte er, und das Geräusch vibrierte in meinem ganzen Körper.

»Bitte«, flehte ich.

»Mein. Schöner. Engel«, stieß er aus und versenkte sich bei jedem Wort tief in mir, ließ mich erzittern. Seine Hand schob sich zwischen uns, fand meine Klit, und berührte mich dort, bis meine Pussy pulsierte. »Ich will, dass du kommst.«

»Pat…«, begann ich, doch mir stockte der Atem, als sein Finger an meiner Klit fester drückte, während er einen Punkt so tief in mir erreichte, dass mich die Welle meiner Lust plötzlich mit sich riss. Mein Körper spannte sich an und wurde von meinem Höhepunkt geflutet, bis ich glaubte, darin zu ertrinken.

Wenn Patrick mich vorher schon hart genommen hatte, hielt er sich nun nicht mehr zurück. Er drängte sich mit jedem Stoß in mich, bis sein Körper über meinem erstarrte. Ich öffnete meine Augen gerade rechtzeitig, um seinem intensiven Blick zu begegnen, der sich in meine Seele brannte. Dann spürte ich, wie er sich in mir verlor. Er ließ sich auf mich sinken, und ich streichelte über seine Schultern, während wir beide versuchten, wieder zu Atem zu kommen.

»Verdammt, Millie«, murmelte er, seine Lippen berührten meinen Kiefer, bevor er sich auf den Rücken drehte und mich mit sich zog. Er drückte mich eng an sich. Ich hatte noch nie einen One-Night-Stand gehabt, aber ich war ziemlich sicher, dass das nicht dazugehörte. »Patrick?«

»Hm?«

Ich atmete aus. Es war schön, in seinen Armen zu liegen. Ich fühlte mich wohl, und die Orgasmen und seine Körperwärme lullten mich in den Schlaf.

»Ich muss mich waschen«, murmelte ich gegen seinen Oberkörper. Mit der Hand wanderte ich nach oben und berührte die Stelle über seinem Herzen, die nicht von Tattoos gezeichnet war. Sanft streichelte ich mit den Fingern über seine Haut.

»Ich erledige das, Babe.«

»Oh nein, du musst nicht …« Er hob den Kopf, und der Ausdruck in seinen Augen ließ mich verstummen.

»Entspann dich«, hauchte er und küsste mich auf den Scheitel. Ich mochte die vertraute Art, wie er mich behandelte und berührte.

»Bin ich«, log ich. Noch nie hatte mich jemandem nach dem Sex sauber gemacht. Er drehte uns herum, bis ich wieder auf dem Rücken lag und er an meiner Seite. Schamlos musterte er mich von oben bis unten. Da war etwas in seinem Blick, das mich gleichzeitig schön und sexy fühlen ließ. Als könnte er nicht glauben, dass ich mich wirklich in seinem Bett befand. Zärtlich streichelte er über meinen Rippenbogen.

»Fuck, Babe«, stieß er aus. »Du bist so verdammt schön«, flüsterte er, und seine Worte erfüllten mein Innerstes mit purer Freude.

»Ich bin schon hier. Du musst mich nicht mehr mit Komplimenten in dein Bett locken«, antwortete ich leise, als mich nun auch die Nachwirkungen des Tequilas schläfrig machten.

»Das sind nicht bloß leere Worte, Engel.«

»Hm ...« Ich seufzte, während meine Lider immer schwerer wurden. »Ich sollte ein Uber rufen«, murmelte ich. Ich wollte nicht gehen, aber das zwischen uns war eine einmalige Sache. Hier zu bleiben und all diese Emotionen zuzulassen, würde unweigerlich in einer Gefühlskatastrophe enden.

»Du bleibst bei mir.«

Mit hochgezogener Braue schaute ich ihn an. »Tue ich das?« Hoffnung keimte in mir auf. Ich konnte sie nicht unterdrücken.

»Ja, denn ich bin noch nicht fertig mit dir«, stellte er herrisch fest, und ich spürte, wie sich meine Mundwinkel amüsiert hoben.

»Ist das eine Tatsache?« Es gelang mir nicht, auch nur einen Hauch von Widerwillen in meine Stimme zu legen. Ich wollte ebenfalls mehr von ihm.

»Sehr sogar.« Er schenkte mir ein vielsagendes Grinsen, das meinen Körper erneut zum Leben erweckte. »Ich bin gleich wieder da.« Er drückte mir einen Kuss auf die Lippen, bevor er sich aus dem Bett erhob.

Ich beobachtete, wie er völlig nackt durch das Schlafzimmer auf eine Tür zuging, hinter der ich das Badezimmer vermutete. Das Rauschen von Wasser drang an mein Ohr, ehe es verstummte. Er kam zu mir zurück und tat, was er versprochen hatte: Schweigend machte er mich sauber, bevor er mir einen Kuss auf den Bauchnabel gab.

»Müde?«, erkundigte er sich, als er zu mir aufblickte, das klare Blau glühend vor Verlangen.

»Ein wenig«, gab ich zu.

»Was bedeutet, dass ich meine Arbeit nicht gut genug erledigt habe.« Er hauchte Küsse auf meine Hüften.

»Warum sagst du das?«, fragte ich und schnappte nach Luft.

»Wenn ich das getan hätte, wärst du völlig erschöpft in den Schlaf gesunken.« Mit den Fingern strich er über meine Mitte, und ich schloss die Augen.

»Oh«, keuchte ich und drängte mich gegen seine Berührung. Noch vor ein paar Minuten war ich kurz davor gewesen einzuschlafen, und jetzt war ich bereit, alles noch einmal zu durchleben.

»Diesmal werde ich dafür sorgen, dass du danach kein Auge mehr aufbekommst«, schwor er, und ich war plötzlich überhaupt nicht mehr müde.

»Versprechungen, Versprechungen«, erwiderte ich und stöhnte auf, als er sein Gesicht zwischen meinen Beinen vergrub. Mit den Händen umfasste ich seinen Kopf. »Oh mein Gott.«

»Nicht Gott, Babe«, knurrte er gegen meine empfindlichste Stelle, bevor er erneut seine Zunge einsetzte.

»Pat... Heilige Scheiße, Patrick!« Ich wölbte den Rücken, und als ich kurz vor einem weiteren Höhepunkt stand, änderte er plötzlich unsere Position, sodass ich rittlings auf ihm saß. Sanft nahm er mein Gesicht in seine Hände.

»Nimm dir von deinem Mann, was du brauchst«, forderte er und dirigierte mich über seine Härte. Jegliche Bedenken, ihn als meinen Mann zu bezeichnen, verschwanden aus meinen Gedanken, als ich auf ihn sank und mich zu bewegen begann. Alles um mich herum löste sich in Nebel auf.

Patrick brachte das Feuer zum Lodern. Er hatte nicht gelogen. Als er mit mir fertig war, kuschelte ich mich an ihn und schlief wie ein Baby.

Blaze

Verdammter Boom.

Millie gehörte zu mir.

5

Millie

Langsam erwachte ich. Mein Verstand fühlte sich etwas vernebelt an, aber für die Menge an Alkohol, die ich am Abend zuvor konsumiert hatte, war es nicht allzu schlimm. *Gracias a dios!* Gott sei Dank! Ein großer warmer Körper bewegte sich hinter mir. Ich schaute über meine Schulter und musste seufzen.

Blaze.

Patrick.

Wow! Ich war tatsächlich mit jemandem nach Hause gegangen. Das hatte ich noch nie getan.

Seine Stimme und die Kombination aus schmutzigen und süßen Dingen, die er letzte Nacht gesagt hatte, kamen mir wieder in den Sinn. Vielleicht hatte ich die große Liebe gefunden, von der meine Mutter immer gesprochen hatte?

Möglich. Oder ich war geblendet davon, was er mit meinem Körper anstellen konnte. Schmunzelnd presste ich meine Lippen aufeinander, um mir ein Kichern zu verkneifen.

Der Mann war begabt, das war klar. Die Anzahl der Sterne, die er mich hatte sehen lassen, hätte mindestens drei neue Galaxien erschaffen können. Er atmete tief, und ich betrachtete ihn. Sein Rücken war unglaublich. Am liebsten hätte ich ihn skizziert. Muskulös und braungebrannt, als hätte er draußen ohne Hemd gearbeitet. Die Tattoos auf seinem muskulösen Rücken brachten meine Finger in Versuchung. Doch das musste warten. Zuerst stand ein Abstecher in sein Bad an, danach würde ich ihn mit meinem Mund aufwecken. Der Gedanke an seine Länge belebte meine Lust von Neuem. Noch eine Premiere.

Vorsichtig stieg ich aus dem Bett und sah mich nach etwas zum Anziehen um. Dann schob sich das Bild von Blaze vor mein geistiges Auge, wie er gestern Abend selbstbewusst und völlig nackt ins Bad gegangen war, und ich entspannte mich. Er war nicht schüchtern gewesen, warum sollte ich es sein? Immerhin hatte der Mann seine Lippen buchstäblich auf meinem *ganzen* Körper gehabt. Was gab es noch zu verbergen?

Ich ging ins Bad und schloss die Tür hinter mir. Danach sah ich mich um und stellte fest, wie ordentlich und sauber es war. Eine angenehme Überraschung, wenn man bedachte, dass er allein lebte. Nachdem ich mich etwas frisch gemacht hatte, wusch ich mir Hände und Gesicht. Mein Make-up hatte die Nacht zwar gut überstanden, aber meine Haut war dankbar, es endlich loszuwerden. Mit einem Handtuch trocknete ich mich ab und betrachtete mein Spiegelbild.

Mein Haar war ein einziges Durcheinander. Unordentliche Wellen fielen mir über die Schultern. Die Erinnerung an unsere eng umschlungenen Körper breitete eine Hitze in mir aus, während ich die Überbleibsel von letzter Nacht nachzeichnete. Unter meiner Kleidung würde man die Knutschflecke nicht sehen, aber ich würde immer wissen, dass sie da waren.

Unwillkürlich fragte ich mich, ob ich es Patrick gleichgetan hatte. Befand sich etwas auf seiner gebräunten Haut, das ihn an mich erinnern würde? Ich grinste in den Spiegel. Falls nicht, konnte ich ihm gleich jetzt ein Souvenir verpassen. So viele Möglichkeiten gingen mir durch den Kopf, dass ich es kaum erwarten konnte, sie in die Tat umzusetzen.

Mit diesem Gedanken öffnete ich die Badezimmertür, und

das Lächeln verschwand aus meinem Gesicht.

Sein Bett war leer.

»Patrick?«, rief ich, während ich mir ein dunkelgraues T-Shirt von seiner Kommode schnappte und es mir überzog, bevor ich aus seinem Schlafzimmer trat. Gestern war ich zu abgelenkt gewesen, um mich genauer umzuschauen. Lebte er überhaupt allein oder hatte er einen Mitbewohner? Da wir gestern mit anderen Dingen beschäftigt gewesen waren, war es nicht zur Sprache gekommen.

Der Rest seiner Wohnung wirkte wie sein Badezimmer. Sauber und aufgeräumt, mit einem offenen Grundriss. Minimalitisch eingerichtet, kein Krimskrams. Nicht wirklich, wie ich mir ein Zuhause vorstellte. Typisch für eine Junggesellenbude besaß er einen riesigen Flachbildfernseher und eine übergroße Ledercouch. Vermutlich würde ich in den Kissen versinken, wenn ich mich draufsetzte. Abgesehen von einer leuchtend orangefarbenen Decke, die über eine der Armlehnen drapiert war, gab es nicht viel zu sehen. In der Küche standen Edelstahlgeräte, eine leere Bierflasche befand sich auf dem Tresen und eine Schüssel in der Spüle.

Ich entdeckte keine Anzeichen für einen Mitbewohner. Auch von Patrick fehlte jede Spur. Die Wohnung war leer.

»Wow«, stieß ich aus und schüttelte den Kopf. »Ich bin so dumm.«

Die Stille war ohrenbetäubend. Nicht zu fassen, dass er einfach verschwunden war, anstatt mich zu bitten, nach Hause zu gehen. Hoffte er, ich würde seinen Hinweis verstehen und selbst nach draußen finden?

Nach allem, was gestern Abend passiert war, ergab das keinen Sinn. Oder ich hatte mir in meinem leicht angetrunkenen Zustand mehr ausgemalt, als tatsächlich zwischen uns gewesen war. Vermutlich hatten seine Worte nur so süß geklungen, weil er mir dabei tief in die Augen gesehen hatte.

Ich war eine Idiotin. Eine Vollidiotin. Während ich auf eine weitere Runde gehofft hatte, war ihm offenbar nur Flucht in den Sinn gekommen.

Eine leiste Stimme in meinem Hinterkopf beharrte darauf, dass es keinen Sinn ergab. Die letzte Nacht war unglaublich gewesen. Mehr als ein One-Night-Stand. Bei unserem dritten Mal hatte er mir den Atem geraubt. Dieser große, muskulöse, tätowierte Kerl mit dem rauen Äußeren war so liebevoll gewesen. Sanft. Zärtlich. Er hatte mich die ganze Nacht gehalten. Als würde er mich nie wieder loslassen wollen.

Vermutlich hatte bloß der Tequila in meinem Blut dieses Gefühl verursacht. Ich musste an Candis Weisheiten denken: Ihrer Meinung nach handelten Männer nie sinnhaft und in der Hitze des Gefechts sagten sie einem alles. Richtig?

»Komm einfach darüber hinweg«, flüsterte ich zu mir selbst. Doch es tat weh, dass mich Patrick einfach beiseitegeschoben hatte. Oder sollte ich ihn nun wieder Blaze nennen?

Wütend auf mich selbst, weil ich mich von meinen romantischen Vorstellungen zu schnell überrumpeln hatte lassen, schnappte ich mir meine Sachen – zumindest alle, die ich auf die Schnelle finden konnte –, und zog mich an. Meine Handtasche lag noch auf dem Wohnzimmerboden. Ich holte mein Handy heraus und bestellte mir ein Uber.

Scheiß auf Patrick oder Blaze und auf alle dummen Gedanken, die ich wegen ihm und dem Tequila hatte. Nein, nur wegen dem Tequila und der frischen Brise, die mir bei meiner ersten Fahrt auf einem Motorrad um die Nase geweht war. Das hatte meinen gesunden Menschenverstand kurzzeitig durcheinandergebracht. Je früher ich hier weg war, desto eher konnte ich über den kolossalen Fehler hinwegkommen, Blaze für mehr als nur einen One-Night-Stand zu halten.

Es war sowieso nicht wichtig. Ich hatte ein Leben. Das war nur ein Zwischenstopp auf meinem Abenteuer gewesen.

Heute Abend stand ein Malkurs in der Bar unten an und wie groß war die Chance, ihm wieder zu begegnen? Seit zwei Wochen arbeitete ich in Wes' Bike Shop und hatte Patrick nie zu Gesicht bekommen. Da er auf dem Barbecue gewesen war, gehörte er bestimmt zu den *Broken Eagles,* schien aber nicht oft in der Werkstatt vorbeizukommen

Ich würde mich von ihm fernhalten. Ihn meiden. Den Mann, der mir auf seltsame Weise viel zu schnell unter die Haut gegangen war, und der, auch wenn ich es nicht zugeben wollte, ein kleines Stück meines Herzens gestohlen hatte. Ich konnte es schaffen. Ich würde ihm aus dem Weg gehen. Alles war zu meistern, schließlich war ich die Tochter meiner Mutter, um Himmels willen!

Mit diesem Gedanken schlug ich die Tür zu seiner Wohnung hinter mir zu und stahl mich durch den Hintereingang der Bar davon. Alles andere bot nur Wiedersehenspotential, und dafür hatte ich keine Zeit. Ich hatte ein Leben, das vor mir lag.

Blaze

Sie war weg.

Ich erkannte es an der Stille, die mich an der Eingangstür empfing. Früher hatte ich das zu schätzen gewusst, jetzt erschien es mir zu ruhig. Mir über das Gesicht reibend, ging ich durch meine Wohnung. Im Schlafzimmer glitt mein Blick zu den zerwühlten Laken und ich könnte schwören, uns zusammen darin zu sehen. Auf dem Boden unter meinem Bett lag der Zettel, den ich ihr hinterlassen hatte. Wahrscheinlich hatte sie ihn nicht gesehen.

Ich bückte mich, um ihn aufzuheben und schaute mich um. Ihr Oberteil lag nicht weit von mir entfernt. Ich nahm es an mich und fragte mich, ob sie eines von meinen angezogen hatte. Nicht dass es mir etwas ausmachte. Schon bald würde alles, was mir gehörte, auch ihres sein.

Als ich aufgewacht war und gesehen hatte, wie sie völlig nackt in mein Bad ging, hatte mich der Anblick fast um den Verstand gebracht. Ich war im Begriff gewesen, ihr zu folgen, dann klingelte jedoch mein Telefon. Wes hatte dringend meine Hilfe benötigt.

Ich hätte an die Badezimmertür klopfen sollen, durfte aber keine Zeit verlieren. Also hatte ich mich angezogen, ihr einen Zettel geschrieben und die Schlafzimmertür hinter mir geschlossen, falls Jinx unangemeldet auftauchen würde. Er sollte nicht sofort freie Sicht auf Millie haben. Der Zettel musste durch den Luftstrom auf den Boden geflogen sein.

»Fuck«, fluchte ich und rieb mir über den Nacken. Endlich hatte ich die Frau gefunden, die für mich bestimmt war, und es in weniger als vierundzwanzig Stunden vergeigt. Nicht auszumalen, was sie von mir gedacht haben musste, als sie meine Wohnung leer vorgefunden hatte. Nach Wes' Anruf war ich sofort los, weil er und Harlen meine Unterstützung gebraucht hatten. Ich war sicher gewesen, dass Millie hier auf mich warten würde. Ich hatte sie nach meiner Rückkehr zum Frühstück einladen und den Rest des Tages mit ihr verbringen wollen. Bestimmt hätte ich einen Weg gefunden, sie zu einer weiteren gemeinsamen Nacht zu überreden. Mindestens. Meine Wohnung ohne sie zu verlassen, war das Letzte gewesen, wonach mir heute Morgen der Sinn gestanden hatte. Wenn allerdings der Präsident nach einem verlangte, hatte man nicht unbedingt eine Wahl. Und jetzt war Millie weg.

Wie zum Teufel war sie nach Hause gekommen? Ihr Auto

stand noch vor dem Clubhaus. Sorge machte sich in mir breit. War sie in Sicherheit? Was, wenn ihr etwas zugestoßen war? Ich erinnerte mich daran, wie viel Mist Wes und July überstehen mussten, als sie ihn sein Leben getreten war. Auf diesen Boom folgten nichts als Probleme. Zu oft war ich Zeuge gewesen, wie leicht alles den Bach runtergehen konnte. Sowohl in einem Kriegsgebiet, als auch im wirklichen Leben. Das letzte Mal war noch nicht lange her.

Noch nie hatte mich eine Frau so in den Bann gezogen. Nie hatte ich eine für mich beansprucht. Mehr als eine gute Zeit zusammen zu haben, hatte ich nie für mich gewollt. Ich wusste, wie mich das aussehen ließ. Als wäre ich ein verdammter Arsch. Bisher hatte sich keine Frau beschwert, denn ich war von Anfang an immer ehrlich und kommunizierte offen, was sie zu erwarten hatte und was nicht.

Mit Millie sah die Sache anders aus. Sie war mein persönliches Wunder. Mein Engel auf Erden, der mir zeigte, dass es mehr im Leben gab. Das Verlangen, Millie an meiner Seite zu haben, war unbeschreiblich stark.

»Klopf-klopf«, hörte ich Jinx' Stimme. Genervt verließ ich das Schlafzimmer. Er kam durch die Wohnungstür und ließ sich auf meine Couch fallen.

»Hey.« Ich nickte ihm zu.

»Hilfst du mir bei den Vorbereitungen für diese Paint-Nite-Sache?« Sein Kopf ruhte auf der Couchlehne und er schloss sichtlich verzweifelt die Augen.

»Das ist heute Abend?« Ich wurde hellhörig. Nicht dass Jinx es bemerkt hätte. Er wirkte ein bisschen neben der Spur.

»Ja, Mann, und ich habe einen Scheißkater von letzter Nacht. Kannst du mir helfen?«

»Weichei«, murmelte ich und machte mich auf den Weg in die Küche, um eine Kanne Kaffee aufzusetzen. Mit dem Wissen, dass ich Millie heute Abend sehen würde, fühlte sich das unwillkommene Ende unserer gemeinsamen Nacht weniger schwer an. Ich würde ihr mein Verschwinden erklären und sie um eine weitere Chance bitten. Meinen Plan fest im Blick bereitete ich für Jinx und mich Frühstück zu. Im Stillen zählte ich die Minuten, bis ich mein Mädchen wiedersehen konnte.

6

Millie

»Das sieht toll aus, Ladys«, ermunterte ich eine Gruppe Frauen zu meiner Rechten, während ich mir meinen Weg durch den Bereich bahnte, den mir der Barbesitzer für den Kurs überlassen hatte. Ich war freudig überrascht, wie viele Kunstbegeisterte sich so kurzfristig angemeldet hatten. Es waren sogar ein paar dabei, die ich bereits von anderen *Paint Nite's* in Nashville kannte.

»Tolle Leistung, Jim«, lobte ich einen Mann, den ich mittlerweile als Stammkunden bezeichnen konnte, und klopfte ihm anerkennend auf die Schulter. Er schenkte mir ein Lächeln. »Mir gefällt diese Schattierung sehr gut.« Seine Malfähigkeit hatte sich seit seinem ersten Kurs bei mir deutlich verbessert.

»Danke, Millie.« Bevor er noch mehr hinzufügen konnte, wandte ich mich bereits dem nächsten Teilnehmer zu. Dabei entging mir nicht, wie mich die Frau meines Chefs zu sich winkte. Sie war zusammen mit ihrer Schwester April und ihrer Cousine Harmony gekommen. Zum Glück hatte ich Schürzen bereitgestellt, denn die drei hatten eindeutig zu viel Spaß mit den Farben.

»Was denkst du?« July grinste stolz, und April verdrehte die Augen.

»Wenn du die Wahrheit hören willst, frag lieber mich. Millie wird dir bestimmt nicht sagen, dass du nicht die kleinste Anweisung befolgen kannst. Dafür ist sie zu nett«, scherzte

April, und Harmony kicherte.

Julys Bild war anders als geplant, aber interessant. Genau das war das Schöne an der Kunst. Es gab kein Richtig oder Falsch.

»Ich denke, es ist sehr kreativ.«

»Siehst du, zu höflich«, wiederholte April, und Harmony stimmte zu. »Dein Glück, dass ich mitgekommen bin. Wes wird keinen Schimmer haben, was zum Teufel das darstellen soll. Und jetzt bist du auf seine Reaktion vorbereitet.«

»Sei still«, entgegnete July, musste aber selbst lachen. Sie nahm einen Schluck von ihrem Wein und wandte sich an mich. »Wie läuft es denn so?«

»Ziemlich gut. Ich bin überrascht, wie viele gekommen sind. Hoffentlich ist Jinx mit einer weiteren Veranstaltung einverstanden.«

»Da bin ich sicher«, sagte Harmony. »Ihr habt nur zwei Tage lang Werbung dafür gemacht, und nun sitzen zwölf Leute hier. Stell dir vor, ihr würdet es eine Woche vorher ankündigen?«

»Meine Mom und meine Tanten wollen nächstes Mal auch teilnehmen. Sie waren nicht gerade erfreut, dass sie heute schon etwas vorhatten«, erzählte July. »Ich drücke dir die Daumen. Bei all den Getränken, die wir bestellen, wird Jinx bestimmt einem weiteren Abend zustimmen«, ermutigte sie mich.

»Hoffentlich.«

»Was ist letzte Nacht passiert?«, fragte April und wackelte mit den Brauen.

»Letzte Nacht?«

»April«, schimpfte July, und ihre Schwester verdrehte die Augen.

»Was? Millie und ich sind Freundinnen.« Damit brachte sie mich zum Lächeln. Mir gefiel der Gedanke, April als Freundin zu haben. Ihr Blick fiel auf mich. »Stimmt doch, Millie?«

»Das sind wir«, antwortete ich. »Tequila verbindet. Das ist ein mehr als gutes Fundament für eine Freundschaft.«

»Siehst du?« April stieß ihre ältere Schwester mit der Hüfte an, aber ihre Aufmerksamkeit lag noch auf mir. »Also ... was ist letzte Nacht passiert?«

»Wie meinst du das?« Ich hoffte, dass ich mich lange genug dumm stellen konnte, um sie auf andere Gedanken zu bringen.

»Oh, sie ziert sich.« April seufzte und schüttelte den Kopf. Offenbar würde sie nicht lockerlassen. »Mit Blaze natürlich. Oder bist du mit Rick nach Hause gegangen?«

»Wie bitte?« Ich konnte es kaum fassen. »Rick? Nein. Einfach nein.«

»Es war also Blaze?«, nahm July ihre Vermutung wieder auf und meine Wangen fühlten sich an, als stünden sie in Flammen.

Es war lange her, dass ich Freundinnen gehabt hatte, mit denen ich mich über solche Dinge unterhalten konnte. Die letzten drei Jahre in LA hatten nur aus Arbeit und der Pflege meiner Mutter bestanden. Ich hatte nicht einmal Zeit gehabt, um eine Sekunde durchzuatmen. All das hatte mich dazu gebracht, meine Freundinnen wegzustoßen. Nur Mondo war an meiner Seite geblieben, was daran lag, dass er mehr von mir gewollt hatte. Etwas, das ich vor wenigen Stunden noch mit einem tätowierten Biker geteilt hatte.

»Oh nein.« April senkte ihre Stimme. »Hat es dir nicht gefallen? Von den Mädels, mit denen er sonst rumgemacht hat, kam nur Gutes. Vielleicht haben sie aber auch übertrieben?« Mit jedem Wort wurde Aprils Stimme leiser, sodass July und Harmony näher rückten. »War er klein? Winzig?«, fragte sie, während sie ihre Finger eng aneinanderlegte. Um mein eigenes Lachen zu unterdrücken, begann ich zu husten.

»Nein. Nein.« Ich schüttelte den Kopf. »Es war nichts dergleichen. Es ist ... Es war nur eine einmalige Sache«, log ich.

»Mehr wird nicht daraus.«

»Er war also gut?«

»July«, stieß April aus und schimpfte mit ihrer älteren Schwester. »Wes möchte bestimmt nicht, dass du weißt, wie seine Freunde im Bett sind.«

Harmony kicherte, und ich schloss mich ihr an. Es war wirklich schön, sich mit anderen Frauen auszutauschen. Das hatte ich vermisst. Meine Schwester und ich standen uns dafür nicht mehr nahe genug. Zwischen den abwechselnden Krankenhausbesuchen und dem immer schlechter werdenden Gesundheitszustand unserer Mutter hatten wir uns auseinandergelebt.

»Millie, willst du dir wirklich ein Tattoo stechen lassen?«, wechselte April das Thema, und ich nickte. Beim Barbecue hatte ich die wunderschönen Designs auf ihrer Haut bemerkt und wir waren ins Gespräch gekommen. Ich erzählte ihr, dass mein erstes Tattoo zu Ehren meiner Mutter sein sollte. Die Idee gefiel ihr so gut, dass sie mich am liebsten sofort mit ihrer Tätowiererin bekanntgemacht hätte.

»Oh mein Gott! Du lässt dir noch eines stechen?«, platzte July dazwischen, aber April blieb unbeeindruckt.

»Mein Körper, meine Entscheidung«, antwortete sie, ohne ihre Aufmerksamkeit von mir abzuwenden.

»Ich meine es wirklich ernst«, sagte ich.

»Ausgezeichnet. Normalerweise gehe ich zu Blossom, aber da sie zurzeit nicht in der Stadt ist, dachte ich, dass du bei meiner Freundin Lyric vorbeischauen könntest. Sie ist gut und wird dir einen Termin geben können.«

»Prima.« Vorfreude erfüllte mich. Endlich würde ich mein erstes Tattoo bekommen. »Danke, ich weiß das wirklich zu schätzen.«

»Passt es dir diese Woche irgendwann gar nicht?«

»Nein, jeder Tag nach fünf ist perfekt.«

»Abgemacht.« Wir grinsten einander an. Ihr Blick wanderte

hinter mich, und sie verzog das Gesicht. »Ich glaube, der Typ mit der Brille ruft nach dir.« Richtig, ich hatte zu arbeiten.

»Verstanden. Ich komme später wieder, um nach euch zu sehen.« Winkend bahnte ich mir einen Weg durch die gut gelaunten Kursteilnehmer. Seit Langem war mir das Atmen nicht mehr so leicht gefallen.

Allgemein betrachtet war mein Leben momentan in Ordnung. Ich hatte einen guten Job, oder besser gesagt mehrere. Mir war es wieder möglich, mich dem Malen zu widmen, und ich war von neuen Freundinnen umgeben. Ich wusste auch, wie frei man sich auf einem Motorrad fühlen konnte. Das Einzige, was noch fehlte, war jemand, mit dem ich all das teilen konnte.

Patrick, flüsterte eine leise Stimme, aber ich wollte nicht auf sie hören.

Blaze war ein Frauenheld, und seine süßen und schmutzigen Worte waren genau das. Worte. Ein Mittel, um zu bekommen, was er wollte, bevor er zur nächsten weiterzog. Sie würde auch bei ihm übernachten und am nächsten Tag eine leere Wohnung vorfinden.

Zumindest würde ich mir das so lange einreden, bis ich es selbst glaubte.

Der Rest des Abends verging wie im Flug. Ehe ich mich versah, räumte ich auf und sammelte die Staffeleien sowie das Leergut zusammen. Als Jinx zu mir kam, saßen noch ein paar Leute an der Bar.

»Lass mich dir helfen.« Er zeigte auf die Staffeleien, und ich lächelte.

»Danke.« Ich schnappte mir die Box mit den Pinseln und Farben. In angenehmes Schweigen gehüllt gingen wir zu meinem kleinen Fiat hinaus.

»Damit fährst du?«, fragte Jinx und betrachtete meinen Wagen.

»Natürlich.« Ich grinste. Mein Auto war mein Baby. Das Einzige, was ich mir je gegönnt hatte. Es war winzig, knallgelb und niedlich.

»Passt das alles da rein?«, hakte er ungläubig nach.

»Das wird es«, versicherte ich ihm amüsiert, öffnete den Kofferraum und stellte die Box darin ab. »Ich mache das schon«, sagte ich, als er die zusammengeklappten Staffeleien neben mein Auto lehnte. »Vielen Dank für deine Hilfe und dafür, dass ich einen Kurs bei dir veranstalten durfte.«

»Weißt du ...« Er verschränkte die Arme vor der Brust. «... ich muss sagen, als du mir diesen Vorschlag unterbreitet hast, bin ich mir nicht so sicher gewesen. Aber es lief viel besser, als ich erwartet hatte.« Hoffnung keimte in meiner Brust auf. Ich wollte nicht aufdringlich erscheinen und direkt um einen weiteren Termin bitten. Wenn ich es jedoch nicht tat, wie sollte ich wissen, ob eine Chance bestand?

»Heißt das, du wärst bereit, es noch einmal zu machen?«, fragte ich und ging das Risiko ein.

Einen Moment lang musterte Jinx mich, dann nickte er. »Nächsten Sonntag. Schick mir ein paar Flyer per E-Mail zu. Ich verteile sie im Laden und bitte auch einige der Geschäfte in der Umgebung, sie auszuhängen. Und du lockst einfach die Leute hierher.«

»Ist das dein Ernst?« Verblüfft sah ich ihn an.

»Wenn du nächstes Mal zwanzig schaffst, können wir darüber reden, dass es eine regelmäßige Sache wird. Vielleicht alle zwei Wochen sonntags«, schlug er vor. Unbändige Freude erfüllte mich.

»Oh mein Gott, wirklich?« Ich wollte den Kerl umarmen, aber das wäre seltsam gewesen.

»Klar. Du hast dich gut geschlagen, und der Getränkeumsatz war viel höher als erwartet. Wie ich aber schon sagte, zwanzig am Sonntag.« Das war nicht unmöglich.

»Ich werde daran arbeiten.«

»Gut.«

»Und ich lasse dir die Flyer zukommen.«

»Noch besser.« Er lächelte. »Bist du sicher, dass du keine weitere Hilfe benötigst?«

»Nein, ich schaffe das. In der Bar steht nur noch eine kleine Schachtel.«

»Wie du meinst.«

»Trotzdem danke.«

»Okay. Bis bald«, verabschiedete er sich, hob seine Hand zum Gruß und ging zurück in die Bar.

Sobald er außer Sichtweite war, stieß ich einen Freudenschrei aus. Dann räumte ich lächelnd die Malutensilien weg.

Zurück in der Bar schnappte ich mir die letzte Kiste und winkte Jinx und dem restlichen Personal zum Abschied, ehe ich mich auf den Weg nach draußen machte. Ein sehr neuer, schicker, schwarzer *Tahoe* parkte nun neben meinem kleinen Fiat. Meine Schritte gerieten ins Stocken, als ich die Person daneben entdeckte. Die Knöchel überkreuzt, lehnte Blaze an dem SUV. In verblichenen Jeans, die einfach perfekt saßen, so wie seine Lederjacke und ein weiteres schwarzes T-Shirt darunter.

»Hey«, drang seine tiefe Stimme an mein Ohr. Ich ignorierte die Erregung, die mich durchflutete, um sich dann zwischen meinen Beinen zu sammeln.

Hey? Das war alles, was er zu sagen hatte? Für so einen Mist hatte ich keine Zeit.

»Spar dir den Atem«, murmelte ich und ging weiter, den Blick auf den Boden gerichtet, um nicht in Versuchung zu geraten. Oder schlimmer, mich in seinen umwerfenden Augen zu verlieren.

»Engel, warte mal«, stieß er hörbar frustriert aus. Ich vernahm seine Schritte hinter mir, aber ich ignorierte es. »Mein

Gott, kannst du bei all dem Zeug da drinnen überhaupt noch raussehen?«, merkte er an, und ich atmete tief ein. Großer Fehler. Mir war nicht klar gewesen, dass er *direkt* hinter mir stand. Sein männlicher, holziger Geruch drang mir in die Nase und erweckte meine Sinne zum Leben.

Ich öffnete den Kofferraum, um die Kiste in die kleine Lücke zu stellen, die dafür übrig geblieben war. Die Wärme seines Körpers traf meinen Rücken, und ich erschauerte.

»Es tut mir leid.« Seine tiefe Stimme brachte mich dazu, die Lider für einen kurzen Moment zu senken.

»Was denn?« Ich drehte mich zu ihm um und blickte zu ihm auf. Blaze musste man nicht erst ins rechte Licht rücken, er sah immer verboten gut aus, aber bei Vollmond wirkte er noch umwerfender. Er verminderte den Abstand zwischen uns, bis die Rückseiten meiner Oberschenkel die Karosserie meines Wagens berührten.

»Ich musste Wes heute Morgen helfen«, berichtete er, als hätte er mir das nicht schon heute Früh sagen können. Vielleicht war er scharf und hatte keine andere für heute Nacht gefunden?

»Schön für dich.« Ich schob meine Hände in die Vordertaschen meiner Jeans und zuckte mit den Schultern. Egal wie heiß Blaze war, ich würde mich nicht zu seinem Betthäschen machen lassen. »Sonst noch was?«, fragte ich und konnte mir einen genervten Tonfall nicht verkneifen.

»Millie ...«

»Es war ein One-Night-Stand, Blaze, kein Heiratsantrag«, stellte ich klar. Wahrscheinlich wollte ich damit nicht nur ihn, sondern auch mich selbst aufklären. »Das ist okay. Es hat Spaß gemacht.«

»Okay? Spaß?«, wiederholte er und verengte die Augen. »Millie«, sagte er erneut. Ich versuchte, meinen Gesichtsausdruck neutral zu halten, um nicht zu zeigen, wie sehr es mir gefiel, wenn er mich beim Namen nannte. »Ich hab's versaut.« Diese halb gebrummte Entschuldigung brachte mich dazu, nachgeben zu wollen. Vielleicht sollte ich vorschlagen, noch einmal zu ihm zu gehen? Nur welchen Sinn hätte das?

»Millie!« Jinx kam nach draußen, und erregte unser beider Aufmerksamkeit. »Hey Mann.«

»Was zum Teufel willst du?«, fragte Blaze, aber Jinx schien sich von ihm nicht beirren zu lassen.

»Süße, du hast deinen Anteil vergessen.« Er reichte mir einen Umschlag und zwang Blaze dadurch, mir etwas Freiraum zu geben. Ich griff danach, und Jinx sah zwischen uns hin und her. »Was ist hier los?«, erkundigte er sich und brach das peinliche Schweigen. Ich schickte ein stilles Gebet gen Himmel, dass Blaze mir den Deal mit der *Paint Nite* nicht vermasseln würde.

»Du störst«, sagte er, als ich mit »Nichts« antwortete.

Jinx' Augen weiteten sich, aber er konnte den amüsierten Ausdruck auf seinem Gesicht nicht verbergen. Sie kannten sich, was offensichtlich war, immerhin gehörten sie demselben Motorradclub an und Blaze wohnte über der Bar. Außerdem schien er zu vermuten, was zwischen seinem Kumpel und mir vorgefallen war. Ein One-Night-Stand. Das war alles. Ich konnte es nicht riskieren, deshalb die Chance auf eine feste Location für meine Kurse zu verlieren.

Ich nahm all meinen Mut zusammen und wandte mich an Jinx. »Blaze hat mir geholfen, die Sachen wegzuräumen«, erklärte ich. An seiner Miene konnte ich erkennen, dass er mir nicht glaubte.

»Das passt viel besser, als ich vermutet hätte«, sinnierte Jinx und betrachtete dabei meinen kleinen Wagen. Ich sah zu Blaze hinüber, der seinen markanten Kiefer anspannte.

»Jepp, ich würde ihn für nichts hergeben«, murmelte ich und rieb mir über die Arme. Die Temperatur war gesunken, und ich musste mich endlich daran gewöhnen, nicht mehr in Kalifornien zu leben und immer einen Pullover bei mir zu tragen. »Auch weil er so süß ist.«

»Süß.« Jinx lachte und klopfte Blaze auf den Arm, der nicht gerade amüsiert wirkte. »Die Gründe, warum Frauen Autos kaufen, nicht wahr, Blaze?«

»Hm«, murrte Blaze und trat einen weiteren Schritt zurück. Sofort vermisste ich seine Nähe.

»Okay, vergiss nicht, mir eine E-Mail zu schicken«, erinnerte Jinx mich, und ich nickte. Er sah Blaze an. »Kommst du mit rein?«

»In einer Minute.« Seine tiefe Stimme ließ meine Nippel hart werden, und mein durchsichtiger BH war weder dieser Reaktion noch dem leichten Temperaturabfall gewachsen. Ich verschränkte meine Arme vor der Brust.

Sobald Jinx erneut in der Bar verschwunden war, trat Blaze wortlos an meine Seite. Mein Herzschlag beschleunigte sich, als er meinen Kofferraum schloss. Dann griff er nach meinem Handgelenk und zog mich zum hinteren Teil seines Autos.

»Ich habe es versaut, Millie.« Er verschränkte unsere Finger, und ich hielt ihn nicht davon ab. Ich konnte der Wärme seiner Berührung nicht widerstehen. Seine raue Haut erinnerte mich an jeden Augenblick unserer gemeinsamen Nacht. Noch nie war ich von einem Mann so angefasst worden. Nicht ein einziges Mal. »Ich hätte dir sagen sollen, dass ich kurz wegmuss, anstatt einen Zettel zu hinterlassen«, sagte er sanft. Ich presste meine Lippen zusammen. Er hatte was getan?

»Du hast eine Nachricht dagelassen?«, platzte es aus mir heraus.

»Habe ich.«

Ich war die schlimmste Person aller Zeiten. Warum hatte ich angenommen, er wäre geflüchtet?

»Er muss zu Boden geflogen sein, als ich die Tür geschlossen habe. Jinx kommt manchmal unangemeldet vorbei, und ich wollte nicht, dass er dich überrascht«, erklärte er. Ich kam mir albern vor.

»Oh.« Die Wut, die ich bisher in mir aufrechterhalten hatte, löste sich auf.

»Geh mit mir essen.« Es war mehr eine Aufforderung als eine Frage, und Gott, ich war versucht nachzugeben. Ich wollte ein gemeinsames Essen, das und noch so viel mehr. Als ich im Mondlicht stand und in Blaze' Augen schaute, hatte ich das Bedürfnis, ihn kennenzulernen. Was sollte schon passieren? Fragend schaute ich zur Bar hinüber.

Geh ein Risiko ein, Mija, sagte eine vertraute, leise Stimme in den Tiefen meines Geistes. Einen Wimpernschlag später war sie fort.

»Das ist wirklich süß«, murmelte ich, hin- und hergerissen, was ich tun sollte.

»Erzähl es niemandem. Das könnte meinen Ruf ruinieren.« Er küsste meine Fingerspitzen. Sein Blick wich nicht von meinem, und darin lag etwas, das ich festhalten wollte. Viel mehr als Sex und körperliches Verlangen. Ein Für Immer.

Ich musste jedoch stark bleiben und klug handeln. Meinen Spaß hatte ich gehabt. Eine Nacht lang war ich wild und verrückt gewesen. Das war genug, oder?

»Tut mir leid, ich kann nicht.« Ich zwang diese Worte heraus, und das herausfordernde Funkeln in seinen Augen verblasste. Er hatte mit meiner Abweisung nicht gerechnet. Was mich kein bisschen überraschte. Bei seinem Aussehen hatte bestimmt noch nie eine Frau *Nein* zu ihm gesagt.

»Du kannst nicht?« Er ließ meine Hand sinken, hielt sie aber weiterhin fest.

»Nein, ich kann nicht. Aber danke für das Angebot«, lehnte ich sanft ab.

»Ich habe gesagt, dass ich es versaut habe.«

»Ich weiß. Es war eine nette Entschuldigung, aber darum geht es nicht.«

»Dann erkläre mir, worum es geht.« Die Härte in seinem Ton ließ mich zurückweichen.

»Ich bin neu in der Stadt und glaube, du hast einen falschen Eindruck von mir.«

»Was?«

»Hör zu, ich sollte jetzt wirklich los.« Ich machte noch einen halben Schritt von ihm fort. Er sah mich an, als hätte ich ihm den Boden unter den Füßen weggezogen. »Ich muss morgen früh in die Werkstatt«, teilte ich ihm mit. »Danke für letzte Nacht.« Ich drückte seine Hand und ließ sie los, ohne meine brennenden Wangen zu beachten. »Und für die Essenseinladung.« Zum Abschied umarmte ich ihn kurz, was er nicht erwiderte, dann vergrößerte ich den Abstand zwischen uns. »Wir sehen uns, okay?«

Er antwortete nicht. Er wirkte innerlich zerrissen. Als wüsste er nicht, wie er reagieren sollte. Ob er mich loslassen oder festhalten und küssen sollte, bis ich nachgeben würde. Bevor er eine Entscheidung fällen konnte, setzte ich mich zögerlich in Bewegung. Ich wollte doch genauso wenig weg. Mir war klar, wenn er mich jetzt küssen würde, wäre es mir nicht mehr möglich zu gehen.

Ich rief mir in Erinnerung, dass er ein Frauenheld und Herzensbrecher war. Sein Blick allein machte das deutlich. Somit tat ich das Vernünftige, Kluge und *Langweilige* und stieg in mein Auto. Vorsichtig fuhr ich rückwärts aus der Parklücke und sah ihn genau dort stehen, wo ich ihn zurückgelassen hatte.

Auf der ganzen Fahrt zu meiner Wohnung hoffte ich, dass ich damit keinen Riesenfehler gemacht hatte.

Blaze

Wie hieß es noch gleich? Wenn du Gott zum Lachen bringen willst, erzähle ihm deine Pläne. Ich war sicher, er hatte sich gut auf meine Kosten amüsiert.

Nachdem ich Jinx bei den Vorbereitungen in der Bar geholfen hatte, erhielt ich einen Anruf von Lyric, einer meiner Tätowiererinnen. Ihr Auto war liegen geblieben, während sie eine Bestellung für den Laden abgeholt hatte. Ich musste sie holen, und als wir zurückkamen, hatte ich meine Chance verpasst, Millie noch vor Beginn der *Paint Nite* zu erwischen. Ich wollte nicht stören, als sie allen Teilnehmern erklärte, welches Motiv sie malen würden und wie die Techniken funktionierten. Stattdessen hatte ich sie dabei aus der Ferne beobachtet. Es war offensichtlich, dass sie eine unglaublich gute Lehrerin war. Alle schienen sich zu amüsieren, und die Umstehenden schauten fasziniert zu.

Meine Frau war nicht nur wunderschön, sie war auch klug und ehrgeizig und so verdammt süß. Jedes Lächeln, jedes aufmunternde Wort und jeder Ratschlag, den sie den Leuten gab, bestärkten mich in meiner Entscheidung, alles zu tun, um sie zurückzugewinnen. Ich war ihr und ihrer liebevollen Art hoffnungslos verfallen.

Um den Drang zu bekämpfen, sie in die Arme zu ziehen und zu küssen, war ich nach oben gegangen und hatte meine Wohnung aufgeräumt. Saubere Laken auf mein Bett gelegt und war danach losgezogen, um ein paar Blumen zu besorgen. Ich hatte zu viel Zeit damit verbracht, mich zwischen Rosen und Margeriten zu entscheiden, und als ich zurückgekommen war und ihren Wagen gesehen hatte, hatte ich erleichtert aufgeatmet. Zum Glück hatte ich sie nicht verpasst. Ich war aus meinem SUV ausgestiegen und hatte mich gegen das Auto gelehnt, gerade rechtzeitig, um sie aus der Bar kommen zu sehen.

Als sie auf mich zugekommen war und ihr Blick den meinen getroffen hatte, war das wie ein frischer Windhauch gewesen. Etwas in meiner Brust hatte sich entspannt. Dann ruinierte Jinx unseren gemeinsamen Moment, und als ich endlich mit ihr allein war und sie zum Essen einzuladen, hatte sie mir einen Korb gegeben. Davor hatte sie mich auch noch *süß* genannt, eine doppelte Zurückweisung. Was zum Teufel sollte das?

Wie ein verdammter Idiot stand ich da und ließ sie wegfahren. Wenn sie dachte, sie wäre mich damit los, hatte sie sich getäuscht. Ich hatte es in ihren Augen lesen können, dass sie Ja zu meiner Esseneinladung sagen wollte. Irgendetwas hatte sie davon abgehalten, und ich würde herausfinden, was das war.

7

Millie

»Bist du bereit?«, fragte April aufgeregt, kaum dass ich ihr die Tür geöffnet hatte. Ich musste kichern. Seit der *Paint Nite* waren drei Tage vergangen und genauso lange war es her, dass ich Blaze zu Gesicht bekommen hatte. Im Bike Shop war zurzeit viel los, und gestern Abend hatte ich einen weiteren Kurs in Nashville veranstaltet. Heute würde ich mit April zu Lyric gehen und mir ein Tattoo stechen lassen. Als sie mich wegen des kurzfristigen Termins am Montag in meiner Mittagspause angerufen hatte, hatte ich sofort zugesagt.

»Und wie. Komm rein. Ich muss nur noch meine Schuhe wechseln und einen Pullover holen.« Heute Morgen war ich zu spät im Büro erschienen, weil der Reifen meines Fiats zu wenig Luft gehabt hatte. Um die verlorene Zeit aufzuholen, war ich etwas länger geblieben. Nicht dass Wes mich darum gebeten hätte, aber ich hatte wegen meiner Unpünktlichkeit ein schlechtes Gewissen.

»Kein Problem. Du musst dich nicht abhetzen.« Sie sah sich in meinem kleinen Miethaus um, ehe sie sich auf meiner Couch niederließ.

»Danke, es war einer dieser Tage, weißt du? An denen man verschläft und das Gefühl hat, dass man nichts mehr aufholen kann.«

»Das kenne ich.« Sie ließ sich tiefer in die Polsterung sinken.

»Willst du etwas trinken oder essen?«, erkundigte ich mich,

während ich meine Stilettos abstreifte und mir ein Paar flache Schuhe und ein paar Socken schnappte. Dann setzte ich mich auf meinen Lesesessel, um beides anzuziehen.

»Ich könnte einen Snack vertragen.«

»Gut. Ich auch.« Grinsend erhob ich mich und ging in meine Küche. Sie war klein, aber perfekt. Die Wände waren taubengrau gehalten, die Geräte weiß und der Fliesenspiegel mit weißen Kacheln versehen.

April folgte mir, und ich holte eine Tüte mit Pita Chips sowie Hummus und ein paar Dosen Mineralwasser heraus.

»Danke.« Sie lächelte, als ich ihr eine davon reichte. »Das ist genau das Richtige.«

Ich grinste und öffnete mein Getränk. »Wirst du dir auch etwas machen lassen?«

»Nicht heute, aber bald«, teilte sie mir mit. Wir unterhielten uns und sie erzählte mir von den Bedeutungen ihrer Tattoos. Als wir ausgetrunken hatten, war ich sicher, was ich tun wollte.

»Bist du bereit?«, fragte April und ich nickte aufgeregt.

»Klar. Oh, eine Sekunde!« Ich lief in mein Schlafzimmer, schnappte mir den Umschlag und warf einen Blick auf meinen Namen auf der Vorderseite. Den Brief darin hatte ich schon eine Million Mal gelesen und kannte ihn Wort für Wort auswendig. »Fertig!«, rief ich, als ich den Raum hinter mir ließ und April an der Tür traf. Nachdem ich hinter uns abgeschlossen hatte, folgte ich April zu ihrem Auto. Anschließend fuhren wir zu dem Tattoostudio, in dem ihre Freundin Lyric tätig war.

»Hier?«, wollte ich wissen, als sie vor *Daniel's Bar* parkte. Wie hatte mir das Tattoostudio direkt nebenan entgehen können?

»Genau.« Als sie aus dem Wagen stieg, betrachtete ich die Fenster in der Etage über der Bar. Das Licht war aus, aber wer konnte mit Sicherheit sagen, dass Blaze nicht zu Hause war?

»Super.« Ich lächelte gezwungen und versuchte, meinen Blick nicht wieder hoch zu Blaze' Wohnung schweifen zu lassen. War er heute Nacht allein oder in weiblicher Gesellschaft gewesen? Bei dem Gedanken krampfte sich mein Magen zu einem Knoten zusammen. *Hör auf damit, Mills!* Ich war diejenige gewesen, die ihn abgewiesen und seine Esseneinladung ausgeschlagen hatte. Außerdem war ich nicht wegen Blaze hier. Heute Abend ging es um mich und darum, etwas Dauerhaftes im Gedenken an meine Mutter zu erhalten. Etwas, worauf ich hinabblicken und woraus ich Hoffnung und Klarheit schöpfen konnte. Eine Erinnerung an alles Gute, das meine Mutter in meinem Leben dargestellt hatte.

Ich drückte die Beifahrertür zu, und April verriegelte das Auto, bevor wir in Richtung des Tattoostudios gingen. Der Laden war gut beleuchtet, sauber und die Atmosphäre lässig-cool. Übergroße Ledersofas und ein Empfangsbereich, in dem sich eine Frau mit feuerroten Haaren aufhielt. Als sie uns erblickte, legte sich ein breites Lächeln auf ihre Züge.

»April«, rief sie, umrundete ihr Pult und kam auf uns zu. Sie umarmten sich, bevor sie mich ebenso herzlich begrüßte. »Du musst Millie sein.«

»Das bin ich.«

»Schön, dich kennenzulernen.«

»Ebenfalls.« Meine Aufmerksamkeit fiel erneut auf ihre leuchtende Haarfarbe. Ob mir so etwas stehen würde? »Tolle Haare.«

»Danke. Ich liebe deine Ohrringe.« Sie zwinkerte, bevor sie den Kopf neigte. »Also, April hat mir erzählt, dass du dir etwas stechen lassen möchtest?«

»Oh ja.« Den Umschlag herausziehend erklärte ich ihr meine Vorstellungen. Lyric hörte aufmerksam zu und machte Vorschläge für das Design.

»Auf deinem Unterarm?«

»Ja. Genau hier.« Ich zeigte auf die Stelle. Erneut betrachtete sie den Brief in meiner Hand.

»Zart und feminin. Deine Mom hatte eine schöne Handschrift«, merkte sie an.

Mit einem Nicken blinzelte ich die aufsteigenden Tränen weg. »Das hatte sie«, flüsterte ich und begegnete Lyrics' mitfühlendem Blick.

»Ich glaube, es wird toll aussehen. Was hältst du von Blumen wie diesen?«, fragte sie und zeigte mir einige Ideen auf ihrem iPad.

»Ich mag das hier, aber etwas wie das würde mir auch gefallen, vielleicht ohne die Schattierungen, nur mit Linien, damit alles zusammenhängt?«

»Die Idee mit den Linien klingt gut«, sagte Lyric, als sie die von mir gezeigten Muster auf ihrem iPad betrachtete.

»Danke.« Nervös lächelnd sah ich zu April hinüber, die mir aufmunternd zuzwinkerte.

»Ich kann das auf jeden Fall machen.« Bei der Freundlichkeit in Lyrics Stimme, als sie meinen Tattoowunsch absegnete, musste ich mich vor lauter Emotionen räuspern.

»Danke.«

»Ich bereite das kurz digital vor. Die Blumen skizziere ich mit der Hand, und ich werde meinen Chef bitten, mir eine Schablone anzufertigen.« Als sie mir den Brief aus der Hand nahm, vermisste ich ihn sofort. »Ich verspreche, vorsichtig damit umzugehen«, versicherte sie mir, als würde sie mein Zögern spüren. Ich nickte und atmete langsam aus.

»Danke, mein Verhalten ist albern.«

»Ganz und gar nicht, Millie. Sie fehlt dir. Du willst sie in deiner Nähe behalten, und der hier ...« Sie hielt den Brief hoch. »... ist ein Teil von ihr, richtig?« Wärme und Rührung erfüllten ihre Augen.

»Sie ist ...«, begann ich, bevor ich mich eines Besseren besann und zu *war* ansetzte, wurde dabei jedoch unterbrochen.

»Alles gut«, besänftige Lyric mich, dann drehte sie sich in

Richtung des hinteren Teils des Ladens. »Hey Blaze!« Ich war sicher, mich verhört zu haben.

Blaze?

Das war kein üblicher Spitzname. Ich wusste, dass wir uns direkt neben der Bar befanden, über der er wohnte, aber wie standen die Chancen, dass er Lyrics' Chef war? Gering, hoffte ich, während ich mich bemühte, nicht in Panik zu geraten.

»Blaze?«, wiederholte ich, als seine hochgewachsene Gestalt aus einem Hinterzimmer auftauchte, und wie immer, wenn ich ihn erblickte, wollte ich noch mehr sehen.

Sein Kopf war gesenkt, seine Aufmerksamkeit ganz auf das iPad in seinen großen Händen gerichtet. Er trug eine verblichene Jeans, mit Rissen an den Knien, und ein weißes T-Shirt, das auf eine mir unerklärliche physikalische Weise den geballten Muskeln seiner Bizeps standhielt. Auf seiner Nase saß eine dunkle, drahtumrandete Brille, die ihn noch heißer machte. Er hatte mich noch nicht bemerkt, sein Augenmerk war auf das gerichtet, woran er gerade arbeitete, während er etwas zu Lyric sagte. Ich hingegen war hin- und hergerissen zwischen dem Wunsch, ein großes schwarzes Loch würde mich verschlucken, und dem Drang, zu ihm zu gehen und ihn zu küssen. Dann passierte es.

Er schaute auf und sein Blick traf den meinen. Als er zu begreifen schien, geriet sein Lächeln ins Wanken. Ich schluckte schwer. Seine etwa einen Meter neunzig hohe Gestalt mit den breiten Schultern schien plötzlich mehr Raum einzunehmen.

Die Augen weit aufgerissen beobachtete ich, wie Blaze auf mich zusteuerte.

»Was zum …«, begann Lyric, brachte ihren Satz aber nicht zu Ende.

Die Luft zwischen Blaze und mir war wie elektrisch geladen und verdichtete sich, je näher er mir kam. Sein azurblauer Blick ließ mich nicht mehr los, dann stand er vor mir. Ich zwang mich wegzusehen und schaute an seiner Schulter vorbei zu Lyric, die ebenso überrascht wie ich wirkte.

»Ich kümmere mich um sie«, erklärte er in einem tiefen Ton, der mir eine Gänsehaut über die Arme jagte.

»Was?«, fragte Lyric, und sein Kiefer spannte sich an. »Blaze, sie ist meine Kun...«

»Ich sagte, ich kümmere mich um sie.«

»Blaze ...« Mit einem Knurren brachte er Lyric zum Schweigen. Nicht mal ich traute mich, einen Mucks zu machen. Also stand ich einfach nur reglos da.

Stumm beobachtete ich ihn und wusste nicht, was ich tun sollte. Wir hatten eine Nacht zusammen verbracht. Nicht einmal in meinen kühnsten Träumen hätte ich mir Blaze' Reaktion auf meine Anwesenheit hier so ausgemalt. Ich hatte mit einem knappen *Hallo*, einem angedeuteten Nicken in meine Richtung oder betonter Ignoranz meiner Existenz gerechnet. Immerhin hatte ich ihm einen Korb gegeben. Falsch gedacht. Er verlangte, derjenige zu sein, der sich um mich *kümmerte*.

Lyric schaute von mir zu ihm, und schien mit seiner Entscheidung unzufrieden zu sein. »Sie ist zu mir gekommen, Blaze.« Sie sah mich an, und ich glaubte, dass sie in meinem Gesicht zu lesen versuchte, womit ich mich wohler fühlen würde.

»Und ich, dein verdammter Boss, habe gesagt, dass ich mich um sie kümmern werde«, knurrte er und riss mich aus meiner momentanen Benommenheit.

»Blaze ...«, versuchte Lyric es erneut, aber ich ging dazwischen.

»Lyric, es ist okay.« Ich schenkte ihr ein kleines Lächeln, bevor ich meine Aufmerksamkeit auf Blaze richtete.

»Wir müssen reden«, forderte er. Lag das daran, weil ich nicht mit ihm essen wollte?

»Was auch immer«, erwiderte ich. Anstatt sich über meine Bemerkung zu ärgern, loderte eine Hitze in seinen Augen, die ich auch zwischen meinen Beinen wahrnahm.

»Komm.« Er packte mich an der Hand, zog mich in das Hinterzimmer und schloss die Tür hinter uns.

Das ging definitiv zu weit. Er war nicht mein Freund oder mein Mann, und selbst dann sollte er mich nicht so rumkommandieren. Wie konnte er sich so etwas erlauben? All diese Gedanken prallten aufeinander und erzeugten eine Wut, die nur darauf wartete, entfesselt zu werden.

»Für wen hältst du dich eigentlich? Mei...« Ich konnte meinen Satz nicht beenden. Wie auch, wenn er mich mit dem Rücken gegen die Wand drängte, sein Körper dicht vor meinem? Ich öffnete den Mund, um weiterzureden, dann trafen seine Lippen auf meine und alles trat in den Hintergrund. Ohne zu zögern, erwiderte ich seinen Kuss. Mit den Fingern krallte ich mich in sein weiches Baumwollshirt, während er all meine Sinne eroberte. Jede seiner Berührungen erregte mich und doch fühlte es sich vertraut an, als hätten wir uns schon eine Million Mal geküsst, in tausenden Leben vor diesem.

Er zog sich leicht zurück. Langsam drang die Realität in mein Bewusstsein und holte mich ein.

»Was tust du da?«

»Wenn dir das nicht klar ist, kann ich es gern wiederholen, Babe.«

»Blaze«, flüsterte ich.

»Du nennst mich Patrick, wenn wir nur zu zweit sind«, stellte er klar. Ich starrte ihn an, als hätte er den Verstand verloren.

»Es sind nicht nur wir beide«, platzte ich heraus. »April und Lyric und ... keine Ahnung, wie viele andere noch da draußen sind. Und *zu zweit* gibt es uns sowieso nicht.«

»Doch das tut es. Du weißt es nur noch nicht.«

»Ähm, hör mal, diese Höhlenmensch-Nummer ist süß und verlockend ...«

»Gott sei Dank. Das ist ein Schritt in die richtige Richtung.«

»... aber du musst wissen, ich bin die Mühe nicht wert.« Ich spürte, wie mir die Hitze ins Gesicht schoss, und schüttelte den Kopf. »Was ich meine, ist, dass ich einfach ich bin«, versuchte ich zu erklären und befürchtete, dass ich dabei einen schlechten Job machte.

»Und das ist verdammt perfekt.«

»Du kennst mich nicht«, erinnerte ich ihn. Okay, vielleicht doch. Im biblischen Sinne, sexuell, jeden verdammten Zentimeter meines Körpers. Oh Gott! Wie war ich überhaupt in diese Situation geraten? In dieses Leben?

Ich begegnete seinem ernsten Blick und erkannte, dass er nachdachte. Ob das gut oder schlecht für mich war, würde sich zeigen.

»Wieso bist du hier?«, fragte er, während er seine Aufmerksamkeit kurz zu meinen Lippen lenkte. Dann sah er mir wieder in die Augen und gab mir das Gefühl, die einzige Frau auf der Welt zu sein. Unglaublich, wie rigoros er meinen Einwand ignorierte.

»Blaze, Lyric wird mein Tattoo entwerfen.«

»Das ist in Ordnung, Engel.« Meine Schultern entspannten sich zu früh. »Solange ich derjenige bin, der es auf deiner Haut verewigt.«

»Das halte ich für keine gute Idee«, flüsterte ich und starrte auf seinen Mund.

»Ich werde dir zeigen, dass es die beste Idee ist. Ich werde dir nicht wehtun.« Diese fünf Worte fühlten sich bedeutungsschwer an. Als würde er von mehr sprechen als meinem Tattoo. Als wäre es ein Versprechen.

Ich wollte ihm glauben.

Dann tu es. Cree an él. *Glaub an ihn*, hörte ich die Stimme meiner Mutter in meinem Hinterkopf.

Blaze machte einen Schritt zurück und brachte etwas Distanz zwischen uns. Ich schaute mich in dem Raum um. Es schien sein Büro zu sein.

Er streckte mir seine Hand entgegen, und ich starrte einen Moment darauf, als hätte sie die Macht, mich zu verbrennen. Zugleich fühlte es sich an, als würde sie mich in unbekannte Gewässer ziehen. Mein Blick wanderte zu seinem und die Wärme und das aufrichtige Gefühl in diesem tiefen Blau schenkten mir den Mut, den ich brauchte.

Ich wagte den Sprung und legte meine Hand in seine.

Blaze' Berührung war warm und sanft, als er die Schablone vorsichtig auf meinen Arm legte. Eine Welle der Emotionen drohte mich zu überwältigen, was mir das Atmen fast unmöglich machte.

Ich konnte nicht glauben, was Lyric da entworfen hatte. Direkt über den wunderschönen Blumen, standen die Worte meiner Mutter. *Tienes mi amor para siempre.* Ihre Handschrift war mir vertrauter als meine eigene und sie versicherte mir, dass ich immer ihre Liebe haben würde.

Tränen füllten meine Augen und ich blinzelte sie fort. April stand hinter mir, ihre Hand ruhte auf meiner Schulter, als spürte sie, dass ich Unterstützung benötigte. Sie irrte sich nicht. Als ich das Design betrachtete, war ich plötzlich nicht mehr in einem Tattoostudio in Tennessee. Meine Gedanken brachten mich zurück in meine Kindheit. In eine Zeit, in der es keine Handys gegeben hatte und man sich Briefe schrieb. Meine Mutter hatte zwei Jobs gehabt, manchmal sogar drei, dennoch hatte sie uns Nachrichten hinterlassen. In unseren Lunchpaketen oder Rucksäcken. Manchmal überraschte sie uns sogar mit herzförmig gefalteten Zetteln in den Taschen unserer Jeans oder Pullover.

Es war mir möglich, jede ihrer Notizen vor meinem geistigen Auge wachzurufen. Meine Schwester und ich hatten es ihr oft gleichgetan. Heimlich steckten wir Nachrichten in ihre Handtasche oder ihr Portemonnaie. Als Candi und ich nach der Beerdigung Moms Sachen zusammenpackten, fanden wir eine Schachtel mit all unseren Notizen an sie. Unsere Handschrift hatte sich über die Jahre entwickelt. Von der kleiner Kinder, die gerade lernten, einen Stift zu halten, zu der von Teenagermädchen, die alles mit herzförmigen i-Punkten versahen.

Das war unser Ding gewesen. Eine Familientradition. Wie hatte ich das vergessen können? Warum hatten wir damit aufgehört?

»Millie?«, drang Blaze' Stimme zu mir durch und holte mich aus meinen Gedanken. Als ich ihn ansah, nickte er in Richtung des Tattoodesigns auf meinem linken Arm und ich musterte es. »Was denkst du?«, wollte er wissen, und ich atmete langsam aus. Noch waren die Linien blau, sobald er sie jedoch nachgezeichnet hätte, würde es wunderschön aussehen. Moms Worte wären für immer ein Teil von mir. Nur einen kurzen Blick entfernt, umgeben von Blumen.

»Ich liebe es«, flüsterte ich und schenkte ihm ein trauriges Lächeln. Er zog die Brauen zusammen, tiefe Falten durchzogen seine Stirn. Es juckte mich in den Fingern, sie zu glätten.

»Wenn du dir mit dem Entwurf nicht sicher bist, oder willst, dass Lyric ...«

Ich legte meine Hand auf seine. »Ich vertraue dir«, sagte ich und meinte es auch so. Seine Augen wurden von einer Wärme erfüllt. Er beugte sich vor, als wollte er mich küssen, hielt jedoch inne. Was vermutlich an mir lag, und ich hasste es, für sein Zögern verantwortlich zu sein. Ich wollte, dass er mich erneut küsste. Allerdings wusste ich, dass wir Publikum hatten. Lyric und April saßen auf den Sofas und beobachteten uns.

»Gefällt dir die Größe?«

»Es ist perfekt, Blaze.«

»Okay. Das ist dein erstes Tattoo. Wenn du eine Pause brauchst, gib mir Bescheid, in Ordnung?«

»Werde ich nicht, aber ich habe es verstanden.«

»Mein starkes Mädchen.« Er zwinkerte und drehte sich nach seiner Tätowiermaschine um. Surrend erwachte sie zum Leben. Er rückte seinen Hocker näher heran, während ich meinen Arm auf einem kleinen Tisch neben mir ablegte. Blaze lehnte seinen Körper vor, und schob sein Knie zwischen meine Beine, um sie ein wenig auseinanderzuschieben und mehr Platz zu haben. Sein Geruch umhüllte mich, und ich saß völlig still da. Nicht weil ich seine Nähe nicht mochte, sondern weil ich sie liebte.

»Bereit?« Er sah mich an, und da ich meiner Stimme in diesem Moment nicht traute, nickte ich nur. Schon begann er mit seiner Arbeit.

Schweigend beobachtete ich, wie die Nadel über meine Haut fuhr. Es tat nicht so weh, wie ich es mir vorgestellt hatte. Das leise Brummen der Maschine machte es mir leicht, meine Gedanken schweifen zu lassen, und ich verlor mich in den Erinnerungen an meine Mutter. Ich vermisste sie. Ich hätte sehr viel dafür gegeben, um noch etwas mehr Zeit mit ihr zu haben. Mein Blick wanderte zu Blaze' konzentrierter Miene. Es waren seine Hände, die mich buchstäblich für immer markierten. Irgendwie gefiel mir das.

Was würdest du von ihm halten, Mama? Der Gedanke entlockte mir ein Lächeln. Tief in meinem Inneren wusste ich, was sie geantwortet hätte. Trotz seiner vielen Tattoos und Moms zahllosen Warnungen vor Kerlen wie ihm, bin ich ziemlich sicher, dass sie ihn gemocht hätte. Sie hätte ein paar lustige, aber unangebrachte Bemerkungen über seine Größe und sein gutes Aussehen gemacht. Auf diese Weise hatte sie alle Menschen in ihrem Leben verzaubert. Bestimmt wäre er darüber amüsiert gewesen und hätte sich in ihrer Nähe wie zu Hause gefühlt. Wenn sie mir jetzt einen Rat geben könnte, würde sie mir sagen, ich solle ihm eine Chance geben. Ihm und dem Leben.

Ich werde dir nicht wehtun. Seine Worte hallten in meinem Kopf wider und fegten über mich hinweg. Ich wollte an sie glauben. Und daran, dass ich es mit meiner Abweisung nicht völlig zwischen uns vermasselt hatte.

»Wie geht es meinem Wunder?«, fragte er, seine Aufmerksamkeit weiterhin auf meinen Arm gerichtet.

»Du musst mich nicht so nennen«, murmelte ich. Er war wunderbar gefährlich. Besonders für mein Herz.

»Warum?«, erkundigte er sich, während ich ihm schamlos bei der Arbeit zusah.

»Ich meine, nur weil ich so heiße, musst du mich nicht so nennen.«

»Millicent?«, hakte er nach, und ich legte den Kopf leicht schief.

»Wie bitte?«

Blaze löste die Nadel von meiner Haut und wandte mir sein Gesicht zu, dabei verringerte er das bisschen Abstand zwischen uns merklich. »Dein Name. Du heißt Millicent, richtig? Millie ist die Kurzform?« Ich blinzelte und fragte mich, woher dieser Mann die Macht hatte, die Zeit zu verlangsamen. Dachte er tatsächlich, mein Name wäre *Millicent*?

»Nicht einmal annähernd«, flüsterte ich und war neugieriger denn je, warum er mich *sein Wunder* nannte. Außer ihm hatte das nur meine Mutter getan. Meine Geburt war laut ihren

Erzählungen so kräftezehrend gewesen, es glich einem Wunder, dass wir beide überlebt hatten.

»Ist es nicht?« Auf keinen Fall täuschte er die Überraschung vor, die sich in seiner Miene spiegelte.

»Ich bin ... Ähm, nein. Mein Name ist Milagros.« Eine Sekunde lang sah er mich an, bevor er zu Boden blickte und fluchte.

»Du bist im wahrsten Sinne des Wortes ein Wunder.« Er hob den Kopf und beugte sich ein wenig näher zu mir.

»Du weißt, was es bedeutet?«

»Ich war eine Zeit lang in San Diego stationiert und habe deshalb Spanisch gelernt.«

»Oh.« Warum war das sexy? Plötzlich wollte ich hören, wie er mit seiner tiefen Stimme etwas auf Spanisch sagte.

»Ich hätte wissen müssen, wie wunderbar du bist.«

»Nur meine Mutter hat mich so genannt«, verriet ich ihm. Es war eine Kleinigkeit, fühlte sich aber riesig an und machte mich verletzlich.

»Deshalb willst du nicht, dass ich dich so nenne?«, merkte er an, ohne darüber zu urteilen, während er nach seiner Maschine griff und auf sie hinunterblickte. Für jeden anderen hätte es so ausgesehen, als wäre seine Aufmerksamkeit auf das Ding an der Vorderseite gerichtet, dessen Bezeichnung ich nicht kannte, aber ich wusste es besser. Oder zumindest dachte ich das. Auch wenn er mich nicht direkt ansah, war er dennoch auf mich konzentriert. Auf meine Atmung, meine Haltung. Völlig egal auf welche Art ich zu ihm sprach.

»Nein. Ich habe nur ...« Seufzend zuckte ich zusammen. »Ich dachte, es wäre nur so ein flotter Spruch.«

»Engel, Casanova ist nicht mein zweiter Vorname.« Er grinste und schaltete die Maschine wieder an.

»Hm, irgendwie glaube ich dir nicht«, bemerkte ich, denn dieser Mann war zu gut für sein eigenes Wohlergehen. Sein

Blick wanderte erneut zu mir, und etwas darin ließ mich dahinschmelzen.

»Ist schon gut. Wie gesagt, das wirst du noch früh genug.« Dann überraschte er mich. Sich vorbeugend, berührte er mit seinem Mund beinahe meine Schläfe. Ich konnte die Wärme seines Atems spüren, als er seine Lippen bewegte. »Kannst du jetzt aufhören, so süß zu sein, damit ich das hier erledigen kann und nicht vor meiner Mitarbeiterin hart werde?« Er sprach dabei so leise, dass ich die Einzige sein musste, die den vollen, samtigen Ton seiner Worte vernehmen konnte.

Ein Schauer lief mir über den Rücken. Er wurde meinetwegen hart? Er fand mich süß? Ich konnte es nicht verhindern und kicherte.

»Kein Casanova? Hm, wer's glaubt«, murmelte ich, während er gegen ein Lächeln ankämpfte. Dann machte er sich wieder an die Arbeit. Meine Gedanken schweiften erneut zu den unzähligen glücklichen Erinnerungen an meine Mutter ab.

Blaze

Lyric und Wes' Schwägerin April waren immer noch da. Ständig schauten sie zu uns herüber und tuschelten miteinander. Hin und wieder kamen sie näher und bestärkten Millie, in ihrer Entscheidung. Aufgrund der Art, wie sie mit ihr sprachen, wusste ich, dass sie meiner Frau gute Freundinnen sein würden. Ich war jedoch ein egoistischer Mistkerl, der sich wünschte, sie würden gehen, damit ich Millies gesamte Aufmerksamkeit für mich beanspruchen konnte.

»Warum diese Formulierung?«, fragte ich, während ich die

Maschine von ihrer Haut anhob und mich streckte. Die meisten Blumen waren inzwischen fertig.

»Das hat sie immer zu mir und meiner Schwester gesagt«, antwortete Millie. Ihre Miene nahm einen sanften Ausdruck an, und ich blieb stumm, um sie nicht zu unterbrechen. »Sie hat immer gesagt, dass wir ihre Liebe haben, und wir erwiderten, sie habe unsere.« Vor Rührung klang sie leicht heiser, und ich griff nach ihrer Hand.

»Deine Mutter?«, vermutete ich, und sie nickte. Nun fühlte ich mich wie ein Arsch. Für sie war das nicht einfach ein Tattoo, dahinter steckte eine tiefe Bedeutung. Und ich hatte es Lyric weggenommen, die zuvor wahrscheinlich alles darüber erfahren hatte.

»Auf diese Weise habe ich immer eine Erinnerung an sie. Jedes Mal, wenn ich auf meinen Arm hinunterschaue, werden ihre Wort dort sein.«

»Sie hatte eine schöne Schrift.«

Das Lächeln, das Millie mir schenkte, war strahlend und ehrlich. »Stimmt, daran konnte man erkennen, wie viel Schönheit sie in sich trug, aber auch nach außen hin verkörperte.« Ihr Lächeln verrutschte. »Vor ein paar Monaten ist sie gestorben.«

Ich legte die Maschine beiseite und zog meine Handschuhe aus, um über ihre Wangen zu streichen. »Es tut mir so verdammt leid, Engel.« Als die Überraschung aus ihrem Blick verschwunden war, schloss sie die Augen und lehnte sich in meine Berührung. Emotionen stiegen in mir auf und überrollten mich. Noch nie zuvor hatte ich diesen Drang verspürt, jemanden zu beschützen.

»Danke«, murmelte sie, und ich drückte meine Stirn an ihre. So dicht nebeneinandersitzend, schwiegen wir einen Moment. Sie benötigte diesen Augenblick, um ihre Erinnerungen zu verarbeiten, und ich, weil ich sie in den letzten Tagen vermisst hatte.

»Wie wäre es mit einer Pause?«, schlug ich vor und hoffte, sie in mein Büro bringen zu können, damit wir ein paar Minuten nur für uns hatten.

»Mir geht es gut. Aber danke.«

»Bist du sicher?«, hakte ich nach, aber die Sturheit in ihrem Blick war nicht zu übersehen. Sie wollte weitermachen.

Mein starkes Mädchen.

»Ich bin sicher«, flüsterte sie. Seufzend nickte ich, ohne meine Aufmerksamkeit von ihr abzuwenden. Es war mir nicht möglich. Ich konnte nur sie sehen.

Boom.

Wes' spielerische Warnung wiederholte sich in meinem Kopf, und ich wollte verdammt noch mal lachen. *Boom* traf es auf den Punkt.

»Okay, Babe.« Einen Kuss auf die Mitte ihrer Stirn drückend, hörte ich, wie sie sexy aufstöhnte. »Ich hole mir ein neues Paar Handschuhe, dann machen wir weiter.«

Als ich wieder zurückkam, widmete ich mich erneut ihrem Tattoo. So behutsam, wie ich konnte, um ihr keine unnötigen Schmerzen zuzufügen. Die Blumen schattierte ich in den von ihr gewählten Farben, und die liebevollen Worte ihrer Mutter fanden ein Zuhause auf ihrer weichen Haut. Ich tastete mich langsam vor, um die Handschrift richtig hinzubekommen. Als ich fertig war, säuberte ich ihren Unterarm und lächelte sie an.

»Bereit, es zu sehen?«, fragte ich, da sie ihre Augen in den letzten Minuten geschlossen gehalten hatte. Als hätte sie ihren Gedanken oder Erinnerungen nachgehangen. Sie nickte, stand auf und machte sich auf den Weg zur Spiegelwand hinter mir.

»Oh, Millie, es ist wunderschön«, sagte April. »Ich liebe die Linienführung der Blumen.«

»Das hast du gut gemacht, Boss.« Lyric klopfte mir anerkennend auf die Schulter, und ich grinste.

»Danke, dass du es entworfen hast.« Wir tauschten uns kurz über das Design aus, während mein Engel völlig stumm blieb.

»Millie?«, fragte April und wollte näher an sie herantreten, aber ich kam ihr zuvor.

Kaum dass sich Millies Blick, immer noch auf ihr Tattoo gerichtet, mit unvergossenen Tränen füllte und ihre Unterlippe zu zittern begann, überbrückte ich die wenigen Zentimeter zwischen uns. Ich zog sie behutsam an mich, um nicht ihre wunde Haut zu berühren, und ließ eine Hand auf ihrem Rücken ruhen, während sie das Gesicht an meinem Shirt vergrub. Tiefe, herzzerreißende Schluchzer entwichen ihr.

April und Lyric sahen beide besorgt aus. Als wollten sie Millie aus meinen Armen in die ihren ziehen. Vermutlich wäre es das Beste, wenn ihre neuen Freundinnen ihr Trost spenden würden, damit sie sich ihnen anvertrauen konnte. Nur wollte ich sie nicht loslassen.

»Ich habe sie«, sagte ich in einem leisen, aber bestimmten Ton, dem keiner widersprach.

April wirkte versucht, es doch zu tun, Lyric hielt sie jedoch auf. Sie hatte mich den ganzen Abend über genau beobachtet. Sie kannte mich. Seit ein paar Monaten arbeitete sie in meinem Studio, und wir hatten uns angefreundet. Dieses Verhalten war für mich untypisch und in ihrem Blick las ich, dass sie ihr Vertrauen in mich setzte, mich gut um Millie zu kümmern.

Lyric trat an Millie heran und strich ihr über das Haar. »Wenn du etwas brauchst, rufst du uns an, okay?«, flüsterte sie, und ich spürte, wie mein Mädchen an meiner Brust nickte. »Ich habe meinen Namen in dein Telefon eingegeben«, sagte sie, bevor sie zu mir aufschaute und mir eine wortlose Warnung zuwarf. *Versau das nicht.*

April tat das Gleiche, bevor die beiden hinausgingen und Lyric hinter ihnen abschloss. Ich machte mir keine Sorgen um das Studio. Stattdessen konzentrierte ich mich auf den Engel in meinen Armen. Sie fest an mich gedrückt, stand ich da und streichelte beruhigend über ihren Rücken, während sie heftig weinte.

Ich war nicht der Typ Mann, der sich in dieser Art auf eine Frau einließ. Mit mir hatte man Spaß, mehr nicht. Für emotionales oder tiefgründiges Zeug war ich nicht zuständig. Doch in Millies Nähe war ich ein ganz anderer Mensch. Sanft streichelte ich über ihr Haar, während sie alles rausließ, was sich offenbar in ihr aufgestaut hatte. Wie lange hielt sie diese tiefe Traurigkeit schon zurück? Leise wiederholte ich besänftigende Worte wie *Alles gut*, *Du bist sicher* und *Ich bin hier*, während ich sie weiterhin an mich drückte.

Nach einer Weile ebbte ihr Schluchzen ab. Sie gab ein zaghaftes Schniefen von sich.

»Ist schon gut«, sagte ich, war aber nicht sicher, ob sie mich überhaupt hören konnte. Schließlich löste sie sich von mir und wischte sich über das feuchte Gesicht, bevor sie zu mir aufblickte. Ihr Make-up war ein wenig verschmiert, ihre Augen immer noch glasig und etwas geschwollen. Dennoch war sie das schönste Wesen, das ich je gesehen hatte.

»Entschuldigung«, flüsterte sie. Ich zog sie wieder in meine Arme.

»Nicht dafür, Engel.«

»Ich habe dein Shirt versaut«, merkte sie an.

Ich wischte mit den Daumen ihre Tränen fort. »Dafür gibt es Waschmaschinen«, entgegnete ich und zwinkerte ihr zu.

»Trotzdem tut es mir leid. Es ist mir peinlich«, gab sie zu. Als sie mir diese Seite von sich zeigte, verliebte ich mich noch mehr in sie. Für jeden anderen wäre es nicht wichtig gewesen, aber für mich bedeutete es alles. Ich hatte das Gefühl, dass sie diese Verletzlichkeit nicht mit jedem teilte. »Ich wollte nur ...« Sie blickte auf ihren Arm hinunter, und erneut begannen ihre Tränen zu fließen. Diesmal war ich bereit dafür.

Als wären wir frisch vermählt, hob ich Millie hoch. Aus großen Augen sah sie mich an.

»Entspann dich, Babe« sagte ich und küsste sie auf den Scheitel. Anschließend trug ich sie zu den Sofas im Wartebereich und ließ mich dort mit ihr auf meinem Schoß nieder. Angespannt saß sie da und sah mich an, als wüsste sie nicht, wie sie reagieren sollte. Das brachte mich zum Lachen. Eines Tages würde sie sich nicht einmal mehr fragen, ob das unangebracht war. Schon bald.

»Lass alles raus«, wies ich sie an, und ihre Lippen verzogen sich amüsiert.

»Du bist ein bisschen rechthaberisch.«

»Du hast ja keine Ahnung, Babe.« Ich zwinkerte, wurde aber sofort wieder ernst. »Geht es dir gut?«

Sie öffnete den Mund, schloss ihn jedoch sofort wieder, ehe sie sich seufzend an mich schmiegte. »Ja. Ich weiß nur nicht, wo das hergekommen ist.«

»Hast du deiner Mutter nahegestanden?«

»Sie war meine beste Freundin«, flüsterte Millie, und in jedem Wort schwang Schmerz mit. In meiner Kehle bildete sich ein Kloß. Einen Elternteil zu verlieren, war schlimm. Ich hasste, dass sie das durchmachen musste.

»Erzähl mir von ihr.«

»Warum?«, fragte sie vorsichtig.

»Weil ich alles über dich erfahren möchte. Immer.« Vermutlich war ich damit zu ehrlich, aber ich hatte es versucht.

»Du hast wirklich ein Händchen dafür, so süße Sachen zu sagen.« Wieder schniefte sie und wischte sich über das Gesicht.

»Wenn es die reine Wahrheit ist, dann ja.« Ich zuckte mit den Schultern, und sie musterte mich einen Moment lang. Wahrscheinlich dachte sie darüber nach, sich mir zu öffnen. Und ob sie mir mehr über ihre Mutter anvertrauen sollte. Ich hoffte darauf, aber das war bei meiner Essenseinladung auch so gewesen und die hatte sie abgewiesen. Ich war darauf vorbereitet, dass sie jeden Augenblick von meinem Schoß springen und mich wegstoßen würde. Aber nichts dergleichen geschah.

Wenn überhaupt, machte sie es sich bequemer. Mit ihren Händen berührten sie den Stoff meines T-Shirts, als sie zu sprechen begann. Ihre Stimme glich einer sanften Melodie, als sie mir ihre Familiengeschichte erzählte. Ihre Mom hatte ihre Schwester und sie allein großgezogen. Sie hatte hart gearbeitet und war zu allen nett. Millie hatte ihr eigenes Leben drei Jahre lang auf Eis gelegt, um ihrer Mutter im Kampf gegen den Krebs beizustehen, der am Ende aber nicht zu besiegen war.

»Wie bist du hierhergekommen?«, fragte ich, und sie blinzelte.

»Meine Mutter.« Abwartend, dass sie weiterredete, hob ich eine Braue. Doch sie zuckte nur mit den Schultern. »Vielleicht ist das eine Geschichte für einen anderen Tag.« Das konnte ich akzeptieren.

Ich lehnte mich vor und wollte nur sanft ihre Lippen mit meinen berühren. Die Erinnerung daran, hatte mich in den letzten Nächten heimgesucht. Der Weg zur Hölle war jedoch mit guten Vorsätzen gepflastert. Als unsere Münder federleicht aufeinandertrafen, verlor ich die Beherrschung und vertiefte den Kuss. Ohne Zögern erwiderte sie ihn. Er war langsam, aber voller Leidenschaft und Versprechungen. Ihr Körper schmiegte sich an meinen. Ich ließ die Hände über ihren Rücken gleiten und war versucht, ihren Hintern zu packen, hielt mich jedoch zurück. Stattdessen streichelte ich über ihre Wirbelsäule, dann über einen Streifen nackter Haut, als ihr Shirt nach oben rutschte.

Was ich tun sollte, stand im völligen Gegensatz zu dem, was ich wollte. Mich so tief in ihr versenken, dass keiner von uns wusste, wo der eine anfing und der andere aufhörte. Ich hielt mich jedoch davon ab und tat das Letzte, was ich vorgehabt hatte. Ich löste mich von ihr. Sie sah zu mir auf, ihr Blick aus halbgeöffneten Augen suchte den meinen. Alles, was ich fühlte, spiegelte sich in ihnen wider. Mein Schwanz wurde härter.

»Geh mit mir essen«, versuchte ich es noch einmal, fest entschlossen, sie zu überreden. Da war etwas zwischen uns. Mehr als Sex und Verlangen. Eine unkontrollierbare Kraft, eine unstillbare Sehnsucht, die uns zu verbinden schien. Ich bezweifelte, dass ein ganzes Leben ausreichen würde, mein tiefes Bedürfnis nach dieser Frau zu stillen.

»Blaze ...«

»Patrick«, korrigierte ich sie. Ich hasste meinen Vornamen. Meine Großmutter nannte mich so. Nur wenn Millie ihn aussprach, gefiel er mir. Ich mochte es, wie er von ihrer Zunge rollte.

»Okay«, stimmte sie zu. Ein einfaches Wort, das mich fassungslos zurückließ.

»Okay?«, wiederholte ich. Schüchtern verdrehte sie die Augen und senkte den Blick, ehe sie wieder zu mir hochschaute.

»Okay, du kannst mich zum Essen einladen.«

»So einfach?«, fragte ich, wohl wissend, dass ich damit ihre freche Seite ans Tageslicht rief.

»Willst du nun gehen oder nicht?«, erwiderte sie, und ich schenkte ihr ein träges Lächeln.

»Schon gut, kein Grund gleich zu betteln, Mädchen«, neckte ich sie. Daraufhin versuchte sie, sich von mir wegzustoßen, aber ich gab sie nicht frei. Ich hielt sie fest und schaute auf sie hinab, bis sie nachgab und zu mir aufblickte. »Bist du okay?«, fragte ich ernst, und ihre freche Art verschwand und machte Platz für eine Süße, der ich kaum widerstehen konnte.

»Bin ich, Patrick. Danke«, sagte sie leise. Größtenteils

glaubte ich ihr.

»Gut, Engel, das freut mich. Du hast schon zu lange zu viel zurückgehalten.« Ich strich ihr eine Strähne ihres schokoladenfarbigen Haares hinters Ohr. »Wann immer du etwas loswerden willst, bin ich da«, bot ich an und spürte, wie sich ihr Körper an meinem entspannte.

Es war verrückt. Noch nie hatte ich für jemanden da sein wollen, weder für einen Freund noch für eine Frau, nicht in der Art, wie ich Millie beistehen würde. Ich wäre ihr gottverdammtes Schutzschild gegen die Welt, wenn sie es zuließe.

»Pat...«

»Jetzt sei still, wir gehen Abendessen.« Mit ihr in meinen Armen erhob ich mich, und sie fing an, ihren Unmut darüber zu äußern.

»Patrick! Ich bin zu schwer!«

»Ja, so *schwer* wie eine Feder«, murmelte ich, aber sie gab nicht auf.

»Von wegen federleicht. Nicht mit diesem Hintern und meinen ...«

Mit einem sanften Klaps auf eine ihrer runden Arschbacken, brachte ich sie zum Schweigen. Mir entging nicht, wie ihre Augen dabei funkelten und dunkler wurden. Ihre Wangen färbten sich noch rosiger. Mein Mädchen mochte es ein wenig rauer.

Fuck! Es wurde immer besser.

»Benimm dich«, knurrte ich, und sie stieß einen murrenden Laut aus. »Abendessen«, erinnerte ich sie, als wir uns auf den Weg zu meiner Wohnung machten. Auf keinen Fall würde ich ihr eine Chance geben, diese Sache zu überdenken. Was auch nötig war, um ihr zu verdeutlichen, dass sie zu mir gehörte, ich würde es tun.

8

Millie

Obwohl ich meine Augen noch nicht geöffnet hatte, wusste ich, dass ich mich nicht in meinem Bett befand. Ich war bei Blaze. Nur war ich dieses Mal vollständig bekleidet.

»Ich weiß, dass du wach bist«, brummte er an meinem Ohr und kitzelte mich leicht.

»Es ist noch zu früh«, murmelte ich.

»Babe, du hast gesagt, ich soll dich zeitig wecken.«

»Aus welchem Grund?«, entgegnete ich und stöhnte auf. Ich war noch nie ein Morgenmensch gewesen. Der Klang seiner tiefen Stimme könnte das jedoch ändern, denn er bescherte mir einen wohligen Schauer.

»Weil du arbeiten musst«, erwiderte er, und ich riss die Lider auf. *Arbeit! Verdammt!*

»Mist!« Ich wollte aufspringen, doch seine starken Arme schlangen sich um meine Taille und hielten mich fest an ihn gedrückt.

»Was glaubst du, wo du hingehst?« Bei dem Grollen in seinem Ton presste ich meine Schenkel zusammen. *Arbeit,* erinnerte ich mich schwach. Ich drehte mich zu ihm um und versuchte, mich nicht von dem schönen Blau seines Blicks beeinflussen zu lassen.

»Zu meinem Job.«

»Babe.« Seine Lippen zuckten amüsiert, und ich zog die

Brauen zusammen. Wie konnte er das nur lustig finden?

»Bin ich spät dran?«

»Es ist noch früh genug, dass ich dich einen Moment lang so halten kann.« Als er weiterredete, biss ich mir auf die Unterlippe, denn er klang leicht heiser vom Schlaf. »Danach können wir aufstehen. Ich sorge dafür, dass dein Tattoo sauber und eingepackt ist. Anschließend koche ich uns Kaffee, bevor ich dich nach Hause fahre und dir Frühstück zubereite, während du dich fertig machst.«

»Was?«, fragte ich, drehte mich ganz in seinen Armen um und legte meine Hände auf seinen Oberkörper.

»Du solltest mich nicht so ansehen«, warnte er, und ich spürte seine Erektion an meinem Oberschenkel.

»Warum nicht?«, hauchte ich. Eine Welle der Emotionen erfüllte meinen gesamten Körper. Deutlich war ich mir seiner Hände, seiner Wärme und seines Geruchs bewusst. Gott, ich wollte ihn.

»Weil wir auf keinen Fall genug Zeit haben, um das zu tun, was dein Blick verlangt.« Heiliger Bimbam. Seine Worte lösten ein Ziehen in meiner Mitte aus, während sich berauschende Erregung in meinem Bauch ausbreitete. Ich war nie eine der Frauen, die Morgensex bevorzugte, aber Blaze brachte eine ganz andere Seite von mir zum Vorschein.

»Hm ...« Mein Gesicht wurde heiß. Ich wollte ihn. Schon wieder. Noch mehr als in den vergangenen Nächten.

Nachdem er mich gestern Abend nach oben getragen hatte, versorgte er meinen Arm, trug Balsam auf und wechselte den Verband. Danach hatten wir wie versprochen gemeinsam gegessen. Und er hatte gekocht. Damit war er der erste Mann, der das für mich getan hatte. Es sei denn, man zählte Fertiggerichte wie Käse- oder Gemüsetaschen hinzu. Mein Großvater hatte diese immer für Candi und mich gemacht, als wir Kinder waren. Blaze hatte jedoch nicht nur etwas in die

Mikrowelle gestellt oder mir eine Schüssel Müsli vorgesetzt, womit ich zufrieden gewesen wäre. Stattdessen hatte er mich in die Küche getragen, mich auf die Arbeitsplatte neben dem Herd gesetzt und mir ein Bier gereicht. Von dort aus hatte ich ihm zugesehen, wie er uns Spaghetti mit Fleischbällchen machte, dazu Knoblauchbrot, das außen knusprig und innen so weich war, dass ich nicht hatte aufhören können, davon zu essen. Es war köstlich gewesen und genau das, was ich gebraucht hatte, nachdem meine Gefühle mich übermannt und sich die Tränen den Weg an die Oberfläche gekämpft hatten.

Nach dem Abendessen hatte ich beim Aufräumen geholfen, und wenn ich daran zurückdachte, hatte dieser Moment etwas beruhigend Intimes an sich. Seite an Seite spülten wir das Geschirr, bevor wir es in die Maschine stellten. Wir unterhielten uns über alltägliche Dinge. Unsere Arbeit, was wir morgen vorhatten. Es war, als würden wir das schon ein ganzes Leben lang machen, und nicht, als wäre es unsere erste gemeinsame Mahlzeit.

Danach hatte er mich in sein Wohnzimmer gebracht, wo wir uns zusammen ein Baseballspiel angesehen hatten. Obwohl das typisch männlich war, hatte ich mich nicht dazu durchringen können, mit ihm zu diskutieren. Nicht nachdem er mich so liebevoll in den Arm genommen und mir seine Schulter zum Ausweinen geliehen hatte, um dann auch noch für mich zu kochen. Nach dem zweiten Inning waren meine Lider immer schwerer geworden, also hatte ich vorgeschlagen, mir ein Uber zu rufen. Er hatte jedoch nur den Kopf geschüttelt, mein Gesicht wieder in seine Halsbeuge gedrückt und mir durchs Haar gestrichen.

Ehe ich mich versehen hatte, war ich in seinen Armen aufgewacht, während er mich ins Schlafzimmer getragen und in sein Bett gelegt hatte. Als ich fragte, ob ich nach Hause gehen sollte, hatte er verneint und sich zu mir gelegt. Mir hatte die

Energie gefehlt, um mich aus der Wärme und Geborgenheit zu befreien, die er mir bot. Also hatte ich getan, was jede Frau an meiner Stelle neben so einem heißen Kerl getan hätte. Ich hatte die Augen geschlossen und war wieder ins Traumland abgedriftet.

»Wir müssen aufstehen«, riss er mich aus meinen Gedanken und küsste mich auf die Nasenspitze.

»Müssen wir das?«, fragte ich, während ich mich näher an ihn schob. »Ich habe eine Kaffeemaschine bei mir zu Hause. Das würde etwas Zeit wettmachen, die wir anderweitig verwenden könnten«, schlug ich kühn vor.

»Millie.« Seine Hand legte sich an meinen Hinterkopf, seine Finger vergruben sich in meinem Haar.

Dios mio, santo! Lieber Gott! Was hatte seine Umarmung nur an sich, dass ich mich wie eine Mischung aus einem wertvollen Kunstwerk und einer sexy Göttin fühlte? Seine Lippen schwebten über meinen, lockten mich mit dem Versprechen eines Kusses. Ich wollte ihn so sehr, dass ich mich dabei ertappte, wie ich versuchte, ihn zu verführen.

»Ist das Frühstück denn wirklich so wichtig?« Ich erkannte mich selbst nicht wieder. »Bitte«, flehte ich leise, und endlich presste sich sein Mund auf meinen.

In den letzten Tagen hatte ich mir eingeredet, dass unsere gemeinsame Nacht nur wegen des Tequilas so außergewöhnlich gut gewesen war. Dass mein Körper nicht durch Blaze, sondern durch den Alkohol vor Verlangen pulsiert hatte. Reine Selbsttäuschung, denn ich spürte seinen Kuss bis in meine Seele.

»Das ist der Morgen, den wir am Sonntag hätten haben sollen«, merkte er an, mich küssend und von mir kostend, als hätte nichts je besser geschmeckt. »Verdammt, Mills.«

»Bitte«, flehte ich erneut. Ich war nicht sicher, was genau ich wollte, aber ich wusste, dass nur er es mir geben konnte.

»Wir haben nicht genug Zeit, um all die Dinge zu tun, die ich mit dir machen möchte.« Stöhnend küsste er mich auf mein Schlüsselbein, dann tiefer, um schlussendlich an meinem aufgerichteten Nippel zu saugen. Selbst durch den Stoff meines BHs und meines Shirts spürte ich die Hitze seines Mundes und das genüssliche Ziehen seiner Liebkosung. Dann lehnte er seine Stirn zwischen meine Brüste.

Wir atmeten beide schwer, als hätten wir gerade ein Rennen hinter uns, anstatt ein kleines Vorspiel. Allerdings war nichts an Blaze klein, auch nicht an der Art, wie er die Dinge anging.

Sein warmer Atem wanderte nach unten, während Blaze den Saum meines T-Shirts nach oben schob. Mein Blick hing an ihm, und ich fasste in seine Haare. Er drückte mir einen Kuss auf die Stelle knapp über meinem Nabel. Mein Bauch war keineswegs flach. Egal wie viel ich trainierte, ich aß zu gern, aber Blaze schien sich nicht daran zu stören. Er hinterließ noch ein paar sanfte Küsse auf meiner Haut, bevor er sich zurückzog. Sofort vermisste ich die Wärme seines Körpers über meinem.

Er streckte seine Hand nach mir aus. »Du musst dich fertig machen.«

»Okay«, murmelte ich, umschloss seine Finger und erhob mich vom Bett. Als ich vor ihm stand, senkte er den Kopf und ich wartete, in der Hoffnung, dass er es sich anders überlegen würde. Im Moment war mir das pünktliche Erscheinen im Büro egal, auch wenn ich diesen Job wirklich brauchte.

»Heute Abend, werden wir anfangen, einige der Dinge abzuhaken, die ich mit dir tun will.«

Ein Schauer durchfuhr mich, und ich leckte mir über die Lippen. »Was ist mit denen, die ich mit dir tun will?«, fragte ich, ohne nachzudenken, aber es störte mich nicht. Ich mochte es, wie mutig und verwegen ich bei ihm war. Es erinnerte mich daran, wie wohl ich mich in seiner Nähe fühlte.

»Du kannst den morgigen Abend haben.« Die Hitze, die

deutlich in seinen Augen zu erkennen war, machte mich unerträglich feucht.

»Morgen?«, wiederholte ich. »Du bist dir deiner Sache ziemlich sicher.«

»Wieso sollte ich es nicht sein?« Er schenkte mir ein anzügliches Grinsen, und ich schüttelte den Kopf.

»Typisches Jungsgehabe.«

»Männergehabe, Engel. Oder muss ich dir das erst beweisen?« Gott, er war zu viel. Normalerweise ärgerte mich diese männliche Arroganz, aber ich konnte nicht leugnen, dass es bei ihm eine gewisse Anziehungskraft auf mich ausübte. Ich mochte ihn, und zwar sehr.

»Für diese Art von Humor brauche ich Kaffee«, sagte ich, und er schenkte mir ein entwaffnendes Lächeln, bevor er sich zu mir beugte und mich auf die Wange küsste.

»Dann lassen wir das Geplänkel vorerst sein«, flüsterte er. Seine Bartstoppeln fühlten sich so gut auf meiner Haut an. Im Stillen hoffte ich, dass er sich heute nicht rasieren würde. Er zog sich zurück, und ich biss mir auf die Unterlippe.

»Ich kann morgen nicht«, teilte ich ihm mit.

»Warum das?«

»Ich habe Pläne.« Ich zuckte mit den Schultern, und er verengte die Brauen. »Ich muss nach Nashville zu einer *Paint Nite*.«

»Ich fahre dich«, erklärte er, als wäre es Gesetz.

»Du musst nicht ...«

»Ich möchte«, unterbrach er mich. »Jetzt komm, ich werde dir einen Kaffee holen und mir deinen Arm ansehen.« Er ging voran Richtung Wohnzimmer.

Was passierte hier? Wir hatten den gestrigen Abend miteinander verbracht und uns für heute ebenso verabredet – und er machte schon Pläne für morgen?

»Blaze.« Er drehte sich in der Tür zu mir um. Sein Blick fand den meinen. Ich öffnete und schloss den Mund. Meine Angst vor einer Antwort, die mich egal auf welche Weise überfordern würde, war monumental.

»Was immer es ist, Millie, sag es«, forderte er mich sanft auf. Keine Ahnung, woher er wusste, dass mir etwas auf der Zunge brannte, aber es half mir.

»Was wird das hier?«

»Jetzt gerade?« Natürlich antwortete er mit einer Gegenfrage. Nicht nachzuhaken, war eine Option, aber ich musste es wissen.

»Zwischen uns«, stellte ich klar. Das Blau seiner Augen schien sich zu erwärmen, während er mich betrachtete.

»Alles«, entgegnete er, und ich fühlte mich ein wenig verletzlich und überrumpelt.

»Ich meine ...«

»Ich weiß, was du meinst, Millie.« Er winkte mich mit dem Finger zu sich, und meine Beine setzten sich automatisch in Bewegung. Kaum war ich in seiner Reichweite, nahm er eine Hand in seine und hob mit der anderen mein Kinn an. Mit dem Daumen strich er über meinen Kiefer. »Das ist der Anfang«, verkündete er mit tiefer Stimme. Ich war noch nie mit einem Mann zusammen, der so ehrlich und offen gesagt hatte, was zwischen uns war.

»Wovon?«, platzte ich heraus. Ich musste mir absolut sicher sein, um seinen Worten nicht etwas Falsches zu entnehmen.

»Von uns.«

»Sprichst du von Dates? Wie in einer Beziehung?«

»Ich schätze ja, allerdings für immer.« Blaze schenkte mir ein Lächeln, bei dem sich ein Grübchen in seiner Wange abzeichnete, je länger ich ihn fassungslos anstarrte. »Millie, ich date nicht. Das habe ich noch nie, und ich habe keinen Schimmer, wie das geht.«

»Oh.« Enttäuschung machte sich in meinem Bauch breit.

»Aber ...« Dieses eine Wort ließ erneut Hoffnung in mir aufkeimen. »... das ...« Er zeigte zwischen uns. »... du und ich. Du willst dich verabreden, du möchtest, dass ich dich umwerbe?« Der Ausdruck in seinen Augen wurde dunkler, und ein Schmunzeln legte sich auf seine Züge. »Für dich werde ich das tun. Ich würde alles tun, was du willst, solange du für den Rest unserer Tage zu mir gehörst.«

»Das sind sehr viele Tage«, hauchte ich, da mir das Funkeln in seinem Blick den Atem raubte.

»Und dennoch nicht genug«, flüsterte er, bevor er mir einen sanften Kuss auf die Lippen drückte. Sein Mund und seine Worte bescherten mir weiche Knie, und ich beschloss, keine Fragen mehr zu stellen und ihn noch ein wenig länger zu küssen.

Als wir es endlich zu meinem Haus geschafft hatten, war keine Zeit mehr für Kaffee, allerdings blieben uns ein paar Minuten, um rumzumachen. Danach sorgte Blaze dafür, dass ich nicht zu spät zur Arbeit kam.

Blaze

Millie beim Bike Shop abzusetzen, war nicht einfach gewesen. Ich war so verdammt versucht, Wes per Nachricht mitzuteilen, dass sie heute nicht ins Büro kommen würde. Mir war jedoch klar, dass sie damit nie einverstanden gewesen wäre.

»Hey, Blazey«, sagte Tara, als sie das Tattoostudio betrat. Ich verschränkte die Arme. Mir entging nicht, wie sich Lyric von ihrem Platz hinter dem Tresen zu mir bewegte.

»Tara«, erwiderte ich knapp und richtete meine Aufmerksamkeit wieder auf den Bildschirm vor mir.

»Willst du mit mir zu Mittag essen? Ich garantiere, dass es sich für dich lohnen wird.«

»Wie stilvoll«, murmelte Lyric und kaschierte ihre Bemerkung mit einem Husten. Meine Mundwinkel zuckten amüsiert. Es schien, als hätte Millie eine Freundin gefunden.

»Lyric, hast du nicht etwas zu putzen?«, antwortete Tara bissig. Das war für mich das Stichwort, um einzugreifen, bevor Lyric Tara das selbstgefällige Grinsen aus dem Gesicht wischte.

»Gibt es etwas, das du heute tätowiert haben möchtest?«, fragte ich, um sie loszuwerden.

»Nein.« Sie spitzte die Lippen, als könnte mich das anlocken.

»Ein Piercing?«

»Nein«, erwiderte sie spöttisch. »Aber, Blaze ...«

Ich sah sie ungerührt an. »Wenn es nichts davon ist, was machst du dann hier?«, hakte ich nach, obwohl ich ihren Grund kannte. Bevor ich Millie begegnet war, hatte ich ab und an mit Tara geschlafen. Es hatte nichts bedeutet, nur Sex, ein paar zufällige Treffen, wenn es unsere Zeitpläne erlaubten. Ich war kein Heiliger, aber Tara hatte gewusst, worauf sie sich einließ. Es hatte nie ein Versprechen auf mehr gegeben, und die Sache zwischen uns war vorbei. Seit ich Millie vor einigen Wochen auf dem Parkplatz gesehen hatte, hatte ich nur noch sie im Kopf. Ich war mit keiner anderen Frau mehr zusammen gewesen, weil ich es nicht konnte. Es war, als hätte mich die Vorstellung von uns vollständig vereinnahmt. Und jetzt, wo ich meinen süßen Engel an meiner Seite hatte, wollte ich all das auf keinen Fall riskieren.

»Du weißt, warum ich hier bin.« Sie lächelte und sah mich an, als wäre ich verrückt. Ich nahm es ihr nicht übel. Sie hatte versucht, mich auf der Party anzumachen, aber ich hatte sie abblitzen lassen. Ich hätte sie besser aufklären sollen. »Blaze, komm schon, wie in alten Zeiten.« Sie betonte *alten Zeiten*, während sie sich nach vorne auf den Tresen lehnte und mir ihre Brüste entgegenreckte. Ich brachte Abstand zwischen uns.

»Nein. Weder heute noch sonst wann«, stellte ich klar.

»Wie bitte?«

»Du hast ihn gehört. Wenn du jetzt einfach wieder gehen würdest.« Lyric scheuchte sie weg, indem sie den Tresen besprühte und Tara zurückweichen musste.

»Halt die Klappe«, schnauzte Tara, und ich kratzte mich am Scheitel.

»Tara, ich bin vergeben.«

»Vergeben?«, wiederholte sie. »Seit wann?«

»Seit Samstag.« Ihr Blick wurde wachsamer, und ich zuckte mit den Schultern.

»Blaze, du hast keine Verabredungen«, sagte sie, und ich verschränkte die Arme.

»Ist dir jemals in den Sinn gekommen, dass er sich einfach nur nicht mit dir treffen will?«, gab Lyric zu bedenken. Da ich die Sache nicht noch schlimmer machen und Tara nicht verärgern wollte, griff ich ein.

»Es gibt immer ein erstes Mal, Tara.« Das schien sie nicht zu beeindrucken. Die Sturheit stand ihr ins Gesicht geschrieben.

»Bist du sauer?«, fragte sie, ahmte meine Haltung nach und drückte dadurch ihre Brüste hoch.

»Ganz und gar nicht.«

»Spielst du den Unnahbaren? Läuft es darauf hinaus?«

»Keine Spielchen, Tara. Kein Bullshit. Ich treffe mich mit einer wundervollen Frau.«

»Erstaunlichen Frau«, fügte Lyric schmunzelnd hinzu.

»Lyric«, mahnte ich sie, da ihre Kommentare wenig hilfreich waren. Tara zählte nicht zu den furchtbarsten Menschen, sonst hätte ich meinen Spaß bei einer anderen gesucht, aber sie konnte zur Zicke werden, wenn man sie genug reizte. Lyric sollte das Feuer nicht schüren.

»Du triffst dich mit jemandem«, sagte Tara, den Blick zu Boden gewandt, bevor sie sich wieder auf mich konzentrierte. Sie legte den Kopf schief. »Die Neue in der Stadt?«, vermutete sie. »Von der Party? Diese kleine Maus?«

Mein Kiefer spannte sich an. »Tara«, warnte ich mit einem tiefen Grollen.

Sie lachte. »Oh, Blaze. Ich dachte, du wärst schlauer.« Kopfschüttelnd setzte sie ein hämisches Grinsen auf.

»Tara ...«

»Sie wird nicht hierbleiben. Das weißt du doch, oder?«, merkte sie an. »Du weißt doch, dass es nur eine Frage der Zeit ist, bis sie ihr kleines Abenteuer mit dir beendet.«

Ich antwortete nicht. Es wäre sinnlos, denn alles würde auf taube Ohren stoßen.

»Was auch immer.« Sie machte auf dem Absatz kehrt und verschwand aus dem Laden.

»Ich denke nicht, dass du das letzte Mal von ihr gehört hast, Boss«, sagte Lyric, bevor sie mir auf den Rücken klopfte und sich entfernte. Mich beschlich das Gefühl, dass sie damit recht haben könnte.

»Ich kann nicht glauben, dass du tatsächlich auf mich gewartet hast.« Seufzend lehnte sich Millie an mich. Ihr nackter Rücken drückte sich weich an meinen Oberkörper. Ich küsste sie auf den Scheitel und atmete den Duft ihres Shampoos ein. Heute Abend waren wir bei ihrer *Paint Nite* in Nashville, und als wir vorhin in meine Wohnung kamen, hatte ich sie hart genommen, ehe sie sich in die Dusche verabschiedete.

»Warum nicht?«, fragte ich, während ich ihre Hand hielt und mit den Fingerspitzen über ihre Haut strich.

Hatte ich schon erwähnt, dass sie splitterfasernackt in meinem Bett lag? Es war verdammt perfekt. Der Fernseher lief im Hintergrund, aber unsere Aufmerksamkeit war ganz aufeinander gerichtet.

»Ich weiß es nicht. Du hättest einfach hierbleiben können, und ich wäre zurückgekommen.«

»Aber so habe ich dich hin- und wieder hergefahren. Außerdem passt dein ganzes Zeug leichter in meinen SUV als in dein winziges Clown-Auto.« Ich grinste. Sie schüttelte den Kopf, bis ich mein Gesicht an ihrer Halsbeuge vergrub. Sie kicherte, und ich liebte dieses Geräusch.

»Es passt alles in mein Clown-Auto, vielen Dank«, murmelte sie gespielt beleidigt, aber ich hörte das Lächeln in ihrer Stimme.

Gestern hatte ich sie abgeholt und zu mir gebracht. Wir bestellten uns Pizza, guckten einen Film und sprachen darüber, wo wir aufgewachsen waren. Langsam lernten wir uns besser kennen. Heute Morgen hatte ich sie erneut zu ihrem Haus gefahren, wo ich ihr Frühstück zubereitete, während sie sich für die Arbeit fertig machte. Anschließend brachte ich sie zum Bike Shop. Am Ende ihres Bürotages hatte ich sie abgeholt und nach Nashville gefahren, damit sie ihre *Paint Nite* veranstalten konnte. Ich wartete an der Bar und versuchte, sie nicht zu beobachten, aber es war unmöglich gewesen. Sie war einfach so verdammt hübsch.

Ich neigte den Kopf und küsste sie auf die Schulter. Mir gefiel, wie sie ihr Gesicht zur Seite neigte, um mir mehr von ihrer Haut zu zeigen.

»Du hast schöne Hände, Engel.«

»Diese alten Dinger? Originalausrüstung«, konterte sie und drehte sich zu mir um. Ihre nächsten Worte trafen mich unvermittelt. »An dir ist wirklich alles schön, Patrick.« Das und die Art, wie sie mich ansah, brachten mich dazu, sie wieder nehmen zu wollen, aber sie war vermutlich noch erschöpft von unserer letzten Runde.

»Hast du Lust, mich morgen Abend auf eine Party zu begleiten? Im Clubhaus?«.

»Das klingt nach Spaß.« Mit den Fingerspitzen strich sie meinen Kiefer entlang. »Ich sollte nach Hause gehen.«

»Warum?«, fragte ich stirnrunzelnd.

»Weil ich dort wohne.« Sie lachte, ehe sie ernst wurde. »Ich muss nach meinen Pflanzen sehen und ein Beste-Freunde-Telefonat ist auch fällig, ebenso eines mit meinem Grandpa. Ganz zu schweigen von der Wäsche, die ich noch zu machen habe.«

»Ruf deinen Grandpa von hier aus an«, sagte ich und lehnte mich zurück. Sie ließ sich rittlings auf mir nieder, sodass wir uns ansehen konnten. Es war schon spät, aber ich wusste, dass sie durch die Zeitverschiebung noch mit ihm plaudern konnte.

»Könnte ich, nur bevorzugen wir FaceTime.« Ihre Mundwinkel hoben sich leicht, als würde sie ein Lachen zurückhalten.

»Und?«

»Und ich glaube nicht, dass es ihm gefallen würde, mich um diese Zeit bei einem Fremden zu sehen.«

»Ich bin kein Fremder«, wandte ich ein.

»Für mich nicht, aber er ist ein bisschen altmodisch.«

»Gut«, gab ich stöhnend nach. »Ich hab's verstanden.« Erneut küsste ich sie auf die Schulter. »Dann lass uns fahren.«

»Einfach so?«, fragte sie. Ich wusste, dass ich ihr neuerdings kaum von der Seite wich, und ich hasste es, dass mein Verhalten zum Teil von Taras Worten beeinflusst worden war. Sie schwirrten mir immer noch im Kopf herum. Würde Millie nach LA zurückkehren wollen? Könnte sie Tennessee jemals als ihr Zuhause betrachten?

»Bist du mein?«, fragte ich und wischte damit die Zweifel weg, die Tara in mir geweckt hatte.

»Ja.«

»Dann verstehe ich es. Aber morgen werde ich nicht ohne dich schlafen. Mir gleich, ob wir dabei in deinem oder in meinem Bett liegen«, erklärte ich. Mir war bewusst, dass es ein riskantes Spiel war, weil ich zu fordernd klang. Zu besitzergreifend. Dennoch konnte ich mich nicht davon abhalten. Ich war wie ein verdammter Süchtiger und sie war meine Droge. Eine, von der ich sicher war, dass ich sie nie aufgeben könnte.

»Ich denke, das wäre gar nicht so schlecht.« Sie setzte sich rittlings auf mich und ich spürte ihre Hitze. Ich war sofort bereit, mich ein zweites Mal in ihr zu verlieren.

»Nicht zu viel?« Meine Stimme war tiefer als sonst. Die Vorstellung, dass meine Frau bereits feucht für mich war, brachte mich um den Verstand.

»Ganz und gar nicht«, antwortete sie atemlos. »Wir müssen noch ein paar Dinge auf deiner Liste abhaken«, lockte sie mich.

Mein Gott, war sie sexy. Als sie mich küsste, umfasste ich ihren Hinterkopf, um sie nah bei mir zu halten. Mein Versuch, den Kuss zu kontrollieren, verpuffte, als sie mit den Nägeln über meine Haut fuhr.

»Millie«, sagte ich rau und stöhnte, als sie ihr Becken kreisen ließ.

»Ich kann auch morgen anrufen.«

»Gott sei Dank«, knurrte ich und drehte uns herum. Ich schaute auf sie hinunter. Sie war so unfassbar schön. »Morgen ist viel besser.«

»Das denke ich auch.« Als ich ihre Brust berühre, keuchte sie auf und öffnete ihre Beine weiter, um mir mehr Platz zu machen.

Ich stellte sicher, dass es sich für sie lohnte, bei mir geblieben zu sein. Die ganze Nacht lang.

9

Millie

»Mondo.«

»Mills.« Mein bester Freund ahmte meinen frustrierten Tonfall nach, und ich seufzte. Es war Freitagabend, und ich wartete zu Hause auf Blaze, der mich abholen wollte, sobald er das Studio geschlossen hatte.

»Warum interessiert dich das?«, nahm ich den Faden unseres Gesprächs wieder auf, obwohl ich eigentlich versuchen sollte, diesem Thema zu entgehen. Mein Gehirn ließ mich nur leider im Stich. Es war zu sehr auf Blaze fokussiert.

»Ähm, weil du aussiehst, als hättest du seit ... keine Ahnung, einer halben Ewigkeit nicht mehr geschlafen.« Das traf auch zu. Letzte Nacht hatte mir Blaze viele Gründe gegeben, warum ich auf Schlaf verzichten konnte, und es hatte mir nichts ausgemacht. »Seit du weg bist, hast du nicht einen einzigen Anruf am Donnerstagabend ausfallen lassen, und ...«

»Ich habe jemanden kennengelernt«, unterbrach ich ihn und wartete auf seine Reaktion, während mein Herz nervös in meiner Brust pochte.

»Du hast was?«, platzte Mondo heraus, während er mir mit zusammengekniffenen Augen aus dem Display meines Handys entgegenstarrte. Gleich nachdem ich von der Arbeit nach Hause gekommen war, hatte ich Grandpa angerufen und anschließend Mondo, um mich dafür zu entschuldigen, dass ich unseren wöchentlichen Videocall verpasst hatte.

»Ich habe jemanden kennengelernt«, wiederholte ich, aber er blieb still. Da er blinzelte, wusste ich, dass die Verbindung nicht unterbrochen worden war. »Sag etwas«, drängte ich und schaute auf die Uhr. Blaze würde mich bald abholen.

»Du hast jemanden kennengelernt?«, wiederholte er meine Worte und zog eine Braue hoch.

»Ja.« Ich lächelte. »Mon, er ist großartig. Mom hätte ihn geliebt.«

»Ist er ein Biker?«, fragte er mit verkrampftem Kiefer.

»Er ist Tätowierer. Er hat meines gemacht.« Ich ignorierte die Biker-Bemerkung, denn Blaze war so viel mehr als das.

»Mills, Süße, deine Mutter hat stets dafür gesorgt, dass sich du und Candi nie mit einem dieser Schlägertypen einlassen. Glaubst du wirklich, sie würde wollen, dass du dich jetzt mit einem triffst?«

»Er ist keiner von denen«, argumentierte ich.

»Ist er in diesem Motorradclub?«

Ich seufzte auf. »Er ist ein guter Kerl, Mondo.« Meine Stimme klang sanft, aber Mondo hatte den gleichen Gesichtsausdruck wie damals, nachdem Mom ihren Job verloren hatte, und ich ihm sein Studium ausreden wollte.

Ich musste mich erklären.

»Gestern Abend hat er mich nach Nashville gefahren. Du weißt schon, für meinen Kunstkurs?«, begann ich, aber Mondo blieb schweigsam. »Nachdem er den ganzen Tag gearbeitet hatte, hat er mich von der Arbeit abgeholt, alles in seinen SUV gepackt, mich hingefahren. Nur um dort auf mich zu warten und mich wieder zurückzubringen. Und das alles, ohne sich zu beschweren.«

Blaze, Gentleman durch und durch, war immer wieder für eine angenehme Überraschung gut. Kein Mann hatte jemals so sehr auf diese Kleinigkeiten geachtet. Als wüsste er, wie wichtig diese Dinge waren.

»Und er schreibt mir süße kleine Zettel, die er unter meinen Scheibenwischer klemmt, während ich im Büro bin.« Das hatte mich aus der Bahn geworfen. Eine Blume mit einer Notiz, wie schön ich wäre. Er könne es nicht erwarten, mich in seinen Armen zu halten.

»Außerdem kümmert er sich jeden Morgen ums Frühstück, während ich mich fertig mache, damit ich nicht mit einem leeren Magen zur Arbeit gehe«, plapperte ich weiter, um Mondo zu verstehen zu geben, dass er sich grundlos wegen Blaze sorgte. Im schlimmsten Fall würde er es meinem Grandpa oder meiner Schwester erzählte. Mondo sagte immer noch nichts, aber seine grimmige Miene erhellte sich ein klein wenig, während er sich seine Glatze rieb.

»Ich bin glücklich, Mon. Er ist ...« Ich lächelte und zuckte mit den Schultern. »Er ist so anders als alle Männer, mit denen ich mich je getroffen habe. Bei ihm gibt es keine Spielchen, kein Verstellen. Ich kann einfach ich selbst sein.«

»Scheiße«, murmelte Mondo und schüttelte den Kopf. »Endlich ist es passiert, nicht wahr?«

»Ist was passiert?«

»Milagros Delgado hat sich verliebt«, verkündete er.

Mir wurde flau im Magen. Liebe?

»Liebe?«, wiederholte ich fast zu mir selbst, aber ich bemerkte ein echtes Lächeln auf Mondos Gesicht.

»Deine Schwester wird mir auf keinen Fall glauben. Das weißt du doch, oder? Sie denkt, du hast ein Herz aus Stein.« Ich rollte mit den Augen. Das war definitiv etwas, das Candi sagen würde.

»Ja, weil eines aus Eis zumindest schmelzen könnte«, murmelte ich, und er lachte.

»Verdammt.« Er kratzte sich im Nacken. »Du wirst wirklich nie wieder zurückkommen«, meinte er, und ich nahm mir einen Moment Zeit, um über seine Worte nachzudenken.

Murfreesboro war irgendwie anders. Es hatte sich schnell mehr wie ein Zuhause angefühlt, als es Los Angeles je gewesen war. Vor allem jetzt, wo ich meine Mutter nicht mehr an meiner Seite hatte.

»Nicht niemals. Schließlich gibt es Urlaube. Du weißt, dass ich nicht lange von Kalifornien wegbleiben kann.«

»Verdammt. Redest du wirklich davon, Tennessee zu deinem fixen Wohnort zu machen?«, fragte er, als hätte er wirklich geglaubt, dass ich eines Tages zurückkehren würde. Vielleicht war das anfangs der Plan gewesen. Ein Abenteuer, das ich mein Eigen nennen konnte, bis ich bereit war, wieder nach LA zu gehen. Nur war dieses Abenteuer mittlerweile viel mehr.

»Liebe und Heimat, seit wann bist du so tiefsinnig, Mondo?«, fragte ich, um einem Kreuzverhör zu entgehen. Er hatte nicht unrecht. Ich war dabei, mich zu verlieben. Oder auf dem besten Weg dorthin. Und das machte mir eine Höllenangst. Meine Schwester hatte immer behauptet, mein Herz sei aus einem bestimmten Grund aus Stein. Ich ließ niemanden an mich heran. In der Highschool und am College lag es daran, dass ich mich vollkommen auf den Abschluss konzentrierte. Ich hatte Verabredungen gehabt, ging dabei aber immer auf Nummer sicher. Meine Dates waren langweilige Typen, die nicht wirklich etwas Ernstes wollten. Wie ich waren sie auf ihre eigenen Ziele fokussiert, bis sie es nicht mehr waren und ich mich von ihnen trennte. Denn das hatte ich nicht zu bieten. Als meine Mutter krank wurde, drehte sich mein ganzes Leben nur noch um sie und die Arbeit.

Aber jetzt ...

»Du bist in ihn verliebt, willst es allerdings nicht zugeben. Nicht einmal dir selbst gegenüber?«, fragte Mondo, da er mich nur zu gut kannte.

»Es ist noch zu frisch, um *verliebt* zu sein.« Ich lachte, in der Hoffnung, die Stimmung aufzulockern. »Was ist mit deiner geheimen Frau? Bist du verliebt?« Ich änderte die Richtung des Gesprächs, und mir wurde warm in der Brust, als ich sein Lächeln sah.

»Das bin ich«, erwiderte er. Ich grinste so breit, dass meine Wangen schmerzten.

»Ach sei still!« Vor lauter Lachen hielt ich mir den Mund zu, denn ich freute mich für ihn.

»Das bin ich wirklich, Mills«, sagte er, aber in seinem Unterton schwang noch etwas anderes mit.

»Was ist denn los?«, hakte ich nach und zog meine Beine an. Ich stützte das Kinn auf meine Knie, das Telefon immer noch in der Hand.

»Wir müssen reden.«

»Reden?« Er verhielt sich seltsam. »Über deine Freundin?« Ein Nicken. »Wer ist sie?«

»Nun, du kennst sie.«

»Okay. Und das Problem ist ...?«

»Es ist Candi.«

»Candi?«, entgegnete ich. Inwiefern sollte meine Schwester ein Problem für seine Beziehung darstellen? »Ist es eine ihrer Freundinnen?«

»Nein, Süße, es ist Candi. Ich bin in Candi verliebt«, erklärte er. Einen Moment lang starrte ich ihn an, nicht sicher, ob er sich einen Scherz erlaubte.

»Was?« Meine Augen wurden groß. Ich versuchte, mir die beiden zusammen als Paar vorzustellen, und es machte Sinn. Keine Ahnung, warum mir dieser Gedanke noch nie gekommen war, aber es passte. Die zwei passten zueinander. Heiliger Bimbam! »Wow. Meine Schwester?«

»Ich weiß, sie ist jünger und deine kleine ...«

»Hier geht es nicht um mich.« Ich schüttelte den Kopf, um mich auf den Moment zu konzentrieren, und lächelte ihn an. »Liebst du sie?«

»Mehr als ich für möglich gehalten habe.« Oh. Mein. Gott! Meine Emotionen drohten überzuquellen.

»Dann ist das alles, was zählt.« Freudentränen verschleierten kurz meine Sicht, ehe ich sie wegblinzelte. »Ich meine, ich liebe meine Schwester, Mon. Du weißt, dass ich das tue. Auch wenn sie und ich nicht immer einer Meinung sind. Und ehrlich gesagt, kann ich mir keinen besseren Mann für sie vorstellen als dich. Du bist so bodenständig.«

»Ist das nicht seltsam, nach dem, was ich dir vor deiner Abreise gestanden habe?«, fragte er. Ich konnte verstehen, warum er wegen dieses Gesprächs nervös gewesen war.

»Oh, Mon.« Ich seufzte. »Ich glaube, du warst es einfach gewohnt, für mich da zu sein. Die Liebe, die du für mich empfunden hast, war nicht die ... romantische Art. Du hast das ein wenig durcheinander gebracht«, bemerkte ich so sanft wie möglich.

»Ja, das habe ich mir schon gedacht. Ich wollte nur deine Gefühle nicht verletzen«, murmelte er, und ich musste kichern. Das Geräusch seines leisen Lachens, das sich meinem anschloss, ließ mich glauben, dass alles in Ordnung sein würde.

»Ist sie gut zu dir?« Meine Schwester konnte ein bisschen, na ja, *sehr* anstrengend sein.

»Sie ist nicht so wild, wie du denkst«, murmelte er. Ich zog die Brauen hoch und zuckte mit den Schultern.

»Wenn du meinst«, murmelte ich. »Hauptsache, ihr tut einander gut.«

»Ich liebe sie, Millie. Ich werde sie fragen, ob sie mit mir zusammenziehen möchte«, teilte er mir mit, und ich quietschte überrascht auf.

»Wie bitte?« Das warf mich aus der Bahn. Mondo liebte das kleine Haus, das er für sich selbst gekauft hatte. So auch seinen Freiraum. Wann immer eine der Frauen, mit denen er sich bis dato getroffen hatte, etwas in die Richtung eines gemeinsamen

Wohnverhältnisses angedeutet hatte, hatte er sie abgewiesen.

»Ich will sie bei mir haben.« Er deutete ein Achselzucken an, als wäre es so einfach.

»Solange ich nicht nach LA muss, um ihr beim Umzug zu helfen.«

»Autsch, das verletzt mich. Glaubst du, ich würde einen von euch beiden allein packen lassen? Du würdest Bücher auf die Teller legen«, stichelte Mondo.

»Das war ein Mal«, erwiderte ich lachend. Als es gleich darauf an der Tür klingelte, runzelte er die Stirn.

»Ist er das?«, fragte Mondo, und ich zwinkerte ihm zu.

»Das ist er.« Ich grinste und freute mich, Blaze zu sehen, als ich von der Couch aufstand und zur Tür ging. »Wir sprechen uns später.«

»Willst du uns nicht vorstellen?«, warf er neckisch ein.

»Nimm Candi in den Arm und wünsch ihr viel Glück von mir. Nicht dass sie das nötig hätte. Zwanzig Dollar darauf, dass sie genau das antworten wird.« Er lachte und verabschiedete sich. Sobald, der Bildschirm schwarz war, öffnete ich die Tür für meinen gutaussehenden, tätowierten Mann. Blaze schaute über meine Schulter hinweg in meine Wohnung.

»Hast du jemanden zu Besuch?«, brummte er.

»Nein.«

»Der Fernseher ist ausgeschaltet«, bemerkte er mit zusammengekniffenen Augen, und ich nahm eine Veränderung in der Luft zwischen uns wahr. Sein Körper war angespannt, während er sich umschaute.

»Dir auch *Hallo*«, sagte ich, ohne zu wissen, worauf er hinauswollte. »Wie war dein Tag, Schatz?«

»Ich meine es ernst, Millie. Ich habe die Stimme eines Mannes gehört.« Er trat herein und blickte in Richtung des Flurs, der zu den Schlafzimmern führte. Ich wollte gerade einen Witz reißen, weil ich es für einen Scherz hielt, als mir klar wurde, dass er es ernst meinte. Er dachte, ich würde jemanden verstecken. Nicht nur das, er hatte mich *Millie* genannt. Nicht Babe oder seinen Engel, sondern Millie.

»Nein, was du gehört hast, war ein Videocall zwischen zwei besten Freunden«, erklärte ich und beobachtete ihn genau.

»Und sie hatte einen Mann bei sich?«, hakte er nach, aber sein Tonfall ließ mich die Arme vor der Brust verschränken.

»Was?« Ich legte den Kopf schief, da mir sein Verhalten nicht gefiel.

»Ich glaube nicht, dass ich gestottert habe«, murmelte er. Ich konnte fast sehen, wie ihm der Dampf aus den Ohren kam. Dieses Theater hatte ich nicht nötig. Das war der Grund, warum ich den Matcho-Bullshit bisher nie gut vertragen hatte.

»Und ich glaube, du solltest gehen«, entgegnete ich und deutete auf die noch offene Haustür. Mein Blick wich nicht von seinem.

»Wie bitte?«, fragte er.

»Du kommst hierher, grüßt mich nicht mal und beschuldigst mich, was genau getan zu haben? Einen Kerl zu verstecken? Ich fasse es nicht. Ich hätte es besser wissen müssen«, sagte ich mehr zu mir selbst, während ich mir mit den Fingern durch die Haare fuhr. »Hör zu, Blaze, du solltest auf deine Party gehen. Ich werde hier chillen.«

»Mill...«

»Und nur damit das klar ist: Ich spiele keine Spielchen. Ich hatte ein rein freundschaftliches Videotelefonat mit Mon...«

»Monica«, wandte er ein, als wäre es eine Tatsache, und ich kniff die Augen zusammen.

»Nein. Mit Mondo.«

»Mondo klingt wie ein Spitzname für einen Mann.« Ein Muskel an seinem Kiefer zuckte.

»Klingt nicht nur so, ist es auch. Es steht für Armando. Jetzt kannst du allein zum Clubhaus, und wenn du in besserer

Stimmung bist, schickst du mir eine Nachricht, rufst mich an oder lässt es bleiben«, gab ich verärgert zurück. »Ich habe keinen Hehl daraus gemacht, dass ich mit *dir* zusammen bin. Und da wir uns ständig sehen und ich gerade erst hierhergezogen bin, woher sollte ich da überhaupt die Zeit haben, einen anderen Typen kennenzulernen? Geschweige denn, ihn hier zu treffen, zu verführen und ihn irgendwo in meinem Haus zu verstecken, obwohl ich weiß, dass du vorbeikommst.«

»Babe ...«

»Nicht«, schnitt ich ihm das Wort ab. Ich hasste es, wenn man mir sagte, was ich tun sollte. Ein Mann hatte erst recht kein Mitspracherecht. Mein Vater hatte keine große Rolle in meinem Leben gespielt, und die einzige Person, die das getan hatte, war jetzt im Himmel. Möge sie in Frieden ruhen.

»Babe.« Er trat näher und schloss die Tür, aber ich verschränkte erneut meine Arme, um nicht in Versuchung zu geraten, ihn zu berühren.

»Ich spiele keine Spielchen«, machte ich ihm deutlich. »Was du siehst, ist, was du bekommst. Ich dachte, du hättest das verstanden.«

»Ich habe angenommen, Mon sei die Abkürzung für Monica.«

»Nun, was sagt man über voreilige Schlüsse?«, scherzte ich und erkannte an seinem Blick, dass ich ins Schwarze getroffen hatte.

»Ich dachte, dein bester Freund sei eine Frau«, erwiderte er. Ich kämpfte gegen ein Augenrollen, um moralisch die Oberhand zu behalten.

»Ist er nicht.«

»Schwul?«, fragte Blaze mit Hoffnung in der Stimme. Ich schüttelte den Kopf.

»Nicht einmal ein kleines bisschen.«

»Verdammt.« Seine Hand an meiner Wange zwang mich

dazu, seinem ozeanblauen Blick zu begegnen. »Es tut mir leid, Babe. Ich habe mich wie ein Arsch verhalten.« Seine Entschuldigung klang aufrichtig, und ich wollte nachgeben. Allerdings sollte er mich nicht mit einem Fußabtreter verwechseln.

»Okay.«

»Ja?«

»Ja, aber ich bin müde. Ich glaube nicht, dass ich dich heute Abend begleiten kann«, murmelte ich, plötzlich nicht mehr in der Stimmung auszugehen.

»Engel.« Er suchte meinen Blick, und ich zuckte mit den Schultern.

»Geh allein. Viel Spaß«, redete ich ihm zu.

»Ich dachte, du würdest keine blöden Spiele spielen.« Er verschränkte die Arme.

»Tue ich nicht.« Ich zuckte zusammen, denn mir wurde bewusst, dass er recht hatte. Es war mir nicht einmal aufgefallen.

»Du bist sauer, und das ist okay. Ich war ein Arsch. Aber schick mich nicht weg, bevor dieser Mist geklärt ist.« Gott, er war gut in dieser Beziehungssache. »Ich will, dass du mich zu dieser Party begleitest. Wie du schon gesagt hast, es war eine lange Woche, und meine Freundin muss sich mal austoben.«

»Austoben?«

»Einfach amüsieren.« Er berührte meine Haarspitzen. »Ein paar Drinks, dich ein wenig entspannen und mit deinem Mann tanzen.«

»Willst du nichts trinken?«

»Oh, das werde ich.« Er kam noch näher, und sein Geruch erfüllte meine Sinne. »Aber wir werden in meinem Zimmer im Clubhaus bleiben.«

»Du hast dort ein Zimmer?«, hakte ich nach, und er nickte.

»Ich habe meine Liste um einiges erweitert«, fügte er hinzu. Unwillkürlich musste ich meine Schenkel zusammenpressen.

Er hatte mir von seiner Liste an Dingen erzählt, die er mit mir tun wollte. Jeder Punkt darauf klang besser als der davor.

»Hm.« Ich leckte mir über die Unterlippe und bemerkte, wie sein Blick die Bewegung verfolgte. »Ich denke, du könntest dein Verhalten mit ein paar Tänzen wiedergutmachen.«

Seine Mundwinkel zuckten. »Willst du dich umziehen? Einen Rock vielleicht?«

»Steht das auch auf deiner Liste?«

»Jetzt schon.«

Ich lachte, dann wurde ich ernst. »Ich würde nie mit dir spielen, Patrick. Das bin ich einfach nicht.«

»Ich weiß.« Er neigte den Kopf und lehnte seine Stirn an meine. »Ich war tatsächlich eifersüchtig.«

»Ist das normal für dich? Eifersüchtig zu werden?«

»Engel, nichts, was ich empfunden habe, seit ich gesehen habe, wie du den Shop verlassen hast, war normal«, stellte er klar und raubte mir den Atem.

»Was?«, flüsterte ich. »Shop?«

»Der Tag deines Vorstellungsgesprächs. Ich hatte gerade mein Motorrad davor geparkt und wollte meine Mails checken, als diese Frau zu dem kleinsten Auto ging, das die Menschheit je gesehen hat.«

»Es ist nicht das kleinste ...«

»Sie hat in den Himmel gesehen und mein Herz gestohlen«, fuhr er fort, und ich schluckte schwer. Ich hatte sein Herz gestohlen? »Sie war so verdammt schön, als würde man direkt in die Sonne schauen. Und sie hat ihren Kopf in den Nacken gelegt und die Augen geschlossen. Mein Gott, Babe. Der friedvolle Ausdruck auf deinem Gesicht, wie du die warme Luft und die guten Schwingungen aufgesaugt hast, war einfach überwältigend.«

»Patrick«, flüsterte ich und lehnte mich an ihn. Die Stärke, die von ihm ausging, fühlte sich beruhigend an.

»Du hattest das schönste Lächeln. Ich kannte nicht mal deinen Namen und war bereits wie besessen von dir.«

»Das hast du mir nie erzählt«, flüsterte ich. »Du hast mich an dem Tag gesehen?«

»Und jeden danach habe ich nach dir Ausschau gehalten.«

»Wirklich?« Ich hob eine Braue.

»Ich habe dich nicht mehr aus dem Kopf bekommen, als hätte sich das Bild von dir in meinem geistigen Auge eingebrannt. Ich wollte dich wiedersehen, wusste aber nicht, wie ich dich finden sollte. Dann bin ich dir im Clubhaus begegnet. Du bist direkt zu mir rübergelaufen.«

»Aber du hast mit dieser Blondine geflirtet.«

»Sie hat versucht, mit mir zu flirten«, stellte er klar. »Babe, meine Gedanken haben allein dir gehört. Ich hatte nur Augen für dich.« Sein Mund schwebte über meinem. »Würdest du bitte heute Abend mit mir ausgehen?«

»Und wenn ich das nicht will?«

»Dann bleiben wir hier und sehen uns einen Film an. Was dir lieber ist, solange wir zusammen sein können.« Verdammt. Das war eine gute Antwort. Plötzlich war ich nicht mehr so müde, und meine Wut über seine Eifersuchtstirade war auch verraucht.

»In Ordnung. Auf zu dieser Party«, stimmte ich leise zu.

»Gut.«

»Aber du musst mir eine Margarita machen«, bestimmte ich und zog eine Schnute.

»Jederzeit.« Er küsste mich, und als seine Zungenspitze über meine Lippe strich, fühlte sich das wie ein Versprechen auf eine schöne Zeit an.

»Ich werde mich umziehen«, flüsterte ich und brachte Abstand zwischen uns. Das Blau seiner Augen verdunkelte sich.

Oh ja, definitiv ein Versprechen für eine gute Nacht.

Seit einer Weile waren wir im Clubhaus, und ich fühlte mich entspannt. Während ich ein paar Brezeln genascht hatte, kümmerte sich Blaze um eine Margarita mit etwas viel Tequila. Nicht verwunderlich, dass ich nun leicht beschwipst war.

»Geht es dir gut?«, fragte Blaze, seinen Mund dicht an meinem Ohr, während wir uns zu einem Lied bewegten, das ich nicht kannte. Ich nickte und erschauerte, als ich seinen Bart an meinem Nacken spürte.

»Ganz und gar.«

»Jinx braucht mich. Ich soll mir etwas ansehen. Ist es okay, wenn du hierbleibst, oder soll ich July für dich ausfindig machen?«

»Nein. Alles in Ordnung«, erwiderte ich und schaute zu ihm auf. Wahrscheinlich befand sich July mit Wes in irgendeiner dunklen Ecke und machte mit ihm rum. »Ich komme schon klar.«

»Okay, Babe.« Er führte mich von der Tanzfläche zur Bar und zog einen Hocker heraus, damit ich mich setzen konnte. »Ich bin gleich wieder da«, merkte er an und küsste mich auf die Stirn. Als er mit Jinx hinausging, blickte ich ihm hinterher.

»Drink?«, fragte der Mann hinter dem Tresen. Da er mir völlig fremd war, lehnte ich dankend ab.

Ich schaute mich um und bemerkte, dass eine Gruppe von Frauen immer wieder zu mir herübersah und auf mich zeigte. Die Blondine in ihrer Mitte, die Blaze letzte Woche Avancen gemacht hatte, schien die Anführerin zu sein. Sie starrte mich direkt an, als würde sie mich mit ihren Augen erdolchen wollen. Es war offensichtlich, dass sie ein Problem mit mir hatte, aber ich ließ mich nicht so leicht aus der Ruhe bringen. Ich dachte daran, dass erst eine Woche vergangen war, seit ich Blaze kennengelernt hatte.

Den Blick auf mein Handy gesenkt, lächelte ich unverzüglich noch breiter. Mein Sperrbildschirm zeigte ein Bild von uns, wie er mich auf die Wange küsste, während ich ein Stück Pizza in der Hand hielt.

Seltsam, wie das Leben manchmal spielte. Eine Woche, ein Tag, eine Stunde oder gar eine Minute konnte alles verändern. Immer wieder kreisten mir Mondos Worte durch den Kopf, während ich Blaze' Gesicht auf dem Foto betrachtete. War ich wirklich in ihn verliebt und fühlte sich Tennessee bereits wie mein Zuhause an?

Wäre ich nicht so vertieft in meine Gedanken gewesen, hätte ich die Gruppe von Frauen bemerkt, die sich mir näherte. Eine von ihnen stieß mir gegen die Schulter, sodass ich fast mein Telefon fallen ließ. Die Blondine nutzte diesen Moment aus und entriss es mir.

»Aww! Schaut mal, Mädels. Wie süß. Sie hat ein Bild mit ihm auf ihrem Handy.« Als sie den Bildschirm herumzeigte, presste ich meine Kiefer fest zusammen. »Ist Blazeys Neue dabei, Gefühle zu bekommen?«, flötete sie und wollte offensichtlich einen Streit anzetteln.

»Kann ich mein Telefon zurückhaben?«, fragte ich und ignorierte alles, was sie zu sagen hatte. Es war dieselbe Frau, die das letzte Mal mit Blaze geflirtet hatte. Sie trug ein enges Outfit und ihre Lippen zierte ein knalliges Rot. Beides stand ihr. Sie war wunderschön. In ihren Augen konnte ich jedoch sehen, dass sie in eine andere Richtung von mir dachte.

»Ich hoffe, dass du vorsichtig bist.« Sie beugte sich vor, und ich lehnte mich zurück. »Du willst dein Herz nicht an ihn verlieren. Er ist nicht der Typ für feste Bindungen, wenn du verstehst, was ich meine.«

»Danke für den Ratschlag«, antwortete ich trocken und

streckte die Hand aus. »Telefon«, forderte ich sie auf, und ein kleines, böses Lächeln erschien auf ihrem Gesicht.

»Er wird deiner überdrüssig werden und zu mir zurückkommen. Nur damit du es weißt.«

»Das bezweifle ich sehr. An deiner Stelle würde ich mir keine Hoffnungen machen«, erwiderte ich, überrascht von der Festigkeit meines Tons.

»Hat sie mir gerade widersprochen?«

»Ich glaube, das hat sie«, spottete eine Brünette, die hinter ihr stand und die Blondine vor mir weiter anstachelte.

»Hör zu, ich will nur mein Handy zurück.«

»Du bist noch nicht lange hier, richtig? Aus Kalifornien?« Ohne etwas zu erwidern, starrte ich sie an. Mein ganzes Leben lang hatte ich schon mit fiesen Zicken wie ihr zu tun gehabt. »Lass mich etwas klarstellen, von Frau zu Frau. Blaze und ich sind ein Paar. Ich bin diejenige, die bald wieder hinten auf seinem Motorrad sitzt.« Grinsend zog sie sich zurück, ihre Überheblichkeit tropfte aus jeder Pore. Ich verdrehte die Augen und schnappte mir mein Smartphone, bevor ich sie mit meinem Blick fixierte.

»Träum weiter. Das war weder letzte Woche so«, begann ich, »noch wird es in dieser sein«, fuhr ich fort und täuschte Selbstvertrauen vor. Ich hasste Konfrontationen, aber da sie mich herumschubste und mir meine Mom beigebracht hatte, das nicht zuzulassen, ging ich aufs Ganze. »Und er wird auch in keiner Woche danach zu dir gehören.«

Es war deutlich zu erkennen, dass sie keine Gegenwehr erwartet hatte. Ich würde jedoch verdammt sein, wenn ich einfach zuschaute, während sie mich schikanierte, obwohl ich nur hier gesessen und mich um meinen eigenen Kram gekümmert hatte.

»Ich habe mich geirrt. Du bist keine graue Maus. Das Kätzchen hat Krallen«, machte sie weiter und verschränkte die

Arme vor der Brust. »Denk nur daran, dass meine schärfer sind«, drohte sie mir. Die Sache war so lächerlich. »Bleib weg von ihm, sonst ...« Bei dieser Warnung lehnte sie sich näher an mich heran. Ihr Atem roch nach Bier. Ich wich grinsend vor ihr zurück.

»Ich denke, es geht mir ganz gut mit ihm, aber danke.« Meine Aufmerksamkeit von ihr abwendend, sah ich mich nach dem Barkeeper um. Wenn diese Auseinandersetzung nicht nach einem Drink verlangte, was dann?

Ich ignorierte die Blondine und ihre Freundinnen, während sie weiterhin dummes Zeug über mich redeten, weil sie mich augenscheinlich für ein billiges Flittchen hielten, das sich an den Kerl der Oberzicke ranmachte. Zum Glück beehrten sie mich nicht lange mit ihrer Anwesenheit. Ehe ich mich versah, waren sie fort, und als ich über meine Schulter schaute, erkannte ich den Grund dafür. Blaze und Jinx kamen zurück ins Clubhaus. Blaze' Blick richtete sich auf mich, als er den Raum durchquerte.

»Hast du mich vermisst?« Er schmunzelte, beugte sich vor und drückte mir einen Kuss auf die Schulter. Noch nie war ich so froh gewesen, ein Tanktop zu tragen. Ich liebte das Gefühl seiner Lippen auf meiner Haut und erschauerte, als seine Zungenspitze darüber glitt, bevor er sich zurückzog.

»Du hast ja keine Ahnung«, murmelte ich und beobachtete, wie er eine Braue hob.

»Was ist passiert?«, knurrte er und musterte den Raum, während er sich nah an mich lehnte. Als wollte er jedem um uns herum verdeutlichen, dass ich zu ihm gehörte. »Hat dich ein Typ angemacht?«

»Entspann dich, Hulk.« Ich klopfte ihm auf die breite Brust, woraufhin er den Kopf senkte. »Oder soll ich dich *Blazey* nennen?«

Abrupt sah er auf und wandte sich ab, als sich seine Miene

auf eine Weise verdüsterte, wie ich es noch nie an ihm gesehen hatte.

»Blaze. Blaze!«, sagte ich, aber er hörte nicht zu. Sein Fokus war auf die Gruppe von Frauen gerichtet. Deutlich spürte ich, wie seine Wut hochkochte. »Patrick«, versuchte ich es erneut, und sein Blick kehrte zurück zu meinem.

»Was hat das Miststück getan?« Er runzelte die Stirn. Es war offensichtlich, dass er aufgebracht war.

»Wirst du dich beruhigen?«

»Millie.« Sein Kiefer verkrampfte sich. »Was. Hat. Sie. Getan?« Er sprach langsam, betonte jedes Wort. Mit den Händen umfasste ich sein attraktives Gesicht.

»Ist sie wichtig?«, hakte ich nach, und er verengte die Augen.

»Alles, was zählt, sind du und mein Studio.« *Woosh. Gracias a dios.* Gott sei Dank hatte ich gesessen, als er das sagte. Ansonsten hätten meine Knie nachgegeben. Verdammt, war er süß.

»Und dann?« Ich wusste, dass ich es mir zu einfach machte, und gab mir Mühe, die Wärme in meiner Brust zu ignorieren. Ich verliebte mich wirklich in ihn.

»Tara ist ein Miststück, und sie wird versuchen, dich zu vergraulen.«

»Das lasse ich nicht zu«, teilte ich ihm mit. Ich war kein zartes Pflänzchen.

Neugierig hob er seine Brauen. »Meine Frau kämpft um mich?«

»Ich habe ihr nur klar und deutlich gesagt, dass ich nirgendwo hingehen werde.«

»Tust du nicht?« Eine seltsame Frage und dabei huschte etwas über sein Gesicht, das mich an Verletzlichkeit erinnerte. Bevor ich es richtig erkennen konnte, war es verschwunden.

»Nein.« Ich suchte seinen Blick, und kaum dass ich ihn traf, schaute ich auf meinen Schoß. Sorge breitete sich in mir aus, und ich begann an meiner Unterlippe zu herumkauen. »Aber ich denke nicht, dass es helfen wird. Ich glaube, sie ist ...« *Wahnsinnig. Verrückt.* Beides hätte perfekt zu ihr gepasst, aber ich wollte nicht gemein sein. »Verliebt in dich«, entschied ich mich zu sagen.

»Verliebt?« Amüsiert zuckten seine Mundwinkel.

»Das sagt man hier in den Südstaaten doch so, oder? Ganz geläufig ist mir eure Art zu sprechen noch nicht.« Um die Stimmung aufzulockern, grinste ich ihn an.

»Sie ist verrückt«, sagte er an meiner Stelle. Ich war froh, dass ihm das nicht entgangen war.

»Sie will dich«, merkte ich an.

»Engel«, begann er langsam, als würde er nach den richtigen Worten suchen. »Ich war kein Chorknabe.« An der Art, wie er mich betrachtete, erkannte ich seine Sorge. Ich schenkte ihm ein beruhigendes Lächeln.

»Das hatte ich auch nicht angenommen. Wir haben beide eine Vergangenheit. Meine ist ein paar tausend Meilen entfernt, und deine ist hier.« Er runzelte die Stirn, als würde er über meine nachdenken. Doch ich schüttelte den Kopf. »Ich habe, was sie will. Das verstehe ich.«

»Sie hatte mich nie. Nicht so, wie du. Nicht einmal annähernd.« Mit den Fingern hob er mein Kinn an, sodass ich ihn direkt anschauen musste. »Niemand hat mich je so gehabt wie du. Verstehst du das?«, fragte er und versicherte mir noch einmal, was zwischen uns war.

Oh ja. Ich verliebte mich Hals über Kopf in meinen sexy Riesen.

»Ebenso«, flüsterte ich und sah, wie seine Augen vor Verlangen loderten, bevor unser Blickkontakt unterbrochen wurde.

Für einen kurzen Moment trafen sich unsere Lippen, und ich senkte instinktiv meine Lider. Alle um uns herum verschwanden, und es gab nur noch uns beide. Nur Blaze, mich und die unglaubliche Anziehungskraft zwischen uns. Er beendete den Kuss, und der Rest der Welt begann wieder zu existieren.

»Ich werde mit Tara reden«, murmelte er. Ich zog eine Grimasse. Mir gefiel der Gedanke nicht, dass Blaze in ihrer Nähe war, und ich hielt ihn zurück.

»Es ist in Ordnung«, wandte ich ein. »Sie wird damit aufhören.« Zumindest hoffte ich das. »Wie wäre es, wenn wir sie vergessen und einen Punkt auf deiner Liste abhaken?«

Er musterte mich prüfend, als würde er sichergehen wollen, dass ich es ernst meinte. Dann nickte er und trat zurück, um mich freizugeben. Ich rutschte vom Barhocker, und er führte mich in eine dunkle Ecke, wo wir zwei Dinge auf Blaze' schmutziger Liste abhakten.

Blaze

Den Blick auf mein vibrierendes Handy gesenkt, grinste ich. Millies Gesicht auf dem Bildschirm lächelte mir entgegen, als ich auf *Annehmen* drückte.

»Hey Patrick.« Ihre Stimme ließ mich erleichtert aufatmen. Mein Gott, ich war Hals über Kopf in sie verliebt.

»Hey, kommst du gerade nach Hause?«, fragte ich und zählte die Stunden, bis ich bei ihr sein konnte.

»Ja.« Sie stieß ein Seufzen aus, und ich runzelte die Stirn.

»Was ist denn los?«, hakte ich nach. Obwohl wir uns noch nicht lange kannten, war ich schon ziemlich gut darin, sie zu lesen.

»Nichts. Es ist nur ... nichts.«

»Was ist vorgefallen?«

»Jemand hat mich auf dem Festnetz angerufen«, erzählte sie.

»Und?

»Und hat aufgelegt.«

»Das ist ungewöhnlich?«, murmelte ich.

»Ja. Das passiert in letzter Zeit ständig. Wahrscheinlich versucht dieser Anrufer, denjenigen zu erreichen, dem diese Nummer vor mir gehört hat«, vermutete sie.

»Möglich«, erwiderte ich und fragte mich, wer das sein könnte.

»Oh, danke übrigens. Du hast mir den Tag gerettet«, sagte sie mit lieblicher Stimme.

»Womit?«, wunderte ich mich laut.

»Deine Nachricht. Sie war so süß. Ich kann es kaum erwarten, dir heute Abend etwas noch Süßeres zu zeigen«, flüsterte sie. Auch wenn mein Schwanz sofort reagierte, hatte ich keine Ahnung, welche Nachricht sie meinte.

»Wovon redest du, Millie?«, fragte ich, als ein Klingeln von ihrer Seite ertönte.

»Oh, warte mal, da ist jemand an der Tür.« Wieder erklang das Geräusch, und ich wollte sie gerade daran erinnern, den Spion zu benutzen, als sie aufschrie. Ein flaues Gefühl breitete sich in meinem Magen aus.

»Millie?«, rief ich, und mein Herz klopfte wie wild, als ich erneut ihren Schrei vernahm. Lyric sah mich an. Ich durchquerte das Studio. »Lyr, ich muss los.« Die Sorge, was alles passiert sein könnte, bereitete mir Übelkeit. Ich hatte genug mit Wes und den Maysons zu tun, um zu wissen, dass schlimme Dinge immer und überall passierten.

»Geh.« Lyric schob mich zur Tür hinaus. Ich konzentrierte mich auf Millie am anderen Ende der Leitung und hoffte inständig, dass sie mit mir reden würde.

»Babe?«, versuchte ich es erneut.

»Igitt!« Ich hielt an meinem Motorrad an und setzte meinen Helm auf. »Das ist so eklig!«, hörte ich sie sagen, und ich entspannte mich ein wenig.

»Was? Babe, rede mit mir«, forderte ich sie auf.

»Das ist ekelhaft!«, rief sie.

»Engel, sprich mit mir«, drängte ich, denn ich musste wissen, ob sie in Sicherheit war.

»Blaze, argh, widerlich!«, flüsterte sie und klang inzwischen leicht niedergeschlagen.

»Ich bin auf dem Weg«, erklärte ich und wählte den schnellsten Weg zu ihrem Haus.

»Nein, Blaze ... jemand hat mir eine Tüte mit brennendem Hundekot hinterlassen«, stieß sie hervor, und ich erstarrte. »Wer zum Teufel tut so etwas?«

»Wie bitte?«, knurrte ich und ballte meine Hände zu Fäusten.

»Du weißt schon. Dieser Jugendstreich.«

»Baby, du musst jetzt klar denken.«

»Ich dachte, das passiert nur im Fernsehen. Hundekot, oh Gott! Ich hoffe, er ist von einem Hund. Meinst du, jemand würde etwas anderes benutzen?«, fragte sie lauter. Ich gab mir Mühe, nicht zu lachen.

»Engel, du musst dich konzentrieren. Was ist geschehen?«

»Ich habe die Tür geöffnet und da war Feuer. Ich habe es ausgetreten. Es war eine braune Papiertüte, gefüllt mit Kot!«

»Jemand hat sich einen Klingelstreich erlaubt«, folgerte ich.

»Ich glaube schon.«

»Ich möchte, dass du reingehst und die Tür abschließt. Ich bin in zehn Minuten da.«

»Meine Stiefel!«, rief sie. »Vermutlich muss ich sie wegwerfen.«

»Babe ...«

Ich hörte sie seufzen. »Es geht mir gut. Du kannst wieder zurück zur Arbeit.«

»Fass nichts davon an. Schließ die Tür ab. Ich bin schon auf dem Weg.«

»Patrick, du musst nicht ...«

»Ich bin in zehn Minuten da«, wiederholte ich, legte auf und beeilte mich, zu ihr zu kommen. Das Studio war in Lyrics Händen gut aufgehoben.

In knapp sieben Minuten erreichte ich Millies Haus. Gerade noch rechtzeitig, um zu sehen, wie meine Frau, mit Besen und Kehrschaufel in der Hand, die Tür öffnete.

»Millie, ich habe dir gesagt, du sollst es dort lassen und auf mich warten.« Ich parkte in ihrer Einfahrt und nahm meinen Helm ab.

»Ich weiß. Und ich habe dir gesagt, du sollst bei der Arbeit bleiben«, erwiderte sie schmollend. »Ich schätze, keiner von uns beiden ist gut darin, Anweisungen zu befolgen.«

»Hör auf, süß zu sein«, murmelte ich. Das brachte mir ein sanftes Lächeln ein. Ich ging zu ihr hinüber, trat über das stinkende Desaster hinweg und hob sie hoch, wobei ich bemerkte, dass sie barfuß war.

»Blaze!«

»Patrick, wenn wir unter uns sind«, korrigierte ich sie, senkte meinen Mund auf ihren und spürte, wie sich ihre Hände um meinen Hals legten. Nach unserem Kuss vergrub sie das Gesicht an meinem Hals und atmete tief ein. Mein Griff um sie wurde fester.

»Bist du okay?«

»Ja«, flüsterte sie, als ich die Tür schloss und sie zur Couch trug. Ich setzte mich und zog sie auf meinen Schoß. Kurz darauf bettete sie den Kopf auf meine Schulter und sah mich aus ihren schönen Augen an. »Es geht mir gut.«

»Das weiß ich«, murmelte ich und streichelte über ihre

Wange. »Wir werden dennoch hier sitzen bleiben, und zwar bis ich mich beruhigt habe. Du hast mich erschreckt«, sagte ich ehrlich und rieb über ihren Oberschenkel, weil ich nicht genug von ihr bekommen konnte.

»Tut mir leid.« Sie sah mich an. »Ich habe etwas überreagiert.«

»Es hat vor deiner Tür gebrannt, du darfst reagieren, wie du es für angebracht hältst«, entgegnete ich und wurde dabei erneut wütend. Ich hoffte, dass nur ein paar gelangweilte Kinder dahintersteckten und nicht Tara.

»Ja, aber ...« Sie leckte sich über die Lippen. »Meine Stiefel.« Traurig schob sie ihre Unterlippe vor. »Ich glaube, der Absatz ist geschmolzen.« Sie kräuselte die Nase. Verdammt, sie war hinreißend. »Ich sollte sie wegwerfen.«

»Ich werde dir ein anderes Paar besorgen«, bot ich an, aber sie schüttelte den Kopf, wie ich es erwartet hatte.

»Ich kann meine eigenen kaufen. Ich bin nur traurig, weil sie bequem waren.«

»Es tut mir leid, Engel.« Ich küsste sie auf die Nasenspitze.

»Wahrscheinlich waren es ein paar Jugendliche, richtig? Ein dummer Streich?«, fragte sie, was ich mit einem Nicken bestätigte. Es gefiel mir nicht, sie wegen meiner Befürchtung, dass es Tara gewesen sein könnte, im Unklaren zu lassen. Ich hatte nicht vor, sie jemals anzulügen. Dass ich ihr nun etwas verschwieg, lag mir schwer in der Magengrube.

»Bestimmt.« Ich war nicht sicher, ob sie mir glaubte, doch sie erwiderte nichts.

»Ich werde die Sauerei aufräumen«, brach ich die eingekehrte Stille zwischen uns. Sie setzte sich kerzengerade hin, und ich wusste, dass sie mit mir diskutieren würde.

»Pat...«

»Geh duschen und mach dich fertig«, unterbrach ich sie.

»Wofür?«

»Abendessen im Studio.« Ich zwinkerte ihr zu, und sie lächelte. »Ich bin dran, den Laden zu schließen, aber ich will dich hier nicht allein lassen. Pack ein paar Klamotten zusammen und verbring die Nacht bei mir«, verlangte ich. Sie leckte sich über die Unterlippe, als würde sie darüber nachdenken, und ich lenkte ein wenig ein. »Es sei denn, du willst, dass ich meine Sachen hole und wir hierbleiben.«

»Ich packe eine Übernachtungstasche.«

»Okay, Babe. Vielleicht nimmst du ein paar Extrasachen mit, die du bei mir lassen kannst«, warf ich ein, als wäre es keine große Sache, mir war jedoch klar, dass man ihr nichts vormachen konnte.

»Bei dir lassen?« Ihre Stimme war so leise, dass ich tat, als hätte ich sie nicht gehört. Stattdessen erhob ich mich mit ihr von der Couch und küsste sie auf die Stirn.

»Überleg dir, was du essen möchtest. Wir holen es auf dem Weg ab. Soll ich dir helfen, den Verband auf deinem Arm zu wechseln?«

»Das schaffe ich schon.« Sie zeigte mir ihren Unterarm. Ihre Tätowierung verheilte gut.

»In Ordnung. Heute Abend werde ich deine Haut eincremen.« Ich küsste sie und atmete langsam aus. »Mach schon«, forderte ich sie auf, woraufhin sie nickte, mir aber dennoch eine freche Antwort gab.

»So herrisch«, murmelte sie, bevor sie mit schwingenden Hüften in Richtung Schlafzimmer verschwand. Ich wünschte mir nichts sehnlicher, als mich zu ihr zu gesellen. Zuerst musste ich aber eine verdammte Sauerei bereinigen.

10

Blaze

»Blaze«, rief Lyric. Sie winkte mich zum Empfang und etwas an der Bewegung ließ mich wachsam werden. Ich hatte an meinem Platz gesessen und ein Design skizziert, das ich auf meinem linken Brustkorb anbringen wollte. Eine Stelle, die ich bisher absichtlich frei gelassen hatte, mittlerweile hatte ich einen Grund, sie zu füllen. Ich legte mein iPad beiseite und ging zu ihr hinüber.

»Was ist los?«, fragte ich und bemerkte die seltsame Stimmung, die in der Luft lag. Die Haare in meinem Nacken stellten sich auf.

»Wes ist für dich am Telefon.« Ihr Tonfall ließ mich die Stirn runzeln. »Er will, dass du im Büro vorbeikommst«, stellte sie klar. Ich nickte, bereit für was auch immer los war. Da die *Broken Eagles* mit den Maysons verbunden waren, konnte es alles Mögliche sein. Zurück an meinem Schreibtisch setzte ich mich hin und atmete tief durch, bevor ich den Hörer abnahm.

»Was gibt's, Wes?«

»Ich muss dir etwas sagen.« An seiner Stimme konnte ich erkennen, dass es mir nicht gefallen würde. »Du bewahrst besser einen kühlen Kopf und denkst an deine Frau, ja?«, mahnte er, und ich setzte mich aufrecht hin.

»Was ist passiert?« Ich beugte mich vor und war bereit, jederzeit aufzubrechen.

»Du musst vorbeikommen und cool bleiben. Benutz jede

verdammte Ausrede, die dir einfällt, damit du sie abholen kannst.«

»Warum? Ist sie verletzt? Ist ihr etwas zugestoßen?«

»Entspann dich. Es geht ihr gut«, beruhigte mich Wes. »Harlen ist hier gewesen und hat bemerkt, dass sich jemand an ihrem Auto zu schaffen gemacht hat.« Mein Kiefer spannte sich an und mein Griff um das Telefon wurde fester.

»Wie bitte?«, knurrte ich. »Soll das heißen, jemand hat an ihrem Auto herumgepfuscht?«

»Es wurde besprüht, Blaze.« Er seufzte. »Jemand hat mit schwarzer Farbe *Schlampe* auf die Fahrerseite geschrieben.«

»Fuck«, fluchte ich. »Wie zum Teufel ist das passiert?«

»Keine Ahnung, aber ich werde es herausfinden. Was ich nicht kann, wenn sie hier ist.«

»Wes.«

»Ich weiß, Mann. Ich kann das Auto neu lackieren lassen, sie würde nichts merken. Wir können ihr sagen, dass es langsam ist und wir es etwas aufmotzen. Irgendetwas in der Art. Sie lässt es einfach für ein paar Tage hier stehen.«

»Glaubst du, sie fällt auf den Mist rein?«

»Warum nicht? Oder hast du eine bessere Idee?« Ich hatte keine, also gab ich einen mürrischen Laut von mir. »Ich muss mir die Kameraaufzeichnungen ansehen.«

»Verdammte Tara«, murmelte ich und war sicher, dass sie oder eine ihrer Freundinnen Millies Auto verunstaltet hatte.

»Das Clubhäschen?«

»Ja.«

»Glaubst du, sie steckt dahinter?«

»Keinen Schimmer.« Ich wischte mir über das Gesicht. »Millie kennt nicht viele Leute, und am Freitag auf der Party ging Tara auf sie zu und erzählte ihr nur Blödsinn.«

»Lief da nicht mal was zwischen euch?«, erkundigte sich Wes, darauf wollte ich jedoch nicht antworten, und er nahm mein Schweigen als Bestätigung. »Scheiße. Ihr hattet mal was. Wenn sie das getan hat ...« Wes' Wut war deutlich zu hören, denn sie entsprach meiner eigenen. Er verstand wie kein anderer, was Millie und mich verband, und da sie für ihn arbeitete, würde er mir helfen, sie zu beschützen. »Du musst herkommen und sie abholen.«

»Ich bin gleich da.« Nachdem ich den Hörer aufgelegt hatte, lehnte ich mich einen Moment lang zurück, um nachzudenken. Millie hatte erwähnt, dass jemand bei ihr zu Hause angerufen und wieder aufgelegt hatte. Mehrmals. Dann die brennende Tüte vor ihrer Haustür vor zwei Tagen. Jetzt das. Und alles nach der Konfrontation mit Tara? *Verdammt.*

Glücklicherweise stimmte Lyric zu, sich um das Studio zu kümmern, und ich setzte mich auf mein Motorrad und machte mich auf den Weg. Während der gesamten Fahrt hoffte ich, dass ich sie überreden konnte, mit in meine Wohnung zu kommen.

»Es macht dir wirklich nichts aus?«, fragte Millie leise, und ich drückte sie enger an mich.

»Ganz und gar nicht, Engel.« Ich küsste sie auf die Schläfe und genoss ihr Lächeln.

»Irgendwie fühle ich mich schlecht.« Sie schob ihre Unterlippe vor und in meinem Magen breitete sich ein mulmiges Gefühl aus. Wusste sie es?

»Weswegen?«, hakte ich nach.

»Mein Auto ist innen ein bisschen dreckig«, flüsterte sie, als wäre das ein Staatsgeheimnis. Dieser unschuldige Moment löste die Anspannung in meiner Brust und mein Lachen hallte durch den Raum.

»Mach dir darüber keine Sorgen.« Scheiße, das war das Geringste unserer Probleme. »Ich bin sicher, die Jungs haben Schlimmeres gesehen.«

Sie verzog das Gesicht. »Ich weiß nicht, Blaze. Ich bin mit dem Ding von Kalifornien hergefahren und habe es nur notdürftig gereinigt, bevor ich mit den *Paint Nite's* begonnen habe.«

»Es ist bestimmt nicht so furchtbar, wie du meinst. Ich werde dich heute Abend abholen.« Die Arme um sie gelegt, hob ich ihr Kinn an, um sie besser betrachten zu können.

»Wes sagte, es würde ein paar Tage dauern. Ist es wirklich in Ordnung, mich durch die Gegend zu kutschieren?«

»Von mir aus kann er dein Auto behalten.«

»Ach, ja?« Das freche Funkeln in ihren Augen macht mich unglaublich an. »Wieso das?«

»Weil es bedeutet, dass ich mehr Zeit mit dir verbringen kann.« Ich küsste sie, ihre weichen Lippen verlockten mich zu mehr, da wir aber direkt vor dem Shop standen und ich nicht vorhatte, meinen Freunden eine Show zu bieten, hielt ich mich zurück. Meinen Engel würde nur ich auf diese Weise sehen.

»Das gefällt mir. Okay, dann bis heute Abend.« Sie küsste mich noch mal kurz und schlüpfte aus meinen Armen. Ich sah ihr nach, beobachtete, wie sie ihre Hüften mit jedem Schritt schwang. Mehr als sonst. Und durch die Tür des Shops verschwand.

Die Gewissheit, dass sie drinnen und in Sicherheit war, nahm mir ein wenig meiner Angst, aber ich war dennoch besorgt. Jemand hatte es auf sie abgesehen. Ich suchte auf dem Parkplatz nach einem Hinweis, wer dahinterstecken könnte. Doch da war nichts.

Ein paar Motorräder, die meinen Brüdern gehörten, sowie der *Civic* einer Frau, die auf der anderen Straßenseite arbeitete.

Den Blick dorthin gerichtet, verengte ich die Augen. Dort parkte ein roter Truck, der schon in die Jahre gekommen war und ein paar Dellen aufwies. Bevor ich jedoch mehr erkennen konnte, setzte sich das Gefährt in Bewegung. Irgendetwas daran gefiel mir nicht. Doch weiter darüber nachzudenken, war mir nicht möglich, denn ich erhielt einen Anruf von Lyric, dass ein Kunde auf mich wartete. Also machte ich mich auf den Weg zurück zum Studio.

Millie

»Mach dir keine Sorgen, Wes, alles ist unter Kontrolle«, sprach ich ins Telefon. »Es ist eigentlich ziemlich ruhig gewesen.«

»Gut. Sei dennoch vorsichtig. Ich wollte schon früher zurück sein, aber der Verkehr ist der reinste Horror«, entgegnete mein Chef und klang verärgert. Obwohl er mich nicht sehen konnte, nickte ich. Es war Freitag, und ich hatte mich bereits darauf gefreut, nach Hause zu kommen, aber ein Unfall auf dem Highway hatte diese Pläne vereitelt.

»Verstanden, Boss«, versicherte ich ihm erneut.

»Danke, Millie. Ein oder zwei der Männer werden länger bleiben, um ein paar Dinge zu erledigen. Wenn der Kunde das Motorrad abholen kommt, bitte sie um Hilfe, in Ordnung?«

»Werde ich.«

»Blaze wird dich später nach Hause bringen?«, fragte er zum zweiten Mal, und ich lächelte.

»Ja. Ich rufe ihn an, wenn der Käufer da ist. Er hatte einen Termin.«

»Okay. Oh, und sperr die Tür nach Ladenschluss ab. Ich

habe dem Kunden gesagt, er solle im Büro anrufen, wenn er da ist«, wies Wes an.

»Ich glaube, ich schaffe das.«

»Fünf Uhr, schließ bitte die Tür ab«, sagte er erneut. Ich schwor, dass ich das tun würde, bevor ich auflegte.

Mich im Büro umsehend, zuckte ich mit den Schultern, dann machte ich mich wieder an die Ablage einiger Papiere. Da es mir zu ruhig war, schaltete ich über mein Handy leise Musik an. Ehe ich mich versah, war es zehn vor fünf. Deutlich spürte ich die Müdigkeit in meinem Körper. Ich streckte mich ausgiebig und erinnerte mich, dass jemand Donuts mitgebracht hatte. Ein Kaffee würde auch nicht schaden, um wieder zu Kräften zu kommen.

Ich verließ die Rezeption und ging in den Pausenraum. Zu meinem Glück gab es noch einen mit Ahornsirupglasur. Mein absoluter Favorit! Ich schnappte ihn mir und machte mir eine Tasse Kaffee, während ich mir überlegte, was ich am Wochenende unternehmen könnte. Ich musste Wäsche waschen und hoffte, Blaze überreden zu können, mit mir in eine Gärtnerei zu gehen, um ein paar Blumen für den Vorgarten zu kaufen. Wes und seine Mitarbeiter schraubten immer noch an meinem Auto. Einer ihrer Staubsauger war kaputtgegangen. Ich sagte ihnen, es wäre nicht nötig, aber sie bestanden darauf, dass ich bei der monatlichen Mitarbeiterverlosung eine kostenlose Autoreinigung gewonnen hatte.

Mit den Gedanken beim heutigen Abendessen ging ich zurück ins Büro. Es war immer noch sehr ruhig. Als ich den Raum betrat, schlug mir ein seltsamer Geruch entgegen. Oder eher Gestank. Ich sah mich um und versuchte, ihn einzuordnen, dann bemerkte ich den Rauch, der hinter meinem Schreibtisch aufstieg. Ich umrundete meinen Arbeitsbereich und schrie auf. Der Mülleimer, der normalerweise direkt darunter stand, war herausgezogen worden. Flammen loderten darin und begannen das Plastik zu schmelzen. Wie schon zu Beginn der Woche reagierte ich sofort.

Bevor ich wusste, was ich tat, ließ ich den Kaffeebecher und den Donut zu Boden fallen. Das Geräusch der zerbrechenden Keramiktasse drang an meine Ohren, während warme Flüssigkeit auf meine Jeans spritzte. Ich war aber zu sehr darauf konzentriert, das Feuer zu löschen, als mich um solche Banalitäten zu kümmern. Eilig schnappte ich mir meine Wasserflasche vom Tisch, die ich zum Glück gerade erst nachgefüllt hatte.

»Was zum Teufel!«, rief ich aus, während ich Wasser darüber goss. Der größte Teil der Flammen verlosch, aber die Glut blieb übrig. Ich zerrte die Strickjacke von der Rückenlehne meines Stuhls und erstickte damit den Rest. Rauch und der Gestank von verbranntem Plastik erfüllten das Büro, während mein Herz raste. Mit zittrigen Händen zog ich mein Handy aus der Gesäßtasche und rief die einzige Person an, die mir in den Sinn kam.

»Babe, schließt du schon ab?«, fragte Patrick, bevor ich ein Wort sagen konnte.

»Patrick«, flüsterte ich. Meine Stimme zitterte, als ich mich umsah. Was, wenn die Person, die das getan hatte, noch hier war? Der Gedanke ließ mich erschaudern.

»Millie? Was ist los?«

»Jemand hat ein Feuer gelegt«, hauchte ich, als ich den zerstörten Mülleimer betrachtete, auf dem meine Strickjacke lag.

»Ein was? Bist du okay? Hast du den Notruf gewählt?«, wollte er wissen, während das Adrenalin weiter durch meine Adern rauschte. »Rede mit mir, Babe.«

»Ich bin ...« Ich schluckte schwer und sah mich um. Angst, wie ich sie noch nie zuvor verspürt hatte, durchströmte mich. »Ich habe mir einen Kaffee und einen Donut geholt und bin zurückgekommen. Ich war nicht lange weg ...«

»Okay, und dann?«

»Mein Mülleimer hat gebrannt«, fuhr ich etwas hysterisch fort, und für einen Moment herrschte Stille.

»Wie bitte?« Patricks Tonfall klang mordlüstern.

»Wer würde so etwas tun?«, flüsterte ich.

»Engel ...« In seiner Stimme lag eine Sanftheit, von der ich wusste, dass sie nur für mich bestimmt war.

»Soll ich die Feuerwehr alarmieren? Ruft man die noch an, wenn der Brand bereits gelöscht ist?«, murmelte ich.

»Ist noch jemand in der Werkstatt?«

»Ich glaube schon.«

»Okay, Babe, ich bin gleich da. Aber ich möchte, dass du etwas für mich tust.«

»Patrick«, wisperte ich. Ich war nicht sicher, ob mir meine Beine gehorchen würden. Der Schrecken ließ mich wie erstarrt zurück, aber das würde ich ihm auf keinen Fall sagen. Das würde mich wie einen riesigen Feigling aussehen lassen.

»Nimm deine Tasche, während du mit mir telefonierst. Komm schon, Babe, bitte.« Auf seine Aufforderung hin bewegte ich mich und packte meine Sachen.

»Ich habe sie.«

»Gut. Jetzt möchte ich, dass du dranbleibst und in den Verkaufsbereich gehst. Wenn du einen der Mitarbeiter siehst, die du kennst, gibst du ihm dein Handy.«

»Blaze ...« Meine Stimme brach. *War das dieselbe Person, die die Tüte auf meiner Veranda abgestellt hatte?* Die Tiefe seines Tons brachte mich dazu, mich in Bewegung zu setzen und all die kleinen Fragen zu ignorieren, die in mir hochkochten.

»Geh, Babe. Ich will nicht, dass du allein im Büro bist.«

»Okay«, hauchte ich und folgte seiner Anweisung. Ich kam in den Verkaufsraum und atmete die rauchfreie Luft ein.

»Millie, alles in Ordnung?«, erkundigte sich einer der Männer, und ein anderer näherte sich mir. In ihren Mienen war die Besorgnis deutlich zu erkennen. Ich konnte mich allerdings nicht dazu durchringen, etwas zu sagen. Stattdessen reichte ich mein Telefon weiter. Einer nahm es entgegen und sprach mit Blaze. Sein Blick schnellte zu mir und etwas blitzte in seinen Augen auf, als er sich in Richtung des Büros bewegte und dem anderen befahl, bei mir zu bleiben.

Als wäre ich von einem Nebelschleier umgeben, entging mir völlig, wie die Zeit voranschritt. Bevor ich jedoch darüber nachdenken konnte, waren Blaze und Jinx da.

Blaze, der mich in seinen Armen hielt und mich mit seinem Körper abschirmte. Er wich nicht von meiner Seite. Nicht einmal, als der Kunde sein Motorrad abholte oder als Wes und Harlen von ihren Besorgungen zurückkamen.

Er führte mich zu seinem großen SUV, setzte mich hinein und brachte mir eine Decke. In diesem Moment merkte ich, dass ich zitterte. Er küsste mich auf die Nasenspitze, bevor er das Auto verriegelte. Ich sah, wie er sich mit Wes, Harlen und Jinx versammelte. Alle vier Biker hatten die Arme vor der Brust verschränkt, ein tödlicher Ausdruck zierte ihre Gesichter, und ich konnte sehen, dass sie sauer waren. Der rationale Teil von mir wusste, dass mein Boss nicht wegen des Mülleimers wütend war, dennoch hatte ich vor, ihn zu ersetzen.

Ihre grimmigen Mienen waren darauf zurückzuführen, dass jemand den Mut gehabt hatte, in den *Broken Eagles* Shop zu gehen und ein Feuer zu legen.

All das fühlte sich inzwischen persönlich an.

Jemand hatte es auf mich abgesehen.

Ich wünschte, ich wüsste warum.

11

Blaze

»Geht es Millie gut?«, fragte Wes. Die Kiefer fest zusammengepresst, sah ich ihn an. »Verstanden«, murmelte er und nahm einen tiefen Schluck von seinem Bier. Ich tat es ihm gleich.

Von unseren Plätzen am Tresen in *Daniel's Bar* hatte ich Millie gut im Blick. Sie saß bei Lyric und July. Jeder, der sie betrachtete, würde denken, sie sei ruhig und unbekümmert, aber ich wusste es besser. Es war die Art, wie sie lächelte, ohne dass es ihre Augen erreichte. Wie sie ihre Haarspitzen berührte, verriet mir, dass sie nervös war und wahrscheinlich ein wenig Angst hatte.

Sie trank Bier anstelle von Tequila und sah sich dabei vorsichtig in der Bar um. Am liebsten wäre ich zu ihr gegangen, hätte sie nach oben in meine Wohnung geführt und die Welt ausgesperrt. Genau das war gestern Abend gleich nach unserer Rückkehr der Fall gewesen. Ich hatte ihr ein Bad eingelassen und ihr die Haare gewaschen, ihr die Schultern massiert und dafür gesorgt, dass sie abgelenkt genug war, um ihre Gedanken nicht kreisen zu lassen.

Es war nicht schwer, ihr so viel Vergnügen zu bereiten, dass ihr Körper dabei erzitterte und sie meinen Namen schrie. Wenn ich ehrlich war, hatte ich es ebenso gebraucht. Ich musste wissen, dass es ihr gut ging und sie in Sicherheit war. Und dafür hatte ich mich tief in ihr versenkt, um ihr so nahe zu sein, wie es verdammt noch mal möglich war.

Wes hatte mich am Morgen angerufen, um mir mitzuteilen, dass die Kameras nur eine flüchtige Aufnahme von jemanden in einem grauen Kapuzenpulli eingefangen hatten, der den Shop verließ. Irgendwie war es demjenigen, der sich diesen ganzen Mist mit ihr erlaubte, möglich gewesen, die Kameras vorübergehend zu deaktivieren.

»Blaze«, sagte Jinx und deutete mit seinem Kinn in Richtung Tür. Meine Faust um die Bierflasche geballt, betrachtete ich Tara, die soeben hereinkam. Sie trug einen winzigen schwarzen Lederrock und ein enges Tanktop, von dem ich fast sicher war, dass sie es am Kragen aufgerissen hatte, um ihren Brüsten mehr Platz zu geben. Ihre Freundinnen waren an ihrer Seite, und unsere Blicke kreuzten sich. Sie zwinkerte mir grinsend zu.

»Scheiße, Mann, diese Frau bedeutet nur Ärger«, merkte Wes an, und Jinx gab einen zustimmenden Laut von sich.

»Das ist mir bewusst«, murmelte ich und nahm einen Schluck.

»Sie weiß von dir und Millie, aber sie schaut dich trotzdem so an?«

»Wes ...«

»Ich will damit nur sagen, wenn es dir mit Millie ernst ist, musst du das deutlich machen. Miststücke wie Tara werden sonst nicht nachgeben.«

»Zur Kenntnis genommen.« Es war nicht notwendig, ihm mitzuteilen, dass ich es Tara bereits erklärt hatte.

Wir sahen zu, wie sie sich ein paar Tische von Millie, Lyric und July entfernt mit ihren Freundinnen niederließ. Der Moment, in dem Millie die Frauen bemerkte, entging mir nicht. Sie setzte sich aufrechter hin und beobachtete Tara. Ich konnte förmlich sehen, wie sich die Rädchen in ihrem Kopf drehten. War Tara diejenige, die hinter all den üblen Dingen steckte, die hier abliefen?

Was dann passierte, hatte ich nicht erwartet.

Tara schlenderte mit ihren Freundinnen hinüber und legte ihre Hand auf Lyrics Schulter, während sie meine Frau anschaute und mit ihr sprach. Auch wenn ich nicht hören konnte, worüber sie sprachen, wusste ich, dass es Millie nicht gefiel.

»Fuck«, murmelte ich, stellte mein Bier ab und begann mich zu erheben, um ihr beizustehen.

»Warte mal, Blaze.«

»Tara ist ...«

»Lass Millie für sich selbst eintreten«, schlug Jinx vor. »Wenn du dich einmischt, wird es noch schlimmer werden. Warte einfach ab.« Obwohl es mir nicht gefiel, hielt ich eine Sekunde lang inne.

Ich beobachtete, wie mein Engel die Lippen bewegte und etwas zu Tara sagte. An deren Körpersprache erkannte ich, dass Millie damit ins Schwarze getroffen hatte. Eine von Taras Freundinnen näherte sich ihnen, und Lyric stand auf und zwang Tara dadurch zurück. Millie gesellte sich an ihre Seite, woraufhin Tara dämlicherweise dicht an meine Frau herantrat.

Verdammt.

Ich hatte zu lange gezögert und bekam nun einen Sitzplatz in der ersten Reihe, während in der Hölle ein Zickenkrieg losbrach. Und meine Frau setzte dabei zum ersten Schlag an.

Millie

Mein ganzes Leben in LA hatte ich mit allen möglichen Leuten zu tun gehabt. Gute und schlechte. Schlägertypen und ihre eifersüchtigen Freundinnen, die einen schon bei der kleinsten Unachtsamkeit aufschlitzen wollten. Nur weil man kurz in die ungefähre Richtung ihres Kerls geguckt hatte. Es gab auch die reichen, verwöhnten Mädchen an der privaten Highschool, für die ich in meinem letzten Schuljahr ein Stipendium bekommen hatte. Diese hochnäsigen Tussis waren auf ganz andere Art gehässig gewesen.

Noch nie war ich in einen Kampf verwickelt worden.

Ich musste mich nie wirklich verteidigen, aber das Miststück vor mir war ein anderer Fall. Sie hatte *Daniel's Bar* betreten, als gehörte ihr der Laden, und ehrlich gesagt konnte ich es ihr nicht verdenken. Sie war wunderschön. Groß und schlank mit mörderischen Kurven. Ihre Mom hatte sie definitiv mit tollen Genen gesegnet. Mehr als ein Kerl richtete seine Aufmerksamkeit auf sie und ihre weibliche Figur. Diese Frau war selbstbewusst und hatte kein Problem damit. In jeder anderen Situation, und wenn sie nicht meinen Mann gewollt hätte, hätte ich ihr ein High-Five gegeben und sie für ihr Selbstvertrauen bewundert. Aber ihr gieriger Blick war auf Blaze gerichtet. Mir war nicht entgangen, wie sie seine Aufmerksamkeit mit einem sexy Lächeln und einem Zwinkern erwidert hatte. Ebenso war mir aufgefallen, dass Blaze einfach weggesehen hatte.

Seine Gleichgültigkeit war wahrscheinlich wie Katzenminze für eine Frau, die es gewohnt war, alles zu bekommen, was sie sich in den Kopf setzte. Er war eine Herausforderung, und sie wollte ihn unbedingt für sich gewinnen.

Ich wusste, dass sie sich deshalb unserem Tisch genähert hatte, ihre kleine gehässige Truppe im Schlepptau.

»Fass mich nicht an«, sagte Lyric und schlug Taras Hand von ihrer Schulter. Nicht dass es Tara davon abhalten würde, ihr Gift zu versprühen. Sie lächelte und ließ das Rot ihres Lippenstifts noch mehr hervorstechen. Schade, dass sie so ein Miststück war; ich hätte sie gerne nach der Farbe gefragt.

»Also, Millie-Billie«, säuselte sie. Sie war ganz auf mich konzentriert. »Wie läuft's denn so, Kleine? Ist Blazey schon von dir gelangweilt?«

»Was willst du?«, entgegnete ich, ignorierte ihre Bemerkung und beschwor mein inneres Miststück herauf. Auch wenn ich bisher noch nie jemanden geschlagen hatte, bedeutete das nicht, dass ich nicht für mich selbst hatte einstehen müssen.

»Ich habe gehört, dass bei euch beiden die Kacke am Dampfen ist.« Sie grinste überlegen, und meine Gesichtszüge entglitten mir. Ich hörte ihre Freundinnen hinter ihr lachen, aber ihre Worte wiederholten sich in meinem Kopf.

... die Kacke am Dampfen ist.

War sie es gewesen?

»Du warst das«, flüsterte ich.

»Ich war was?«, fragte sie, aber ich konnte die Schadenfreude in ihren Augen erkennen.

»Du bist völlig durchgeknallt«, murmelte ich und schüttelte den Kopf. »Du hast es zu weit getrieben.«

»Bitch, du hast ihr den Mann weggenommen«, sagte eine ihrer Freundinnen, woraufhin eine andere aufhorchte und eindringlich hinzufügte: »Sie und Blaze waren eng befreundet, bevor du mit deinem nuttigen Hintern in die Stadt gekommen bist.«

Lyric stand auf und zwang Tara ein paar Schritte zurück.

»Wer nennt hier wen nuttig?«, fragte Lyric, um mich zu verteidigen, und ich schloss mich ihr an. Es war lieb von ihr, aber ich hatte nicht vor, Lyric meine Kämpfe austragen zu lassen.

»Bitch, hier geht es nicht um dich!«, schrie Taras Freundin Lyric an, stieß ihr gegen die Schulter, und ich schritt ein.

»Was glaubst du, wen du hier Bitch nennst, du Miststück?« Ich stellte mich zwischen Lyric und Taras Freundin.

»Wirst du mutig, graue Maus?«, stichelte Tara und schürte damit meine Wut. Ihre roten Lippen verzogen sich zu einem spöttischen Lächeln. »Du sahst nicht sehr mutig aus, als du auf deiner Veranda Scheiße ausgetreten hast«, teilte sie mir grinsend mit. Ich kniff die Augen zusammen.

»Du warst es wirklich«, flüsterte ich und rückte näher zu ihr. »Bist du wahnsinnig geworden?« Ihre Miene verriet ihre Überraschung darüber, wie dicht ich vor ihr stand. »Glaubst du, dass du ihn mit so einem verrückten Mist zurückholen kannst? Das ist das echte Leben. Nicht irgendeine Folge von *Sons of Anarchy*?«

»Fick dich. Wenn du seine Alte sein willst, musst du dich wie eine verhalten.« Sie spuckte die Worte aus, und ich lachte auf.

»Du bist verrückt.«

»Ich hatte ihn fast da, wo ich ihn haben wollte. Hat er den Eindruck erweckt, als wäre es mit uns aus und vorbei? Denn das war es nicht. Zwischen uns war mehr als das. Dann bist du aufgetaucht und hast ihm deinen Graue-Maus-Arsch vor die Nase gesetzt.«

»Erstens habe ich ihm weder meinen Hintern noch sonst was *vor die Nase gesetzt*. Zweitens: Ein böser Scherz war nicht genug? Musstest du auch noch in meinem Büro zuschlagen?«

»Was?«, fragte sie, aber ich war viel zu sehr in Rage, um ihre Reaktion zu beachten.

»Du hättest jemanden ernsthaft verletzen können, als du den Mülleimer in meinem verdammten Büro angezündet hast.«

»Ich ... ich habe nicht ...«

»Und die unterdrückten Anrufe. Sind die auch von dir?«, fragte ich und legte beide Hände auf ihre Schultern. Mir war klar, dass ich sie nicht anfassen sollte, aber ich war stinksauer.

»Warte, was machst du ...«

»Du musst mit dieser verrückten Scheiße aufhören. Hast du mich verstanden?«

»Und du musst dich von ihm fernhalten. Blaze gehört mir«, stieß sie mit hochrotem Gesicht aus.

»Bist du sicher, dass er das weiß? Wie wäre es, wenn du ihn fragst?«, drängte ich. Sie bewegte sich und sah aus, als wollte sie mich schlagen. Ich verlor die Fassung. Wie in Zeitlupe hob ich meine Hand, um mich zu verteidigen.

Doch bevor Tara mich berühren konnte, prallte meine Faust auf ihren Kiefer. Sie schrie auf und packte mich an den Haaren.

»Du Bitch! Meine Lippe ist aufgeplatzt«, jammerte sie. Sie mochte zwar dünn sein, aber sie war stark, wenn man bedachte, wie fest sie die Finger in mein Haar krallte.

»Gut. Als Nächstes breche ich dir die Nase«, erwiderte ich und fasste nach ihr. Bevor ich sie erwischen konnte, schlang jemand seine Arme um mich. Ich brauchte nicht hinzusehen, um zu wissen, wer es war.

»Beruhige dich«, drang Blaze' tiefe Stimme an mein Ohr. Ich hielt still.

»Du hast Glück, dass er dich wegzieht, bevor ich dich richtig fertigmachen kann!«, fügte sie hinzu. Wild strampelte ich umher und versuchte, mich aus Blaze' Griff zu befreien, er ließ jedoch nicht locker.

»Verdammt, Engel, entspann dich.«

»Sie war es! Sie hat die Feuer gelegt!«

»Tara hat es gerade selbst zugegeben«, stärkte Lyric mir den Rücken. Ich schaute Blaze an, aber zum ersten Mal war seine Aufmerksamkeit nicht auf mich gerichtet.

Nein, denn zwei Beamte in Zivil mit Dienstmarken in der Hand kamen auf uns zu. Einfach so verpuffte all die Wut und Energie, die mich angestachelt hatte, und mir wurde klar, was gerade passiert war.

Sie hatte mich verspottet, und ich hatte sie gewinnen lassen.

Ich hatte sie geschlagen.

Ich war in eine Kneipenschlägerei verwickelt.

Irgendwie glaubte ich nicht, dass sich meine Mom die Art von Abenteuer für mich gewünscht hatte.

Verdammt.

12

Millie

»Offensichtlich wird Jinx keine von euch beiden anzeigen, also denkt Cobi, dass ihr aus dem Schneider seid.« Blaze reichte mir einen Beutel mit Eis, während er sich vor mich kniete und meine Hände sanft festhielt. Cobi Mayson, einer der Polizisten, entpuppte sich als Julys Cousin. Er war sehr verständnisvoll, als er von dem Feuer auf meiner Veranda und dem von letzter Nacht erfuhr.

»Danke«, murmelte ich und konzentrierte mich auf den Eisbeutel in meinen Händen, während eine Million Gedanken mit Lichtgeschwindigkeit durch meinen Kopf rasten. Wie konnte das mein Leben sein? Kneipenschlägereien? Brände?

»Er hat vorgeschlagen, dass ihr euch voneinander fernhaltet«, fuhr Blaze fort, und ich sah ihm in die Augen. *Meinte er das jetzt ernst?* Ich war nicht diejenige, die sich auf die Suche nach der *Neuen* meines Ex-Lovers gemacht hatte. So hatte sie mich genannt.

»Ich habe es nicht darauf angelegt, ihr über den Weg zu laufen«, sagte ich mit zusammengebissenen Zähnen und zog meine Finger aus seinem Griff, sodass der Beutel in seinen Händen zurückblieb.

»Mills.« Er seufzte, und ich blickte ihn stur an.

»Ich war nicht diejenige, die sich ihr genähert hat. Ich habe keinen Blödsinn gelabert und sie eine Bitch genannt.«

»Du hast sie Miststück genannt.«

»Ihre Freundin, und auch nur, nachdem diese Lyric beschimpft hat.«

»Babe ...«

»Ich habe keinen Streit heraufbeschworen, das ist sie gewesen«, unterbrach ich ihn. Wut und Frustration waren eine berauschende Mischung.

»Nein ... aber du hast als Erste zugeschlagen«, erinnerte er mich, und mein Temperament gewann die Oberhand.

»Sie hat Feuer gelegt!«, rief ich aus und sprang auf die Beine.

»Babe.« Er schüttelte den Kopf, aber ich wollte nicht hören, was er von dieser Sache hielt.

»Das ist der Grund, warum ich das nicht tue«, verlautete ich und zeigte auf ihn. »Das ist der Grund, warum ich mich nicht mit Typen wie dir treffe. Niemals.«

»Was soll das denn heißen?«, knurrte er.

»Du weißt genau, was das bedeutet«, sagte ich. »Du hast einen Frauenverschleiß, wie Studenten ihre Pappteller verbrauchen.«

»Das ist nicht ...«

»Tattoos, jede Menge Tattoos. Berge an Muskeln. Und dieses Grinsen! Eines, das Höschen zum Schmelzen bringt, *woosh*, und sie rutschen runter.« Ich plapperte einfach drauf los, stinksauer wie ich war. »Ich gehe nicht mit Männern wie dir aus. Kerlen mit einem Hauch von Gefahr und ...«

»Du glaubst, durch mein Grinsen schmilzt dein ...«

»Nicht.« Ich ging durch seine Wohnung, bis ich fand, wonach ich suchte. Ich schlüpfte wieder in meine Schuhe. »Versuch nicht, nett zu sein.«

»Millie, ich wollte nicht ...«

»Das ist mir egal.« Ich atmete aus und schlang die Arme um mich, weil ich mich verloren und allein fühlte. »Ich will nach Hause.«

»Was?« Seine Miene verdüsterte sich. »Nein. Engel ...«

»Spar dir das Engel. Ich ... ich will nur nach Hause.« Ich umarmte mich ein wenig fester. »Ich tue das nicht. Mich verabreden und mich wirklich auf jemanden einlassen. Und das hier, der heutige Abend, ist der Grund dafür.« Mit jedem Wort wurde meine Stimme leiser, weil ich mir selbst das Herz brach. Es war mir nicht möglich, ihn anzusehen, denn der Schmerz wurde dadurch nur schlimmer. Ich hatte mich wirklich der Vorstellung hingegeben, dass es funktionieren könnte. »Lass uns realistisch sein, Blaze.« Ich blickte auf, und das Blau seiner Augen nahm mich gefangen. Wie Treibsand. Wir waren vielleicht drei Meter voneinander entfernt, aber es fühlte sich so viel weiter an, und es tat mir in der Seele weh.

»Millie ...«

»Es würde nicht funktionieren. Du würdest dich mit jemandem wie mir langweilen. Mit meinem wahren Ich.« Alles in mir sehnte sich nach seiner Nähe, weil ich wusste, dass er mir Wärme spenden würde. Sein riesiger Körper strahlte eine Hitze aus wie ein Ofen. Aber ich bewegte mich nicht.

»Dein wahres Ich?«, fragte er, als er auf mich zukam. Ich war zu sehr in seine blauen Augen vertieft, um zurückzuweichen.

»Ich male und lese gerne. Ich bin kein großes Partygirl. Ich bleibe gern zu Hause.« Mein Blick fiel auf meine Schuhspitzen.

»Ich mag diese Dinge auch«, sagte er, aber meine Wut war noch nicht verflogen.

»Ja, vielleicht diese Woche«, murmelte ich und spürte, wie meine Nase zu kribbeln begann und meine Sicht verschwommen wurde. »Aber es wird immer eine aufregendere Frau im Hintergrund auf dich warten. Jemand wie Tara, und da kann ich nicht mithalten.«

»Gut.«

Ich hob den Kopf, als ich erkannte, wie dicht er vor mir stand. Seine starken Arme schlangen sich um meinen Körper und zogen mich an sich. Meine Hand ruhte auf seinem Brustkorb, während ich zu ihm hochstarrte.

»Gut?« Ich suchte in seiner Miene nach einer Antwort und war schockiert, als ich die Gefühle darin las. Seine Gefühle für mich. Obwohl ich Wut erwartet hatte, war es etwas ganz anderes.

»Du verstehst es immer noch nicht, Engel.«

»Ich bin nicht ...«

»Niemand kann mit der Sonne konkurrieren. Oder es mit dem Mond und den Sternen aufnehmen.« Seine Stimme fühlte sich wie warmer Samt an, sein Atem strich über mein Gesicht.

»Blaze.« Meine Brust zog sich zusammen, ich verstand nicht wirklich, was er sagte. Oder ich versuchte zumindest, es nicht wahrhaben zu wollen, und scheiterte dabei völlig. All die Emotionen der Nacht, die Frustration und die Wut, wenn es um Tara ging, verflüchtigten sich. Genau wie alles andere, wenn er bei mir war.

»Patrick«, korrigierte er. »Niemand kann mit der Schönheit konkurrieren, die diese Dinge in die Welt bringen. Genauso wie keine mit der Schönheit konkurrieren kann, die du in meine bringst.« Eine einzelne Träne entkam meinen Augen. Mit dem Daumen wischte er sie weg und hauchte mir den süßesten Kuss auf die Wange. »Du bist meine Welt, du bist es für mich, Millagros Delgado.«

»Pat«, wisperte ich, aber ich schaffte es nicht, weiterzusprechen. Meine Nase brannte und die Tränen begannen zu fließen. Wahrscheinlich sah ich wie ein Wrack aus, aber die Art, wie er mein Gesicht mit beiden Händen hielt, seine Berührung sanft und zärtlich, als wäre ich unglaublich kostbar, brachte mich noch mehr zum Weinen.

Seine Umarmung war beständig und verankerte mich an dem Ort, an den ich gehörte.

In seine Arme.

Blaze

»Hast du mich verstanden, Millie?«, drängte ich. »Das bist du für mich.« Gott, sie brachte mich um. Ihre Tränen. Ihre Frustration. Ich wollte ihr all das nehmen und alles besser machen.

»Blaze«, murmelte sie, aber ich war durch damit. Sie versuchte, mich wegzustoßen, und ich war Mann genug, um zuzugeben, dass mich die Angst, die mich dabei überkam, in die Knie zwingen könnte. Noch nie hatte ich so viel für jemanden empfunden. Ich hob sie hoch, und sie schlang ihre Beine um mich, während ihre Hände zu meinen Schultern wanderten. Jede ihrer Bewegungen war anmutig, und wenn wir uns so zusammenfügten, fühlte es sich an wie zwei Puzzleteile, die perfekt zueinander passten.

Als sollte es so sein.

Verdammter Boom.

»Ich liebe dich«, sagte ich. Ich hatte ihr genug Zeit gegeben. Es war dennoch zu früh, denn ihre glasigen Augen weiteten sich. Sie musste allerdings hören, dass ich ein Mann war, der wusste, was er wollte, und nicht irgendein Junge, der mit seinem Schwanz dachte. Sie gehörte zu mir.

Die letzten paar Tage waren stressig gewesen, und jetzt wollte sie mich abweisen. Nach allem, was mit Tara vorgefallen war, wie könnte ich ihr das verübeln? Ich hatte dieses Miststück in unser Leben geholt. Auch wenn all das vor Millie geschehen war, bereute ich es dennoch.

Mein Engel musste jedoch wissen, dass ich sie nicht gehen lassen würde. Ich hatte zu viel durchgemacht, in der Navy als auch im echten Leben, zu sehr gekämpft und noch härter gearbeitet, um nun meinen Preis loszulassen. Genau das war sie. Der Preis für meinen Einsatz in der Hölle. Mein Wunder, das mir gezeigt hatte, dass ich nicht der verdammte Blechmann war. Ich hatte ein Herz.

»Ich liebe dich«, wiederholte ich mit fester Stimme. »Und du gehörst zu mir.« Als sie still blieb, umfasste ich ihren Hinterkopf. Ihr Atem ging stoßweise, während sie mich anstarrte. In diesen wunderschönen dunklen Augen spiegelte sich so viel von mir wider. »Sag etwas«, forderte ich sie auf, und sie blinzelte.

»Herrisch«, murmelte sie mit einem leisen, verdammt süßen Schniefen. Ihre weichen, zarten Hände hielten mein Gesicht, als sie mich betrachtete. In diesem Moment wusste ich, dass sie mich auch liebte. Ich konnte den Kampf in ihr erkennen, um die Worte herauszubekommen. Worte, die ich noch nicht brauchte.

»Willst du nach Hause? Ich fahre dich«, bot ich an und sah die Verwirrung in ihrer Miene, als sie verstand, was ich gesagt hatte.

»Wirst du?«

»Ja.« Es klang etwas abgehackt. »Aber du solltest darauf gefasst sein, dass ich direkt neben dir auf der Couch sitzen werde, oder neben dir am Küchentisch, oder mit dir in deinem Bett liegen werde«, erklärte ich, als wäre es ein Gesetz. Sie schob ihre Unterlippe vor.

»Wirst du?« Ihre Augen wurden groß, der Ausdruck in ihnen verletzlich. Ich wollte in ihr versinken und sie an mich binden.

»Ich gehe nirgendwo hin«, versprach ich ihr, und ich würde es eine Million Mal tun, wenn es nötig wäre. So oft, wie sie es brauchte, um ihr deutlich zu machen, dass sie und ich gegen den Rest der Welt antraten. Dass es uns von nun an nur im Doppelpack gab. »Um das klarzustellen, Millie. Ich bin dein Mann. Ich bin nicht irgendein dummer Junge, der nur mit seinem Schwanz denkt.«

»Funktioniert das überhaupt?« Sie verzog das Gesicht, und ich schüttelte den Kopf.

»Keine Ahnung, aber ich weiß, was ich will. Und ich will es mit dir, für immer«, erklärte ich, während ich uns zur Haustür führte. »Möchtest du zu dir? Hast du noch etwas zu erledigen? Dann fahren wir los und machen es dort. Zusammen.«

»Du bist ganz schön heftig«, flüsterte sie, aber ich konnte hören, dass sie jedes Wort zu schätzen wusste.

»Du hast gesagt, du gehst nicht mit Männern wie mir aus. Nur muss ich deine Blase jetzt zum Platzen bringen, Engel, denn du triffst dich nicht nur mit mir, wir beide stecken in einer verdammt ernsten Beziehung.«

»Ich liebe dich«, hauchte sie. Ich löste eine Hand von ihrem Po und ließ sie zu ihrem Hinterkopf wandern, um ihr weiches Haar zu spüren.

»Sag es noch einmal«, forderte ich sie auf, mein Gesicht ganz nah an ihrem.

»Ich liebe dich, Patrick. Ich ...« Bevor sie noch mehr sagen konnte, bedeckte ich ihren Mund mit meinem. Es wurde nicht mehr geredet. Zumindest nicht mit Worten. Ich küsste sie mit unausgesprochenen Versprechen, und sie erwiderte sie. Wir entledigten uns unserer Kleidung, Stück für Stück. Mit den Lippen berührte ich jeden Zentimeter ihrer Haut, den ich entblößte. Gemeinsam gingen wir in mein Schlafzimmer und sie zog an meinem Gürtel.

»Warte, Babe ...«

»Was?«

»Du wolltest nach Hause?«, wandte ich leise ein. Was zum Teufel war mein Problem, dass ich in dem Moment aufhörte, als es perfekt wurde.

»Was?«, flüsterte sie und ich umfing ihr Gesicht. Verdammt, sie war hinreißend. An ihrem verschleierten Blick erkannte ich, dass sie genauso in der Leidenschaft zwischen uns verloren war wie ich.

»Nach Hause?«

»Wenn ich mit dir zusammen bin, bin ich schon dort«, wisperte sie, und ich hörte die Verletzlichkeit in ihrer Stimme. Mein Schwanz wurde noch härter. Ich hatte das Gefühl, im Lotto gewonnen zu haben. Als wäre ich verdammt noch mal unbesiegbar, und ich wollte ihr meine Wertschätzung zeigen.

Die. Ganze. Nacht. Lang.

13

Millie

»Hey, *viejito*«, grüßte ich meinen Grandpa, als die Videoverbindung hergestellt war, und winkte ihm zu. Sein Lächeln verwandelte sich in ein ernstes Gesicht und er verdrehte seine hellgrünen Augen.

»*Viejito*?« Er sah mich gespielt beleidigt an. »Ich bin nicht alt! Wenn du mich weiter so nennst, geht mein Ruf den Bach runter«, murmelte er und brachte mich zum Kichern.

»Wie geht es dir? Isst du gut? Fühlst du dich wohl?« Ich bombardierte ihn mit Fragen, aber inzwischen war er daran gewöhnt.

»Himmel, *Mija*, was soll das Kreuzverhör«, beschwerte er sich, obwohl wir beide wussten, dass er die Aufmerksamkeit genoss.

»Gramps.«

»Mir geht es gut.« Er schüttelte den Kopf. »Ich esse hervorragend. Mrs Rosales, du weißt schon, Mondos neue Nachbarin?«, half er mir auf die Sprünge. Ich nickte und versuchte, mein Lächeln zu verbergen. Die verwitwete Mrs Rosales war vor etwa fünf Jahren in die Gegend gezogen und in meinen Großvater vernarrt, seit sie ihn zum ersten Mal gesehen hatte. Nicht dass er das jemals zugeben würde.

»Nun, sie hat mir etwas *caldo* ... Hühnersuppe mitgebracht.« Jetzt war ich an der Reihe, mit den Augen zu rollen. Das war sein neues Ding. Eine unterschwellige Art, mich dazu zu bringen, wieder nach Hause zu kommen. Da ich meine Muttersprache nicht mehr so oft verwendete, übersetzte er mir spanische Wörter. Er schwor, dass ich in einer Woche alles vergessen hätte.

»Mir ist klar, was *caldo* bedeutet.«

»Oh.« Er zuckte mit den Schultern. »Ich weiß doch nicht, ob du dein ganzes Spanisch da draußen in *Honkytonkville* verlernt hast.«

»*Aye, Abuelo.*« Ich stöhnte auf. »Ich wohne nicht in der Pampa.«

Er nahm sich einen Moment Zeit und seufzte ausgiebig.

»Du siehst glücklich aus«, sagte er und runzelte die Stirn, wodurch sich die Falten darauf vertieften. Am liebsten wäre ich jetzt bei ihm, um sie glatt zu streichen, auch wenn mir klar war, dass er es nicht erlauben würde. Dieser stolze, starrköpfige, alte Mann.

»Ich bin glücklich.« Mein Lächeln versuchte ich mir zu verkneifen, aber ein leichtes Schmunzeln ließ sich nicht zurückhalten.

»Und das besorgt mich«, sagte er knapp und lehnte sich weiter in seinen Sessel, während ich leise lachte.

»Man sollte meinen, du würdest dich darüber freuen, dass deine Enkelin so gut gelaunt ist.«

»Pfft. Deine Mutter und ihre verrückten Ideen.« Er schüttelte den Kopf. »Warum konnte sie dir nicht sagen, du sollst Urlaub auf Balkonien machen und auf dem Low Rider eines *vato* – eines Freundes – von hier mitfahren?«

»Oh mein Gott.« Ich lachte laut auf und zog die Knie an, um mein Kinn darauf abzustützen. Ich betrachtete Grandpa über das Display. »Erstens, woher weißt du, was *Urlaub auf Balkonien* ist?«

»Mrs Rosales.«

»Sie ist eine Witwe, das ist dir bewusst?«, erinnerte ich ihn.

»Ist es«, murmelte er und zwinkerte mir zu. Freundlichkeit und Liebe kehrten in diese hellen, jadefarbenen Augen zurück, die ich so gut kannte. Grandpa war in vielerlei Hinsicht eine Vaterfigur für Candi und mich gewesen. Er war vielleicht nicht der herzlichste Mann auf dem Planeten, aber wir wussten immer, dass er sich um meine Mutter und uns kümmerte und uns half, wo er nur konnte.

»Also, was sagst du?«

»Worüber?«

»Ein Urlaub auf Balkonien und ein *vato* mit einem Low Rider. Ich bin sicher, dass ich ein paar Kerle aus dem Laden dazu bringen kann, einige Optionen für dich zu finden ...«

»Oh Jesus!« Ich bedeckte mein Gesicht vor Scham, bevor ich ihn erneut ansah.

»Ist das ein Nein?«, entgegnete er und klang dabei ein bisschen niedergeschlagen. Wieder musste ich lachen.

»Ich vermisse dich«, flüsterte ich, und schon war sein Stirnrunzeln verschwunden.

»Ich vermisse dich auch, *Mija. El trabajo esta bien?*«

»Die Arbeit ist gut. Viel zu tun.«

»Ja? *Y eso?*«

»Viele Motorräder«, teilte ich ihm mit und lächelte, wobei ich mir verkniff, ihm etwas von der verrückten Frau zu erzählen, die mich von Blaze wegscheuchen wollte. Er würde sich nicht nur Sorgen machen, sondern auch fragen, wer zum Teufel Blaze war.

»*Motos.* Du hast deinen tollen Job als Designerin aufgegeben, um Telefonate für irgendeinen Idioten zu beantworten, der *motos* repariert.«

»Sie bieten auch Spezialanfertigungen an«, erzählte ich, in der Hoffnung, seine Neugier für den Designaspekt zu wecken. Mein Grandpa hatte eine Werkstatt besessen und selbst schon ein paar Klassiker umgebaut. »Du solltest dir ein paar davon ansehen, Gramps. Ich glaube, sie würden dir gefallen.«

»Hm«, murrte er. »Ich habe gehört, du hast jemanden kennengelernt.« Verdammt, damit war meine Schonfrist wohl vorbei.

»Hast du?«

»Mondo hat es mir erzählt.« Verräter!

»Ich habe jemanden kennengelernt«, bestätigte ich leise, und er blinzelte. Ich konnte sehen, wie die Neugier an ihm nagte.

»*Y que*? Werde ich ihn treffen, oder wirst du jetzt, wo du da draußen lebst, deine Familie vergessen?«

»*Abuelo*«, schimpfte ich, »so ist es nicht.«

»Wie heißt er?«

»Blaze«, platzte ich heraus und wünschte, ich hätte Patrick gesagt.

»Wie war das?«, hakte er nach und setzte sich mit finsterem Blick auf.

»Gramps ...«

»Blaze? Was ist das denn für ein *chingado* Name?«

»Das ist sein ... Straßenname«, teilte ich ihm mit, denn ich wollte ihn keineswegs anlügen. Dinge auslassen und den Mund halten? Das hätte ich auf jeden Fall getan. Dem alten Mann ins Gesicht lügen? Niemals. Auch nicht, als ich in meinem zweiten Jahr auf der Highschool war und Mondo mich zu meinem Geburtstag in eine Kneipe mitgenommen hatte, wo ich mein erstes Bier bekam. Als die Schule anrief und eine Nachricht hinterließ, dass ich geschwänzt hatte, hörte mein Grandpa diese als Erster ab. Geradeheraus fragte er mich, ob ich getrunken hatte, und ich war ehrlich, auch wenn ich die Wahrheit vor ihm verbergen hätte können.

»Straßenname«, wiederholte er und schüttelte den Kopf. »Ich gebe deiner Mutter die Schuld.«

»Grand...«

»Lass mich raten, er fährt eine Harley?«

»Außerdem hat er zwei sehr erfolgreiche Unternehmen und leistet seinen Beitrag zur örtlichen Gemeinschaft«, informierte ich ihn und hoffte, dass er dadurch ein wenig nachgeben würde, wenn es darum ging, dass Blaze in einem Motorradclub war.

»Hm. Ich weiß nicht so recht, *Mija*. Du bist so weit weg und …«

»Ich liebe ihn, *Abuelo*«, unterbrach ich ihn und war mir sicher, dass ich das noch nie getan hatte. Für einen Moment erstarrte er, dann schüttelte er den Kopf.

»Du weißt nicht, was Liebe ist«, meinte er, und ich wurde ernst.

»Wirklich, Gramps? Das denkst du von mir? Ich sage dir jetzt was: Ich, Millagros, deine Enkelin, die nie ausgegangen ist und nie ein Problem verursacht hat. Die du, Candi, Mondo und *Mami* eine Nonne genannt haben. Ich, die ständig überlegt und alles zerdenkt. Ich erzähle dir, dass ich verliebt bin, und du sagst mir, ich wüsste nicht, was das sei? Ach, wirklich?«

»*Mija* …«

»Ich bin keine verknallte *quinceañera*, Gramps. Wie alt bin ich denn? Ich bin eine erwachsene Frau.«

»Das ist mir bewusst«, murmelte er und rieb sich das Kinn, während er mich über den Bildschirm beobachtete. »Du bist nur so weit weg, dass ich mir Sorgen mache«, sagte er leise, und ich lächelte.

»Ich weiß. Aber ich verspreche, dass es mir gut geht.«

»Du liebst diesen *Fuego*-Kerl wirklich?«

»Blaze.«

»Hm … ein wirklich lächerlicher Name«, beschwerte er sich erneut und kratzte sich am Kopf, bevor sein Blick wieder mich fand. »Du liebst ihn? Wirklich?«

»Ja. Er ist …« Ich versuchte, die richtigen Worte zu finden, aber es gab kein einziges, das meine Gefühle für Blaze zusammenfassen konnte. Es war unmöglich. »Erinnerst du dich, dass ich mich unter fremden Leuten nie wohlfühle?«

»Ja.«

»Bei ihm war das von Anfang an anders. Er ... sieht mich auf eine Weise, von der ich nicht dachte, dass es jemals jemand tun würde.«

»Wie?«

»Wie ... keine Ahnung.« Schüchtern zuckte ich mit den Schultern.

»*Dime*, sag es mir«, drängte er sanft, als wollte er es wirklich erfahren.

»Ich fühle mich gesehen. Als ob er mich versteht, und so wie er sich mir gegenüber verhält, *Abuelo* ...« Ich lächelte breit. »Er ist so groß. Auf jeden anderen würde er unheimlich wirken, aber zu mir ist er ein sanfter Riese. Er öffnet jede Tür für mich. Er sorgt dafür, dass ich esse. Er ruft mitten am Tag an, um sich nach mir zu erkundigen.«

»Er liebt dich auch«, bemerkte Gramps. »Verdammt, das ist schlimmer, als ich es für möglich gehalten habe.« Er bedeckte sein Gesicht. Ich kicherte darüber, wie dramatisch er sich verhielt.

»*Abuelo*!«

»Meine *niña* wird nicht mehr zurückkommen.« Er sagte es, als wäre es eine Tatsache, ohne die Traurigkeit zu verbergen, die er empfand. Ich presste die Lippen zusammen, denn Murfreesboro fühlte sich sehr nach Heimat an.

»Ich werde dich besuchen und du mich.«

»Das ist nicht dasselbe«, brummte er. Meine Freude geriet ins Wanken, denn er hatte recht. Es würde nicht dasselbe sein. »Jetzt sitze ich hier mit Candi und Mondo und all den Kindern fest, die sie eines Tages haben werden«, beschwerte er sich, und ich lächelte.

»Sie reden schon über Kinder?«, fragte ich, was er nicht

mitbekam, da er noch seinen eigenen Gedanken nachhing.

»Du bist die Einzige, die ihr Leben im Griff hat.«

»Wieso kriegt Mondo nichts auf die Reihe? Er hat ein Geschäft und ein Haus und ...«

»Und er hat sich deine Schwester ausgesucht.« Er kratzte sich am Kinn und richtete seine Aufmerksamkeit wieder auf mich. »Er und deine Schwester sind ...«

»Ich weiß.«

»Ist das okay für dich?«, hakte er vorsichtig nach, als würde er befürchten, bei mir auf eine Landmine zu treten. Beinahe hätte ich gelacht. Er hatte immer gehofft, dass aus Mondo und mir mehr werden würde.

»Ach komm schon, Grandpa. Fang nicht damit an«, entgegnete ich amüsiert. »Mondo und ich waren und werden immer nur Freunde sein.«

»Daraus hätte mehr werden können ...«

»Genau wie bei Candi und ihm«, stichelte ich und beobachtete, wie seine Miene sanfter wurde. »Was ist mit dir und Mrs Rosales? Ihr seid doch schon eine Weile *befreundet*«, wechselte ich die Richtung des Gesprächs. Er öffnete und schloss den Mund, um dann abwesend in die Ferne zu schauen. Ich wusste, dass er aus dem vorderen Fenster seines Hauses blickte.

»Deine Mutter würde sich freuen.« Seine Stimme war voller Emotionen. Er rieb sich über das Gesicht. »Ihre beiden Mäd chen *contentas*, glücklich, und all das.« Er schüttelte ungläubig den Kopf. »Diese verdammten Allergien.« Er räusperte sich, und ich wischte mir eine Träne aus dem Augenwinkel. Sie hätte gern gesehen, dass ihre beiden Mädchen zufrieden und verliebt waren.

»Ja. Wahrscheinlich ist es der Wechsel der Jahreszeit«, beteuerte ich und gab uns beiden einen Moment, um uns zu sammeln.

»Bist du wirklich glücklich, *Mija*?«, hakte er nach. Ich nickte, denn so wie jetzt hatte ich mich noch nie gefühlt. Selbst nach all den verrückten Dingen, die Tara getan hatte, war ich immer noch vollauf zufrieden. Allein der Gedanke an Blaze brachte mich zum Lächeln.

»Das bin ich.«

»Gut. Ich will den Kerl trotzdem kennenlernen. *Dios mio*, bitte lass ihn nicht tätowiert sein und ...« Gramps wurde leise. Er wusste es. Seit meinem ersten Tag war er ein Teil meines Lebens, also konnte er meinen Gesichtsausdruck problemlos deuten. »Also tätowiert?«

»Jepp.«

»*Mucho*?«

»Mehr als Mondo, aber nicht so schlimm wie Spider.« Spider war ein ehemaliges Gangmitglied, das in der Werkstatt meines Grandpas gearbeitet und wahrscheinlich achtzig Prozent seines Körpers tätowiert hatte.

»Verdammt«, murmelte er vor sich hin. »Solange er ein guter Mann ist, *Mija*, mit guten Absichten.«

»Absichten? *Abuelo*, das ist ein bisschen altmodisch.«

»*Nada de* altmodisch. Gute Absichten bedeutet, dass er dich nicht nur benutzt, um sein Bett zu wärmen, bis eine andere seine Aufmerksamkeit erregt.«

»Er sagt, er will ein Für Immer.«

»Klingt richtig«, bemerkte er und wirkte entspannter als zu Beginn dieses Themas. »Er muss dich auch wie eine verdammte Königin behandeln. Und wenn er dich zum Weinen bringt, werde ich zu euch fliegen und ihm eine kalifornische Tracht Prügel verpassen.«

»Okay, Gramps.« Wir hatten beide ein Lächeln im Gesicht.

»Solange du glücklich bist, bin ich es auch.«

»Danke, *Abuelo* ... Vielleicht können wir am Mittwoch per Videocall mit ihm sprechen und du kannst ihn kennenlernen«, bot ich an, denn ich wusste, dass es nicht viel brauchte, um Blaze zu überreden, meinen Grandpa zu treffen.

»*Aver.* Wir werden sehen. Vielleicht bin ich am Mittwoch nicht zu Hause.«

»Oh, warum?«

»Mrs Rosales möchte, dass ich sie zum Bingo begleite.«

»Bingo?«

»Ja, aber ich bin nicht sicher ...«

»Du solltest hingehen. Wir unterhalten uns und finden heraus, wann ich euch einander vorstellen kann.«

»Okay. Ich liebe dich, *Mija. Que dios me la bendiga.*«

»Ich liebe dich. Wir sprechen uns diese Woche.« Ich wollte das Telefonat gerade beenden, als er sich abrupt aufrichtete.

»Oh, und ruf Mondo an.«

»Ja, nicht das schon wieder.«

»Er vermisst dich. Mit ihm und Candelaria ist alles gut, aber du warst seine beste Freundin. Melde dich bei ihm, anstatt immer zu warten, dass er es tut.«

»Darüber hat er sich auch bei dir beschwert? Ihr zwei seid schlimmer als die alten Tratschtanten bei euch um die Ecke. Wenigstens haben sie *cafecito* und süßes Brot.«

»Wie kommst du darauf, dass wir das nicht haben? Unsere Gespräche sind besser. Er holt Tacos von *Kogi* und Kekse von diesem Cookie-Plug-Laden in Watts.«

»Oh mein Gott.« Wieder lachte ich auf. »Ich liebe dich.«

»Ich liebe dich mehr, *Mija.*« Sein Gesicht verschwand von meinem Bildschirm, und ich wählte Mondos Nummer.

»Was zum ... Wird es heute verdammt noch mal regnen?«, stieß er dramatisch aus und schaute nach draußen. Ich presste meine Lippen zusammen, um mir das Kichern zu verkneifen.

»Warum?«

»Weil du mich anrufst. Warte, hast du dich verwählt?«, stichelte er, und ich verdrehte die Augen.

»Was machst du gerade?«, fragte ich, als ich mich zurücklehnte und Mondo betrachtete, der auf seiner eigenen Couch saß.

»Ich hole gleich Candi ab. Wir gehen mit deinem Gramps Abendessen.«

»Schön ...«

»Was ist los?«, fragte er wie ein verdammter Gedankenleser. Ich hätte einfach nur mit ihm telefonieren sollen, anstatt wie sonst den Videocall-Button zu drücken.

»Nichts«, versuchte ich es abzutun, aber ich wusste, dass er es nicht so stehen lassen würde.

»Da ist was im Busch.«

»Du hast Grandpa von Blaze erzählt?«, brachte ich hervor und hörte sein tiefes Lachen, dann schenkte er mir ein verwegenes Grinsen.

»Er musste es wissen, bevor du mit einem Ring und ein paar Kindern im Schlepptau auftauchst.«

»Übertreibst du nicht ein wenig? Solange hätte ich nicht gewartet.«

»Bei dir, wer weiß. Also, was ist los?« Ich öffnete meinen Mund, aber er kam mir zuvor. »Du bist besorgt.«

»Ich bin ...«, begann ich zu leugnen, aber schlussendlich seufzte ich und spielte mit meinen Haarspitzen. »Nur ein kleines Drama«, murmelte ich und sah, wie er blass wurde.

»Drama mit einem Motorradclub? Wie bei *Sons*? Oder Drama wie ...«

»Drama wie, dass eine von Blaze' Ex-Sex-Freundinnen versucht, mich zu vergraulen.«

Mondo rieb sich über seine Glatze. »Verdammt. *Mean Girls*-Mist also?«, mutmaßte er, und ich nickte. »Du machst so was nicht.«

»Ich weiß.«

»Was wirst du tun? Ihr klarmachen, sie soll mit deiner Hand

sprechen?« Er sagte den letzten Teil mit hoher Stimme und reckte dabei sogar den Hals.

»Nein!« Ich konnte nicht anders und musste lachen.

»Was dann? Versuchst du, ganz friedlich und zivilisiert zu sein?«

»Ich habe mich in einer Bar geprügelt.« Kaum hatten die Worte meine Lippen verlassen, zuckte ich zusammen, doch Mondos Gesichtsausdruck zeigte, dass er mir nicht glaubte.

»Hör auf zu lügen. Wirklich?«

»Ich meine es ernst.«

»Was? Hat sie dich zuerst geschlagen? Lass mich mal sehen, halt das Telefon näher an dein Gesicht. Wo hat sie dich getroffen?«

»Hör schon auf.« Belustigt schüttelte ich den Kopf, dann wurde ich still. »Ich habe den ersten Schlag ausgeteilt«, gestand ich.

»Auf keinen Fall.« Seine Aufmerksamkeit war ganz auf mich gerichtet, während er herauszufinden versuchte, ob ich nur Blödsinn erzählte. Als er mir endlich glaubte, riss er die Augen auf. »Niemals! Unsere kleine Nonne fährt nach Tennessee und gerät in einer verdammten Bar in eine Schlägerei?«, rief er aus. Ich schnitt eine Grimasse. »Scheiße, Mills. Kamen die Bullen?«

»Ach sei still.« Mit den Händen bedeckte ich mein Gesicht. Ich konnte immer noch nicht glauben, dass ich Tara eine verpasst hatte.

»Musste dein Mann eine Kaution hinterlegen?«

»Mondo.«

»Süße, hier bist du nicht in so einen Mist geraten. Du musst vorsichtig sein, wenn du dich in Bars prügelst.«

»Ich weiß. Mach dir keine Sorgen. Es wurde keine Anklage erhoben.«

»Nicht einmal wegen Körperverletzung?«

»Nicht nach dem, was sie mit meinem Büro angestellt hat«,

murmelte ich ohne nachzudenken.

»Warte, was?«

»Nichts.«

»Verflucht, Millie, erzähl mir doch nichts. Was ist passiert?«

»Es war nichts. Sie hat nur ein Feuer gelegt«, sagte ich leise und sah, wie ein stürmischer Ausdruck in seine Augen trat.

»Was? Ein Feuer? Wo?«

»Bei mir zu Hause und im Büro.«

»Wie bitte? Und sie ist noch auf freiem Fuß?« Seiner Lautstärke war deutlich zu entnehmen, wie verärgert er darüber war, und ich atmete langsam aus.

»Mondo, das klingt schlimmer, als es ist.«

»Wurde das Feuer absichtlich gelegt?«, fragte er ernst.

»Ja.«

»Das ist verdammte Brandstiftung«, knurrte er. Ich wollte ihn beruhigen, aber er ließ mich nicht zu Wort kommen. »Und dein Mann ist mit diesem Scheiß einverstanden? Dass dieses Miststück in deiner Nähe Feuer legt?«

»Mondo. Atme«, verlangte ich. »Er ist stinksauer. Aber nach der letzten Nacht wird sie sicher aufhören.«

»Warum? Weil du sie geohrfeigt hast?«

»Ich habe sie geschlagen, vielen Dank auch.«

»Schön.« Die Sorge blieb in seiner Miene. »Verrückte Miststücke geben nicht auf, Mills.«

»Ich weiß nicht. Ich glaube ...«

»Du solltest nach Hause kommen«, sagte er streng, und ich holte tief Luft. Warum hatte ich den Vorfall nicht einfach für mich behalten?

»Mon ...«

»Ich meine es ernst. Du bist ganz allein da draußen.«

»Ich bin nicht allein. Blaze ...«

»Du hast gerade erst angefangen, dich mit diesem Kerl zu treffen. Wie ernst kann es schon sein? Sei klug, Mills.« Bei seinen Worten zuckte ich zusammen. »Süße, ich habe es nicht so gemeint. Es ist nur ...«

»Wie ernst ist es zwischen dir und Candi?«, fragte ich und hasste, wie verletzt ich mich fühlte, auch wenn Mondo keine Ahnung hatte, wie es um mich und Blaze stand.

»Das ist etwas anderes.«

»Wieso?«

»Weil wir uns unser ganzes verdammtes Leben lang kennen?«, erwiderte er, und meine Frustration stieg.

»Hör zu, Mondo, du weißt, dass du wie ein Bruder für mich bist. Ich liebe dich. Aber Blaze und ich sind fest ...«

»Ein paar Wochen und du bist fest mit ihm zusammen?«, unterbrach er mich sarkastisch.

»Mon ...«

»Sei nicht dumm, Mills. Mein Gott! Das sieht dir nicht ähnlich. Du bist keine hoffnungslose Romantikerin. Das warst du noch nie.«

»Nein, das war immer Candi.« Bei meiner Bemerkung zuckte ein Muskel an seinem Kiefer, es entsprach jedoch der Wahrheit. Ich war immer die verantwortungsbewusste Langweilerin gewesen, damit sie wild und frei sein konnte.

»Fang gar nicht damit an. Das hat nichts mit Candi zu tun. Sie hat sich verändert. Wenn du sie ab und zu anrufen würdest, wüsstest du das.«

»Warum muss ich diejenige sein, die sich bei ihr meldet?«, fragte ich. »Aber gut. Du hast recht, es geht wirklich nicht um sie. Mondo, ich liebe ihn.«

»Nach ein paar Wochen? Wie realistisch kann das sein?«

»Mon ...«

»Du solltest nach Hause zurückkehren.«

»Ich bin zu Hause!«, rief ich aus und schüttelte den Kopf. Ich war verärgert, wütend und verletzt. Und das war in meinem Fall nie eine gute Kombination. »Wie du schon gesagt hast, ich bin keine hoffnungslose Romantikerin. Ich bin nicht die Art von Frau, die sich einfach mitreißen lässt.«

»Das weiß ich.«

»Wenn ich dir also erzähle, dass ich in ihn verliebt bin, warum tust du dann so, als wüsste ich es nicht besser?«

»Weil ich mir verdammt noch mal Sorgen um dich mache«, entgegnete er ebenso energisch. Wir schwiegen beide, um uns einen Moment Zeit zum Runterkommen zu geben. »Kannst du wenigstens in Erwägung ziehen, wieder zurückzukommen? Ich meine ... Sieh mal, mir ist bewusst, dass du jemanden gefunden hast, mit dem du dich gut verstehst. Aber, Mills, was weißt du wirklich über ihn? Und diese Frau? Wie kannst du so sicher sein, dass sie einfach mit ihrem dummen Scheiß aufhört?«

»Mon.« Ich hasste es, dass ich diese Sache nicht einfach für mich behalten hatte. Ich und meine große Klappe.

»Denk einfach darüber nach. Das ist alles. Hier gab es keine verrückte Tussi, die hinter dir her war.«

»Nein, nicht seit Patty von *Figgy's* dachte, ich sei deine feste Freundin, und mir im ersten Studienjahr ihre Meinung dazu gesagt hat«, erinnerte ich ihn, und er lachte. Die Spannung ließ langsam nach.

»Versprichst du, dass du überlegst, wieder nach LA zu ziehen?«, fragte er erneut, und ich seufzte.

»Ich lasse es mir durch den Kopf gehen.« Ich wusste, dass er genau das hören wollte, und ich war zu müde, um mich zu wehren. Nach der letzten Nacht und dem Gespräch mit meinem Gramps, jetzt dem mit Mon, fühlte ich mich bei den drei Männern in meinem Leben wie das Seil in einem Tauziehspiel.

»Sag es.«

»Ich werde mir darüber Gedanken machen, nach LA zurückzukehren. Zufrieden?«, tat ich ihm den Gefallen, und er nickte.

»Gut. Wenn du etwas brauchst, bin ich hier.«

»Ich weiß. Ich sollte jetzt gehen.«

»Ja, ich auch.«

»Grüß Candi von mir.«

»Mach ich.« Er nickte und beendete den Videocall.

Im selben Moment kam Blaze zur Tür herein. Begierig nahm ich seinen Anblick in mich auf. Seine perfekt verblichene Jeans wies Risse an den Oberschenkeln und Knien auf. Nicht weil er sie so gekauft hatte, sondern weil sie durch harte Arbeit und Zeit sexy verschlissen war. Dazu ein schwarzes T-Shirt, das sich um seine Schultern schmiegte und mich dazu brachte, mich zurück in seine Arme zu sehnen und einige seiner Tattoos zu betrachten.

»Hey«, sagte er, sein Blick lag auf mir. Dieses tiefe Blau ... Ich sah es jedes Mal, wenn ich meine Augen schloss. »Alles in Ordnung?«, fragte er und neigte den Kopf. Die Tüten in seinen Händen erregten meine Aufmerksamkeit. »Mills?«, hakte er erneut nach, und ich konzentrierte mich auf sein Gesicht.

»Prima.« Lächelnd stand ich auf und ging zu ihm hinüber. »Mein Grandpa möchte dich kennenlernen«, warnte ich ihn vor und sah, wie seine Miene sanft wurde.

»Gut. Ich will ihn auch kennenlernen.« Er zwinkerte mir zu und beugte sich herunter, damit sich unsere Lippen zu einem süßen, sanften Kuss treffen konnten. Obwohl er viel zu schnell endete, ließ er all die verrückten Gedanken in meinem Kopf zur Ruhe kommen.

»Kann ich helfen?«, erkundigte ich mich und folgte ihm in die Küche.

»Ich mache das schon, aber zu einem Bier sage ich nicht Nein«, antwortete er, während er die Sachen aus den Tüten nahm und auf die Arbeitsplatte legte. Meine Küche war nicht groß, aber es gab ausreichend Platz.

»Alles in Ordnung?«, wollte er erneut wissen, während ich

ihm dabei zusah, wie er die Sachen einräumte. Es waren nur Einkäufe, dennoch klopfte mein Herz wie wild in meiner Brust. Er tat nichts verrückt Romantisches. Stattdessen räumte er Lebensmittel in meinen Kühlschrank ein. Doch vielleicht verliebte ich mich genau deswegen noch mehr in ihn.

»Was ist?«, fragte er, und ich bemerkte, dass er sich umgedreht hatte und mich genau beobachtete.

»Nichts.« Ich schüttelte den Kopf und wischte mir über die Augenwinkel. Meine Sicht war leicht verschwommen und meine Nase kribbelte.

»Babe, du machst mir Angst.« Er schloss den Kühlschrank und kam zu mir herüber, zog mich dicht an sich heran und legte seine Hand an meine Hüfte. »Geht es deinem Grandpa gut?« Ich nickte. »Deiner Schwester?« Wieder nickte ich, weil ich meiner Stimme nicht traute. »Was ist dann der Grund?« Er wischte eine Träne weg, und ich leckte mir über die Lippen.

»Ich liebe dich«, flüsterte ich. Doch er sah mich an, als würde er mich nicht verstehen.

»Ich liebe dich auch, Engel.« Zärtlich strich er über meine Wange.

»Nein.« Ich schüttelte den Kopf. Seine Augen verengten sich, und ich senkte den Blick, um mein Tattoo mit den Worten meiner Mom auf meinem Arm zu sehen. Er hatte sie dort für mich verewigt. Erneut begannen die Tränen zu fließen.

»Millie?«

»Ich liebe dich.«

»Okay.«

»Es ist nur so, dass ich mit Mondo gesprochen habe und er will, dass ich darüber nachdenke, wieder nach Hause zu gehen.«

»Was?«

»Ich habe es vermasselt und ihm von Tara, meiner Auseinandersetzung mit ihr und den Bränden erzählt.« Ich redete wirres Zeug und überschlug mich in meiner Nacherzählung über das Gespräch, das ich gerade geführt hatte. »Aber ich kann nicht darüber nachdenken, zurück nach LA zu gehen.« Ich trat zurück und wischte mir über das Gesicht.

»Warum?«

»Wenn ich dich hier so sehe, wird mir etwas klar.«

»Was wird dir klar, Babe?« Seine liebevolle Art ließ meine Emotionen erneut überlaufen.

»Ich bin bereits zu Hause«, flüsterte ich. »Hier. Bei dir und ...« Meine Stimme brach. Er hob mich hoch und trug mich zur Couch, wo er sich mit mir auf seinem Schoß hinsetzte. Doch ich blieb nicht in dieser Position, platzierte mich stattdessen rittlings auf ihm und presste mich dicht an ihn.

»Babe, du musst weiterreden.«

»Es macht mir Angst«, gestand ich und sah zu ihm auf. Selbst in diesem Moment musste ich zu ihm aufblicken. Ich liebte das.

»Was denn?«

»So wie ich für dich empfinde. Ich habe das noch nie gemacht«, schniefte ich. »Tausendprozentig mit jemandem zusammen zu sein. Und ich weiß nicht, ob das zu viel für dich ist oder ob ich zu schnell vorgehe, aber ...« Als sein Körper von einem herzhaften Lachen durchgeschüttelt wurde, verstummte ich. »Warum lachst du?« Statt zu antworten, amüsierte er sich nur noch mehr. Allein sein Anblick ließ meine eigenen Mundwinkel zucken. »Patrick! Ich meine es ernst.«

»Das ist mir klar. Oh Gott.« Er schloss seine Lider und neigte sein Gesicht zur Decke. Ich hatte keine andere Wahl, als seine Wangen zu umfassen, damit er mich wieder ansah. Aus nächster Nähe konnte ich beobachten, wie er seine Augen öffnete. Wieder verlor ich mich in diesem Blau. Es hörte sich verrückt an, aber es kam mir vor, als wäre ich schon unzählige Male darin versunken.

»Mein eigenes Wunder auf Erden«, sagte er leise, als sein Lachen abebbte. Die Aufrichtigkeit in seiner Stimme ließ die Schmetterlinge in meinem Bauch wild umherflattern. »Ich bin ganz deiner Meinung, Milagros.« Mein Name klang so perfekt, wenn er ihn aussprach. »Ich stecke ebenso tief drin und bin völlig gefangen, verstehst du?« Ich nickte und versuchte, nicht all die Emotionen zu mir durchdringen zu lassen.

»Zweifle nie daran, was ich für dich empfinde oder was zwischen uns ist. Ich weiß, das klingt total verrückt. Wenn mir ein anderer sagen würde, dass er nach ein paar Wochen schon so hin und weg für eine Frau ist, würde ich ihm vorschlagen, sich mal neurologisch durchchecken zu lassen.« Ich kicherte, denn mir war klar, was er meinte. »Aber niemand sonst versteht die Verbindung zwischen uns, nur du und ich, Millie. Wir spüren, wie real das ist. Und was die Angst angeht, Babe, es gibt nichts, wovor du dich fürchten musst. Dein Herz, deine Seele und dein Körper sind bei mir an einem sicheren Ort. Ich würde eher töten oder sterben, als zuzulassen, dass dir jemand auch nur ein Haar krümmt, hast du mich verstanden?« Ich nickte und drängte mich noch enger an ihn, woraufhin er mich fest umarmte. Das Gesicht schmiegte ich in seine Halsbeuge. Ich atmete tief ein und erkannte, dass sein Geruch von nun an immer mit *Zuhause* verbunden sein würde.

Blaze

Um mich abzulenken, schenkte ich neben Jinxs Getränke aus, während Millie eine weitere *Paint Nite* in *Daniel's Bar* veranstaltete. Es waren mehr als zwei Wochen vergangen, seit sie mit ihrer Familie in Kalifornien gesprochen und wir ein klärendes Gespräch über die Dinge zwischen uns geführt hatten. Das hatte unsere Beziehung auf eine neue Ebene gehoben. Entspannte Abende unter der Woche, am Mittwoch fuhr ich sie nach Nashville und an den Wochenenden schauten wir bei den Partys im Clubhaus vorbei.

Das Leben war wahnsinnig gut. Und ruhig.

Was auch immer für eine haarsträubende Vorstellung Tara über meine lockere Affäre mit ihr gehabt hatte, schien zum Glück der Vergangenheit anzugehören. Sie trank etwas mit einem Typen in der hintersten Ecke der Bar und es wirkte, als stünden sie sich ziemlich nahe. Tara und Millie waren sich nicht mehr über den Weg gelaufen.

Meine Frau war dafür zu beschäftigt. Mehr als dreißig Leute hatten sich für ihren Kurs heute Abend angemeldet, und so wie es aussah, lief es gut. Alle lächelten und machten mit, und die Kellnerinnen, die sich um ihren Bereich kümmerten, hatten alle Hände voll zu tun, die Getränkewünsche abzuarbeiten.

»Ich bringe den Müll raus. Brauchst du etwas?«, fragte Jinx und holte mich damit in die Realität zurück. Ich sah zu meinem besten Freund hinüber, der wie ein Bruder für mich war, und schüttelte den Kopf.

»Nein, alles in Ordnung.« Er nickte und ging durch die Türen in die kleine Küche im hinteren Teil unserer Bar.

Mein Blick wanderte immer wieder zu der Frau, die mich verdammt noch mal verzaubert hatte. *Verhext.* Amüsiert über diese Vorstellung, wischte ich den Tresen ab und brachte einem Kunden ein Bier. Das Wort *verhext* war mir noch nie zuvor in den Sinn gekommen. Mein Gott, sie hatte mich so um ihren Finger gewickelt, dass ich mich nie wieder von ihr lösen wollte.

»Blaze!«, rief Jinx, und ich drehte mich um. Sein Gesichtsausdruck bescherte mir ein sehr ungutes Gefühl in der

Magengrube, und ich setzte mich in Bewegung. »Nimm den Feuerlöscher mit«, wies er mich an. Ich griff mir das Ding und überließ Maggie, eine der Kellnerinnen, die Bar.

In der Küche angekommen, war jedoch kein Brand zu entdecken.

»Jinx, was soll der Scheiß, Mann. Das ist nicht lustig«, murmelte ich und sah, wie er finster dreinblickte und auf die Hintertür zeigte.

»Mills Auto«, rief er und ich folgte ihm durch die Hintertür nach draußen, wo wir heute Abend geparkt hatten.

»Fuck«, fluchte ich leise, als ich ihre kleine gelbe Todesfalle betrachtete. Flammen loderten aus der Motorhaube und der Fahrerseite. Ich begann zu löschen, bis uns nur noch dichter Qualm einhüllte.

»Was zum Teufel ist das?«, fragte Jinx neben mir, als sich der Rauch verzogen hatte. Papiere wehten davon, einige verbrannten auf ihrem Auto zu Asche.

Deutlich war darauf eine Handschrift zu erkennen.

Ich bückte mich und schnappte mir einige der Zettel. Jinx hob so viele auf, wie er konnte, ohne die verbrannten zu berühren.

»Blaze.« Jinx' Tonfall klang todernst, genau wie ich mich fühlte.

»Was zum Teufel?«, fluchte ich leise, als ich die Nachrichten überflog. Das Gekritzel auf den Seiten las sich wie der Liebesbrief eines Verrückten. Auf einigen stand ihr Name in derselben krakeligen Schreibschrift.

»Ich glaube nicht, dass das Tara ist, Mann«, meinte Jinx und sprach damit meine Gedanken aus. *Meins, nicht seins* stand auf einem weiteren Blatt geschrieben. Immer und immer wieder.

»Scheiße.« Mein Magen sank ins Bodenlose. Ich hatte keine Ahnung, wer das geschrieben hatte, aber ich wollte es herausfinden und den Arsch zur Rechenschaft ziehen.

»Wie bitte? Jemand hat was getan?«, stieß Mills entsetzt aus.

Kerzengerade saß ich da und hielt sie auf meinem Schoß. Ich ließ nicht zu, dass sie sich von mir löste. Wir waren im Pausenraum des Bike Shops mit Wes, July und Harlen. Wir hatten ihr gerade erzählt, dass jemand vor einiger Zeit etwas auf ihre Autotür gesprüht hatte.

»Wieso hast du mir das verschwiegen?« Dabei sah sie mich an, als könnte sie nicht glauben, was ich getan hatte. Ich konnte es ihr nicht übel nehmen.

»Millie«, murmelte ich, aber sie beruhigte sich und sah in Wes' Richtung.

»Und warum du?«, wandte sie sich an ihn.

»Ich kann das nicht glauben, Wes«, mischte sich July ein und verschränkte die Arme, während sie ihren Mann betrachtete, der sich mit den Händen durch die Haare fuhr.

»Wir wussten nicht, wer dahintersteckte.«

»Was ist mit den Überwachungskameras?«, hakte Millie nach.

Ich biss mir auf die Innenseite der Wange. Die gleiche Frage hatte ich ihm bereits in Bezug auf beide Brände gestellt. Aber es schien, als hätte der Täter Ahnung vom Clubhaus und würde die toten Winkel der Sicherheitskameras kennen. So hatte die Person entkommen können. Mehr als einen kurzen Blick auf jemanden in einem dunklen Kapuzenpullover gab es nicht. Genau wie bei dem Feuer an Millies Arbeitsplatz.

»Es war niemand darauf zu erkennen«, erklärte er und schaute in meine Richtung.

»Engel, bis wir herausgefunden haben, wer dafür verantwortlich ist, muss immer jemand bei dir sein.«

»Bei mir?«, entgegnete sie. »Blaze ...«

»Darüber diskutieren wir nicht«, sagte ich so sanft wie möglich und streng wie nötig, damit sie den Ernst der Lage verstand.

»Bevor du nach Murfreesboro gekommen bist ... hat es da jemanden für dich gegeben?«, erkundigte sich Wes vorsichtig, und sie runzelte die Stirn.

»Wie meinst du das?«

»Einen Mann, mit dem du ausgegangen bist oder mit dem du deine Zeit verbracht hast?«, forschte Wes weiter nach, und ich knirschte mit den Zähnen, weil mir die Richtung dieses Gesprächs nicht gefiel.

Es war verdammt lächerlich, so zu empfinden. Wes erkundigte sich nach einer Zeit vor mir, bevor sie überhaupt gewusst hatte, dass ich existierte. Dennoch ließ mich die Vorstellung, dass ein anderer in ihrer Nähe gewesen war, sie berührt und zum Lachen gebracht oder sie geküsst hatte, rotsehen.

»Nein.« Sie schüttelte den Kopf. »Ich habe einen Monat lang in Nashville gearbeitet, aber mit dem Geld, das ich mit den *Paint Nite's* verdiente, hat es keinen Sinn gemacht, dort zu leben.«

»Hast du vielleicht jemanden verärgert?«, hakte er nach, und sie rollte mit den Augen.

»Ich weiß, dass das wegen des Streits mit Tara vielleicht schwer zu glauben ist, aber ich hatte zuvor nie solche Probleme.«

»Das wissen wir, Babe.« Ich küsste sie auf die Wange und spürte, wie sie sich entspannte.

»Ist mein Auto in Ordnung?«

»Ja«, sagte Wes.

»Es muss gereinigt und gelüftet werden, aber Ende der Woche hast du es wieder«, mischte sich Harlen ein. »In deinem Wagen lagen ein paar Liebesbriefe von Blaze. Einer der

Männer hat sie bei der Inspektion gefunden.« Er reichte ihr einen Umschlag. »Wir haben vergessen, sie dir zurückzugeben.«

»Liebesbriefe?«, erkundigte ich mich stirnrunzelnd, als Millie sich nach vorne beugte und den Umschlag entgegennahm.

Sie drehte sich um und lächelte. »Ja, die Nachrichten, die du an meinem Auto hinterlassen hast.«

»Welche Nachrichten?«, fragte ich und ein ungutes Gefühl machte sich in mir breit.

»Die Zettel, die du auf meinem Auto hinterlassen hast«, wiederholte sie. Ich nahm ihr den Umschlag aus der Hand und starrte darauf. »An der Windschutzscheibe«, fügte sie hinzu, als würde das für mich einen Sinn ergeben.

Mein Herz raste, als ich die Schrift betrachtete, und mir drehte sich der Magen um.

»Blaze«, mischte sich Wes ein, aber meine Aufmerksamkeit galt den Notizen in meinen Händen. Es waren mehr als zehn Stück.

»Wann hast du die bekommen?«, fuhr ich Millie schärfer als gewollt an und ignorierte Wes.

»Was?«, flüsterte sie. »Blaze ...«

»Wann hast du die bekommen?«, fiel ich ihr ins Wort und versuchte mich zu beruhigen, als ich ihren Blick bemerkte. Sie war verängstigt. Das stand ihr förmlich ins Gesicht geschrieben, und mein Verhalten machte es nur noch schlimmer.

»Nachdem wir ein Paar wurden«, antwortete sie leise und war wie erstarrt. »Sie klemmten nach der Arbeit unter meinem Scheibenwischen oder bevor ich morgens wegging.«

»Was zum Teufel?«, murmelte Harlen, während wir drei uns schweigend ansahen und alle zu demselben Schluss zu kommen schienen. Das bedeutete, dass derjenige, der hinter all dem Mist steckte, wusste, wo sie wohnte. »Scheiße«, fluchte ich, und Wes tat es mir gleich.

»Sie waren nicht von dir«, wisperte Millie. Mein Kiefer krampfte sich zusammen, als ich verneinte.

»Es tut mir leid, Babe«, murmelte ich und spürte, wie sie zu zittern begann.

»In Ordnung, lasst uns besonders vorsichtig sein«, sagte sie mit leiser Stimme und ich legte den Arm um sie und zog sie näher an mich heran. Mir war egal, dass Wes, July und Harlen gleich daneben standen.

14

Millie

Das Leben war gut. Nun ja, so gut, wie es sein konnte, wenn immer Freunde in der Nähe waren und man das Gefühl hatte, ständig über die Schulter schauen zu müssen, weil ein Verrückter hinter einem her sein könnte.

Doch nichts davon würde mich heute aus der Ruhe bringen. Eine Woche war vergangen, seit mein Auto in Brand gesteckt worden war. Es war ein Samstagmorgen und ich lag mit einem völlig nackten Blaze im Bett. Wir hatten beide frei, ohne irgendwelche Pläne.

»Was willst du heute machen?«, fragte er und drehte sich zur Seite, sodass wir uns gegenüberlagen und ich gleichzeitig einen besseren Blick auf ihn werfen konnte. Gott, er war unglaublich. Er hatte nicht nur einen Körper wie ein griechischer Gott und war tätowiert wie ein Bad Boy. Nein, er hatte auch eine ganz andere Seite an sich. Er erschien anderen gegenüber oft ruppig, mir gegenüber verhielt er sich jedoch immer liebevoll. Sanft. Ich grinste, als ich meine Hand über seine Haut gleiten ließ und mich an den muskulösen Linien unter seinen Tattoos erfreute.

»Ich hätte nichts dagegen, auszuschlafen«, antwortete ich und spürte seine Härte an meinem Oberschenkel.

»Was, ausschlafen?«, hakte er nach, seine Stimme noch rau.

»Hm ...« Ich senkte den Kopf und drückte meine Lippen gegen den oberen Teil seines Brustkorbs, bis hinauf zu seinem

Schlüsselbein. »Ausschlafen«, wiederholte ich und leckte über seine erhitzte Haut.

»Es gibt nur ein Problem, Engel.«

»Und das wäre?«

»Wir sind wach«, merkte er an, während er seine Hand zu meiner nackten Schulter wandern ließ. Mit den Fingern strich er über den dünnen Träger meines Tanktops.

»Das ist wahr«, flüsterte ich gegen seinen Hals und spürte das Grollen seines Knurrens. »Wenn es doch nur etwas gäbe, das uns wieder müde machen würde«, neckte ich ihn, und seine Hände fuhren zu meinen Hüften.

Bevor mehr geschehen konnte, ertönte ein festes Klopfen an meiner Haustür, und wir hielten beide inne. Zur selben Zeit klingelte mein Handy, und ich sah Blaze an.

»Ich mache die Tür auf, du gehst ans Telefon, und danach werde ich dafür sorgen, dass wir beide ausgepowert sind«, sagte er, bevor er mir einen harten Kuss auf die Lippen drückte und sich vom Bett erhob.

»Mon? Ist alles in Ordnung?«, fragte ich, gleich nachdem ich den Anruf entgegengenommen hatte. Dabei beobachtete ich Blaze, wie er nach seiner Jeans griff und sie über seinen nackten Körper zog, ehe er das Schlafzimmer verließ.

»Ja, es wäre besser, wenn du deinen Hintern aus dem Bett bewegst und die Tür öffnest«, erwiderte Mondo, und ich runzelte die Stirn.

»Was meinst du damit ...?« Ich verstummte.

»Mills, hör auf herumzualbern und öffne die ...«

»Wer zum Teufel bist du?« Blaze' tiefe Stimme schallte durch mein kleines Haus.

»Verdammt!« Ich ließ das Telefon fallen und eilte ins Wohnzimmer. Abrupt blieb ich stehen und betrachtete die zwei Männer an der Tür.

Blaze' nackter Rücken war mir zugewandt, während sich die

beiden schweigend anzustarren schienen. Als Mon mich bemerkte, wurde sein Blick sanfter, zumindest so sanft, wie es einem großen Kerl von seiner Statur möglich war. Bei dem Anblick meines besten Freundes lächelte ich und eilte ohne nachzudenken zu ihm hinüber.

»Oh mein Gott!« Freudig überrascht schob ich mich an Blaze vorbei und umarmte den Mann, der wie ein Bruder für mich war. Sanft legten sich Mons Arme um mich und ich blickte zu ihm auf. »Was machst du denn hier?«

»Ich musste mich vergewissern, dass es dir gut geht.«

»Ich glaube, das habe ich im Griff. Was soll der Scheiß, Babe?« Ein Blick über meine Schulter genügte, um einen verärgerten Blaze vorzufinden.

»Blaze, das ist Mondo. Mondo, das ist mein Blaze.«

»Dein Blaze, was?«, murmelte Mondo leise und hielt Blaze die Hand hin.

»Dein bester Freund Mondo?«, fragte Blaze, als er die Begrüßungsgeste erwiderte.

»Der einzig Wahre.« Grinsend sah ich zu Mondo hoch. Er hatte eine Glatze, einen dunklen Ziegenbart und Tätowierungen auf der Kopfhaut und am Hals. Lächelnd sah er mich aus seinen dunklen Augen an. »Du wirkst sehr glücklich«, bemerkte ich, und seine Lippen zuckten.

»Das bin ich auch. Noch glücklicher wäre ich, wenn meine beste Freundin ihren Kopf klar kriegen und nach Hause kommen würde.«

»Sicher nicht«, brummte Blaze, zog mich von Mondo weg und zurück an seine Seite. »Wie wäre es, wenn du dich anziehst und Mondo und ich lernen uns kennen?«

»Was soll ich tun?«, fragte ich.

»Babe«, drängte er. Ich schaute auf meine Kleidung hinunter. Es war nicht schlimm. Schließlich trug ich keinen roten Spitzenbody.

»Ich bin angezogen.« Ich betrachtete das Tanktop und die Shorts, die ich trug. Sicher, sie hatten schon bessere Tage gesehen, aber sie bedeckten mich.

»Millie.«

»Blaze.«

»Du musst dich anziehen«, verlangte er erneut. Ich schenkte ihm einen finsteren Blick und stemmte die Hände in die Hüften, aber er ließ nicht zu, dass ich weit von seiner Seite wich.

»Was ist dein Problem?«

»Mein Problem ist, dass du herumtänzelst und dabei viel zu viel Haut zeigst.«

»Ich tänzle?«

»Und du hast mir nicht gesagt, dass dein bester Freund wie Danny Trejos Kind aussieht. Nichts für ungut.« Blaze schaute Mondo an, doch dieser zuckte mit den Schultern.

»Schon gut, Bro«, antwortete Mondo und verschränkte die Arme vor der breiten Brust.

»Danny Trejo ... Was soll das heißen?«, fragte ich und wurde allmählich sauer.

»Babe, du hast gesagt, du hast dich nur mit Langweilern getroffen.«

»Was auch stimmt. Mon und ich waren nie zusammen«, erzählte ich und sah zu ihm hinüber. »Noch mal nichts für ungut.«

»Alles okay.« Mondos Mundwinkel hoben sich, als er uns beobachtete, ehe er in schallendes Gelächter ausbrach, sodass Blaze und ich ihn anstarrten. »Mann, es tut mir leid. Ich bin nicht neidisch auf dich.« Er schüttelte den Kopf, holte tief Luft, um sich zu beruhigen, und rieb sich das Kinn. »Eines musst du über die Delgado Schwestern wissen: Optisch gleichen sie sich wie Tag und Nacht, aber sie sind beide frech und haben genug Feuer, dass du dich fragst, warum zum Teufel du dich auf sie eingelassen hast.«

»Wie bitte?« Ich blickte meinen besten Freund an.

»Egal wie temperamentvoll Millie ist, mich würde nichts daran zweifeln lassen, warum ich mich auf sie eingelassen habe«, sagte Blaze so ehrlich, dass es mir die Sprache verschlug.

Ich schaute zu ihm auf und schmiegte mich an ihn.

»Ich mag diesen Kerl«, murmelte Mondo.

Ich lächelte ihn an. »Toll«, erwiderte ich gespielt genervt und verdrehte die Augen. »Lasst uns reingehen und frühstücken?«, schlug ich vor, weil es mir reichte, meinen Nachbarn eine Show zu bieten.

Wir gingen durch das Haus in Richtung Küche, als ich stehen blieb. »Ich ziehe mich schnell um. Danach koche ich uns etwas.«

»Lass dir Zeit.« Sanft drückte Blaze meine Hand. »Mondo und ich unterhalten uns, und ich mache Pfannkuchen. Okay?«

»In Ordnung.« Auf Zehenspitzen gab ich ihm einen flüchtigen Kuss und eilte in mein Zimmer, still hoffend, dass zwei der drei Männer in meinem Leben miteinander auskommen würden.

Blaze

Mondo war ebenso riesig wie ich. Sogar fünf Zentimeter größer und bestimmt um einige Kilo schwerer. Ich zeigte auf die Couch, wo er sich hinsetzte.

»Möchtest du etwas trinken?«

»Kaffee, wenn ihr welchen habt.« Ich nickte und setzte eine Kanne auf.

»Hör zu, Mann, ich will nicht wie ein Arsch wirken ...«

»Aber?«

»Ich bin nicht jemand, der um den heißen Brei redet.«

»Ebenso.« Ich respektierte, dass er gleich zur Sache kommen wollte.

»Wie schlimm ist diese Geschichte mit der Brandstiftung?«, fragte er.

Ich drehte mich um und lehnte mich gegen den Tresen. Im Hintergrund brühte die Kaffeemaschine, was für einen Moment das einzige Geräusch blieb. »Wir wissen nicht, wer dahintersteckt«, teilte ich ihm mit. Sein Gesicht war wie versteinert.

»Jemand hat wirklich ihr Auto angezündet?« Seine Stimme klang kratzig.

»Nicht abgefackelt. Wir haben es rechtzeitig bemerkt, aber es war bereits angesengt. Ich meine, du hast es da draußen gesehen.«

Sobald ich Millie dazu überreden konnte, ihr ein neues Auto zu besorgen, würde ich das tun. Allerdings hing sie an ihrem alten Wagen, auch wenn sie den Schaden mit eigenen Augen gesehen hatte.

»Ja.« Sein Kiefer krampfte sich zusammen.

»Ich muss dich etwas von Mann zu Mann fragen. Gab es irgendwelche seltsamen Ex-Freunde oder einen Kerl, der ihr von zu Hause nach Tennessee gefolgt sein könnte?« Ich hatte Millie schon darauf angesprochen, und sie hatte es verneint. Sie schien jedoch von ihrer Schönheit und der Anziehungskraft, die sie auf andere ausübte, keine Ahnung zu haben.

»Überhaupt nicht. Das dachte ich erst auch.« Er lehnte sich zurück, sein Körper entspannte sich sichtlich. »Ich habe einige unter die Lupe genommen, aber die haben nur ihr Leben als Erbsenzähler gelebt.«

»Erbsenzähler?«

»Die meisten waren Buchhalter.« Er grinste, als wäre es eine Art Insider-Witz. »Millie hat nicht gescherzt, als sie dir gesagt hat, dass sie früher nur mit harmlosen Typen ausgegangen ist. Nerdig und ungefährlich. Ich nehme jedoch an, dass sich ihr Geschmack geändert hat und du einen anderen Beruf hast«, merkte er auf eine Art an, dass mir sofort klar wurde, dass ihm die Tatsache nicht gefiel. Harmlos und streberhaft konnte er mit einem Blick in Schach halten. Ich war für ihn ein Fremder, den er nicht einschätzen konnte, und er machte sich Sorgen um seine Freundin.

»Nein.« Ich goss Kaffee in zwei Tassen. »Ich führe ein paar Geschäfte mit meinem besten Freund.«

»Ja? Von welchen Geschäften sprechen wir?« Er beugte sich vor, um seinen Becher entgegenzunehmen, und redete weiter: »Ich meine, nichts für ungut, Bro, aber diese Scheiße hat angefangen, als sie sich mit dir zu treffen begonnen hat. Besteht die Möglichkeit, dass das mit dir zusammenhängt?«

»Was genau möchtest du wissen?«

»Noch mal, ich bin einfach verdammt direkt und will nicht respektlos sein, aber ist von deiner Seite aus alles in Ordnung? Oder besteht die Möglichkeit, dass irgendwo etwas schiefgelaufen ist und der ganze Mist mit Millie nur passiert, weil sie mit dir zusammen ist und dir jemand eine Art Warnung schickt?«, fragte er, und ich löste mit einem Knacken die Verspannung in meiner Nackenmuskulatur.

»Willst du das wissen, weil ich ein Biker bin?« Mir war klar, dass er weder mein Motorrad vorm Haus noch meine Lederjacke mit den abgeschnittenen Ärmeln übersehen hatte, die über der Couchlehne hing.

»Ich weiß nicht, wie viel Mills dir darüber erzählt hat, wo wir aufgewachsen sind und mit welchen Leuten wir zu tun hatten.«

»Einiges.« Ich verschränkte die Arme und wandte den Blick nicht von ihm ab.

»Club. Gang. Es ist alles dasselbe.« Sein Ton war ernst. Ich atmete ein und versuchte, einen kühlen Kopf zu bewahren.

»Da bin ich anderer Meinung.« Mein Kiefer krampfte sich zusammen, und ich griff nach meiner Tasse, um ihm deutlich zu machen, dass ich keiner dieser Schlägertypen war, für den er mich hielt.

»Hey, nichts für ungut.« Er streckte die Arme aus und schüttelte den Kopf. »Ich war selbst mal ein Teil davon, irgendwie.«

»Einen Fuß drinnen, einen draußen?«, fragte ich.

Er zuckte mit den Schultern, während ein Muskel in seinem Gesicht unaufhörlich zuckte. »So ähnlich.« Er räusperte sich. »Ich weiß nur, wie übel der Scheiß werden kann.«

»Meine Geschäfte sind sauber«, sagte ich.

»Okay.« Er sah mich nachdenklich an.« Ich meine es wirklich nicht böse. Dein Straßenname und die Brände – es fühlt sich an, als gäbe es da eine Verbindung.«

»Ja.« Seufzend rieb ich mir das Gesicht. »Aber ich verspreche dir, dass ich auf sie aufpassen werde.«

»Das solltest du besser.« Die unterschwellige Drohung war nicht zu überhören. »Ich würde es hassen, hierher zurückfliegen zu müssen, um dir in den Arsch treten zu müssen«, warnte er.

Ich hob meine Tasse an. »Zur Kenntnis genommen«, murmelte ich, und er stieß mit seiner dagegen.

Wir waren beide Männer, die nicht tatenlos herumstanden, und dass Millie für ihn etwas Besonderes war, entging mir nicht. Er verdiente meinen Respekt für seinen Flug hierher, nur um nach ihr zu sehen.

»Wie lange bleibst du?«, fragte ich, als Millie in einem grauen Pullover und hellblauen Jeans, die ihre Beine unglaublich gut aussehen ließen, zurückkam. Wäre da nicht das süße Lächeln auf ihrem Gesicht, würde ich mich über die Tatsache ärgern, dass dieser Kerl unseren sexy Morgen unterbrochen hatte.

»Das ist eine gute Frage«, sagte sie und ließ sich auf dem Stuhl neben mir nieder, während sie ihren Kopf auf meine Schulter legte. Wenn sie in Mondos Gegenwart bereit war, Zärtlichkeiten mit mir auszutauschen, musste sie sich wohl fühlen. Das gefiel mir verdammt gut.

»Ich fahre gleich morgen Früh zurück«, antwortete er. Aus dem Augenwinkel bemerkte ich, wie Millies Miene trübsinnig wurde. Ich wusste zwar, dass sie ihre Freunde und ihre Familie vermisste, aber die Traurigkeit in ihren Augen zu sehen, weil ihr bester Freund in Kürze abreisen würde, tat weh. Ich wollte es für sie besser machen.

»Auf keinen Fall!« Sie griff nach seiner Hand.

Ich biss mir auf die Innenseite meiner Wange, um mich davon abzuhalten, ihren Arm von seinem zu lösen und ihren süßen Hintern auf meinen Schoß zu zerren. Wenn es um sie ging, war ich lächerlich eifersüchtig.

»Es war nur als kurzer Stopp geplant, um herauszufinden, was zum Teufel bei dir los ist«, erklärte er.

»Ich habe dir doch gesagt, dass alles in Ordnung ist«, erinnerte sie ihn. Die Sturheit meines Engels reichte über Kilometer hinweg, und ich war froh, dass ich nicht der Einzige war, der sie zu spüren bekam.

»Jemand legt Feuer und hinterlässt dir Liebesbriefe«, wandte Mondo ein, und sie seufzte langsam, ehe sie sich wieder zu mir setzte und sich an mich schmiegte.

»Mir geht es gut. Dieser große Kerl ist rund um die Uhr in meiner Nähe, um mich zu beschützen.« Sie scherzte, aber es war zu hundert Prozent wahr.

»Das musste ich mit eigenen Augen sehen«, erwiderte er, und sie nickte.

»Ungläubiger«, murmelte sie vor sich hin. »Schon als wir klein waren, war er so.« Sie sah zu mir auf und fuhr fort: »Er war derjenige, der herausgefunden hat, dass es den

Weihnachtsmann nicht gibt.« Millie grinste. Sie wirkte herrlich fröhlich, während sie von ihrer Kindheit erzählte. Ich beobachtete sie und bekam einen Eindruck von dem Mädchen, das sie einmal war. Sofort fragte ich mich, ob unser Kind auch so sein würde.

Unser Kind.

Ich lächelte sie an und senkte den Kopf, um ihr einen Kuss auf den Scheitel zu geben, während ich an eine gemeinsame Familie dachte. Unsere Familie. Millie, die mein Kind unter ihrem Herzen trug. Mein Gott. Lächelnd stellte ich fest, dass mir die Vorstellung keine Angst einjagte. Wenn überhaupt, dann gefiel sie mir verdammt gut.

»Ich bin so echt, wie es nur geht, Bro«, teilte ich ihm mit und hielt seiner Musterung stand. Erst als er nickte, wusste ich, dass er mir glaubte.

»Das sehe ich.« Erneut nickte er. »Also, wo zum Teufel sind die Pfannkuchen, die du machen wolltest?«, fragte er mich, und ich spürte, wie Millies Körper vor Lachen bebte. Mondo war vielleicht nicht meine persönliche Wahl für den besten Freund meiner Frau, aber er war nicht die schlechteste.

15

Blaze

In den letzten zwei Wochen war es ruhig gewesen.

Zu ruhig.

Kein einziges Feuer oder eine Nachricht. Keine Anrufer, die sofort wieder auflegten. Nichts.

Nicht dass Millie und ich nicht beschäftigt gewesen wären. Nein, verdammt. Zwischen der Arbeit meines Engels im Bike Shop und dem Veranstalten von weiteren *Paint Nite's* sowohl in *Daniel's* Bar als auch in einigen Lokalen in Nashville sowie meinen eigenen Verpflichtungen ging es drunter und drüber. Es gab so viel zu tun und über allem schwebte diese leise Vorahnung, dass bald etwas Schlimmes passieren könnte.

Und ich hasste es.

Ich wollte meine Frau in Sicherheit wissen und dass der Verantwortliche für diesen Mist seine gerechte Strafe erhielt.

»Hey.« Jinx kam in mein Büro. Ich blickte von dem Bildschirm auf, den ich zur Tarnung angestarrt hatte, als würde ich ihm tatsächlich meine Aufmerksamkeit schenken.

»Hey.« Ich rollte den Stuhl vom Schreibtisch weg und lehnte mich zurück, als er sich auf die Couch setzte, die ich an das andere Ende des Raumes gestellt hatte. »Was gibt's?«

»Wollte nur mal nachfragen ob alles in Ordnung ist?«

»Ja, Mann.«

»Hab dich lange nicht gesehen«, murmelte er, und ich zuckte schuldbewusst zusammen. Bevor Millie in mein Leben getreten war, waren Jinx und ich wie Pech und Schwefel. Dann nahm sie all meine Gedanken ein, und ich wurde zu einem beschissenen besten Freund. *Verdammt.*

Ich rieb mir das Gesicht. »Tut mir leid, dass wir uns eine Weile nicht gesehen haben.«

»Aww.« Er berührte in einer übertriebenen Geste die Stelle über seinem Herzen, und schenkte mir sein rührseligstes Lächeln. »Du erinnerst dich an mich.«

»Leck mich.«

»Keine Sorge, Mann. Ich verstehe das. Scheiße, wenn ich an deiner Stelle wäre, würde ich mich kaum an deinen Namen erinnern.«

»Witzig«, murmelte ich und versuchte, nicht zu lachen.

»Wie geht es Millie?«

»Gut. Beschäftigt.« Ich kratzte mich am Nacken.

»Nichts Neues passiert?«, hakte er nach.

»Nichts, Mann. Es ist seltsam. Alles ist ruhig. Es ist nichts passiert, seit ...« Ich beendete meinen Satz nicht, denn ich hasste, woran ich gedacht hatte.

»Seit wann?«

»Vergiss es.«

»Komm schon, was?«, bohrte er weiter und beugte sich vor.

»Ihr bester Freund ...«

»Der Hulk?«, hakte Jinx nach, und ich schüttelte den Kopf. Mondo hatte Jinx und die anderen abends in der Bar kennengelernt, bevor er wieder abgereist war.

»Ha«, machte ich.

»Der Kerl war riesig. Ich frage dich jetzt, weil ich verdammt neugierig bin.«

»Jinx.«

»Jetzt mal ehrlich, Blaze, hast du dir in die Hosen gemacht, als du ihn getroffen hast, oder hast du dich nur angepinkelt?« Er grinste wie ein Idiot.

»Ach halt die Klappe.« Ich lachte und zeigte ihm den Mittelfinger.

»Ich sage nur, wenn meine Frau einem solchen Kerl so nahestehen würde, glaubst du wirklich, dass da nie Gefühle zwischen ihnen waren? Dass es einen Moment zwischen ihnen gab?«

»Einen Moment?«

»Du weißt schon, sie hängen rum, es ist spät ...« Jeglicher Humor in mir verflog, als Jinx vor meinen Augen ein Bild von Mondo und Millie formte. »Sie beugt sich vor. Er sieht sie an, und BAM!« Ein tiefes Knurren löste sich aus meiner Kehle. »Ein Moment eben.«

»Willst du ernsthaft von mir wissen, ob ich glaube, dass sie sich jemals geküsst haben?«, entgegnete ich, während sich Jinx sichtlich bemühte, nicht in Gelächter auszubrechen.

»Vielleicht ... Oder ... Ich weiß es nicht, vielleicht haben sie sich Gefühle eingefangen.«

»Gefühle eingefangen?«, wiederholte ich und schüttelte den Kopf. »Bei dir klingt Liebe wie eine verdammte Grippe.«

»Ist auch nah dran«, murmelte er und seine Mundwinkel hoben sich. »Also, ich muss das fragen.« Sein ernster Blick überraschte mich. »Diese Sache mit Millie ... ist es wirklich das, was Wes *den Boom* nennt?« Ich schluckte schwer, denn ich war tatsächlich ein beschissener Freund. Jinx und ich hatten alles zusammen durchgestanden. Durch die Hölle und wieder zurück. Im wahrsten Sinne des Wortes.

In Bezug auf Millie hatte ich mich ihm gegenüber aber nicht wirklich anvertraut oder ihm erklärt, was sie mir bedeutete.

»Ja, Mann.« Ich nickte, lehnte mich nach vorne und stützte die Arme auf meine Oberschenkel. »Verdammter Boom.«

»Scheiße«, fluchte er und grinste. »Patrick *Blaze* Kelly ist vom Markt«, stichelte er.

Ich schüttelte den Kopf. »Schon eine Weile, Bro.«

»Ohne Scheiß. Jeder, der Augen hat, kann das sehen. Es ist, als wärst du hin und weg gewesen, kaum, dass Millie hier in Murfreesboro angekommen ist«, sagte er. »Du liebst sie?«

»Mit allem, was ich bin.«

»Das ist gut.« Er nickte und ließ sich in die Couch zurückfallen.

»Das bedeutet auch, dass wir reden müssen«, brachte ich vorsichtig hervor.

»Dachte ich mir schon.« Er wirkte amüsiert.

»Wir sollten noch jemanden einstellen, der aushilft. Und, ähm ...« Ich räusperte mich. Vermutlich übersprang ich gerade ein paar Schritte und ging die Sache zu schnell an. Es war etwas, das ich zuerst mit ihr hätte besprechen sollen, aber ich würde einen Weg finden, sie zu überreden. »Ich denke, wir sollten darüber nachdenken, das Loft zu vermieten.«

Einen Moment lang beobachtete er mich. Stille erfüllte mein kleines Büro. Selbst nach all den Jahren war ich nicht sicher, wie er reagieren würde. Erst als er sein typisches selbstzufriedenes Grinsen aufsetzte, spürte ich, wie mir eine Last von den Schultern fiel.

»Ich hätte nicht gedacht, dass es so bald passieren würde, aber ich wusste, dass es kommen würde.« Dazu wollte ich etwas sagen, aber er kam mir zuvor. »Ich habe dir ein paar Angebote zugemailt. Es war als Scherz gedacht, aber jetzt ...« Er zuckte mit den Schultern. Ich lachte und schüttelte den Kopf. »Immobilien sind immer eine gute Investition«, fügte er hinzu. Jinx hatte immer nur das Geschäft im Kopf. »Ihr Haus ist etwas klein für euch beide, und wer mietet, kann sein Geld gleich zum Fenster rauswerfen«, bemerkte er, und ich runzelte die Stirn.

»Woher weißt du, wie groß ihre Wohnung ist?«

»Glaubst du etwa, dass ich nicht vorbeifahre, um mich zu vergewissern, dass es euch beiden gut geht und nicht irgendein

Spinner dort herumschleicht?«, fragte er. Es war deutlich zu sehen, dass ich seine Gefühle verletzt hatte. Mann, war ich bescheuert. Mein bester Freund, mein Bruder. Ich hätte wissen müssen, dass er mir den Rücken stärkte. Ich würde für ihn dasselbe tun.

»Wirklich?«

»Ja.« Er deutete ein Schulterzucken an, als wäre es keine große Sache. »Sieh mal, du bist mein Bruder. Und nicht nur wegen der *Broken Eagles*, sondern ... Wir sind seit der Grundausbildung eng befreundet, Mann. Ich stehe hinter dir. Das bedeutet auch, dass ich hinter jedem stehe, der dir wichtig ist«, erklärte er, und ich schluckte.

Wir hatten nichts mit Gefühlen und rührseligem Zeug am Hut. Für diesen Scheiß waren wir zu abgebrüht, es sei denn, wir waren betrunken, und selbst dann ging es nicht rührselig zu. Das hier war so nah dran, wie es uns möglich war. Ich nickte und räusperte mich.

»Dasselbe gilt für dich, Bro. Egal was, du weißt, ich bin da.«

»Gut. Denn ich habe so eine Ahnung, dass ich dich brauchen werde, an dem Tag, an dem ich dumm genug bin, um mich zu verlieben. Vermutlich ist in dieser Gegend etwas im Wasser, das alle verrückt werden lässt.« Er grinste, und ich lachte.

»Einverstanden.«

»Hör zu, was den Hulk betrifft, du weißt, dass ich nur her umgealbert habe.« Ich starrte ihn an und ließ ihn wissen, wie wenig amüsiert ich darüber war. »Du weißt schon, darüber, dass sie einen gemeinsamen Moment hatten.«

»Ja«, murmelte ich, der Gedanke wollte mir nicht mehr aus dem Kopf. Sie hatte erwähnt, dass er mit ihrer Schwester zusammen war, aber war das nur, weil er Millie nicht haben konnte?

»Er war auch die ganze Zeit in Kalifornien«, erzählte Jinx

weiter. Ich legte den Kopf schief, aber er kannte die unausgesprochenen Fragen, die mir auf der Zunge lag. »Ich habe seine sozialen Medien durchsucht. Er war immer dort, wenn hier etwas passiert ist.«

»Danke, Mann. Daran hatte ich gar nicht gedacht.«

»Natürlich.«

»Gut, ich gehe jetzt besser, Millie kocht heute Abend.«

»Selbstgekochte Mahlzeiten und all das Zeug. Du warst schon immer ein glücklicher Mistkerl«, stichelte er, als wir beide aufstanden. »Davon abgesehen, wollte ich dich auch um einen Gefallen bitten.« Er zog eine Grimasse, und ich seufzte.

»Was ist los?«

»Kannst du morgen etwas für die Bar abholen?«

»Mann ...« Der Gedanke, mindestens eine Stunde entfernt zu sein, bereitete mir Sorgen.

Als hätte Jinx einen Blick in meinen Kopf geworfen, fuhr er fort: »Es war in den letzten Tagen ruhig, und Millie wird im Büro sein, richtig?«

»Ja, aber anschließend muss sie nach Nashville fahren.«

»Okay, aber du wärst vorher zurück«, wandte er ein, und ich gab ein zustimmendes Brummen von mir. Er hatte recht. Ich konnte nicht zu herrisch sein. Wes und die Männer würden sich im Shop aufhalten, und Millies Handy lag immer direkt neben ihr. »Die Händler machen uns ein tolles Angebot, wenn du hinfährst«, fügte er hinzu. Ihm war klar, dass ich so etwas nicht ausschlagen konnte.

»Gut«, murmelte ich, dieses Mal war er an der Reihe. Verdammt, ich schuldete ihm und Lyric einen riesigen Obstkorb als Dankeschön für alles, was sie mir in den letzten Wochen abgenommen hatten. »Ich erledige das, Bro.«

»Danke. Ich gehe besser nach nebenan.«

»Klingt gut.« Wir verabschiedeten uns mit einem Fistbump.

Als er weg war, nahm ich das iPad zur Hand, auf dem ich

das Tattoo entworfen hatte, das ich bald über meinem Herzen verewigen würde. Auf dem Weg nach draußen winkte ich Lyric und den anderen zu, bevor ich das Studio verließ und nach Hause fuhr.

Zu meinem Engel.

Millie

Ich warf einen Blick in den Ofen und lächelte.

»Fast fertig«, flüsterte ich in die leere Küche, nahm mein Glas Wein vom Küchentisch und trank einen kräftigen Schluck.

Ich war erschöpft. Es war ein langer Tag im Bike Shop gewesen, und zusätzlich zu den Kursen, die ich in *Daniel's Bar* veranstaltete, hatte ich viele in Nashville abgehalten. Ich liebte, was ich tat. Ich konnte mit den Leuten interagieren und die Freude sehen, die sie dabei hatten, etwas zu erschaffen. Inzwischen gab es sogar Stammgäste, die bei fast jeder *Paint Nite* auftauchten! Der einzige Nachteil war, dass die Arbeit so viel Zeit in Anspruch nahm. Dadurch kam ich selbst nicht allzu oft zum Malen. Auch weil ich meine wenigen freien Stunden lieber mit Blaze verbrachte.

In diesem Sinne ging ich zu dem zusätzlichen Schlafzimmer in meinem kleinen Haus und öffnete die Tür. Der Duft von Farben und Leinwänden stieg mir in die Nase, und ich lächelte. Ich schaute auf den Bildschirm meines Telefons. Mir blieben etwa fünfzehn Minuten, bevor der Timer für das Abendessen losging, und zwanzig, bis Blaze nach Hause kam. Um den Raum zu lüften, öffnete ich ein Fenster und schnappte mir den

Skizzenblock, den ich mit Ideen füllte, wenn ich ein paar Minuten erübrigen konnte.

Ich setzte mich in den übergroßen Ledersessel, den ich günstig in einem Antiquitätengeschäft in Nashville erstanden hatte, und überließ meinen Händen die Führung. Dieses Werk erschuf ich nur aus meiner Erinnerung, und als ich nun meine Skizze betrachtete, hatte ich das Gefühl, dass sich alles zusammenfügte und mein Modell direkt an meiner Seite weilte. Natürlich handelte es sich um Blaze. Ich verlor mich in der Zeichnung von ihm. Er war nackt, sein breiter Rücken mir zugewandt. Jeder Muskel war ausgeprägt, die Tattoos auf seinen Armen, jeder Strich davon fühlte sich lebendig an. Als könnte ich ihn tatsächlich anfassen. Ich liebte es.

Normalerweise zeichnete ich keine Menschen. Obwohl ich lieber abstrakt arbeitete, hatte Blaze mich dazu inspiriert, auch mal etwas anderes zu versuchen. Seine Tätowierungen stellten eine Herausforderung dar, aber nach unserer gemeinsamen Zeit kannte ich den Verlauf jeder Linie. Ich war stolz auf mein Werk. Während ich an der Schattierung seines unteren Rückens arbeitete, lächelte ich bei dem Gedanken an seinen muskulösen Hintern. Wie aufs Stichwort, hörte ich seine Stimme.

»Engel?« Bei dem Geräusch der sich hinter ihm schließenden Eingangstür stand ich auf. Ich legte den Skizzenblock beiseite und ging aus meinem kleinen Atelierraum in seine Richtung.

»Da bist du ja.« Er grinste. Immer noch an der Tür zog er seine Lederjacke sowie das langärmelige Flanellhemd aus, das er darunter getragen hatte, und warf beides auf die Lehne der Couch. Grinsend nahm ich seinen Anblick in mich auf. Ihn nur anzusehen, ließ mein Herz ein wenig schneller schlagen und Wärme breitete sich in meinem Innern aus. Gott, er war so gutaussehend. Und er gehörte mir. Als er sich auf mich zubewegte, schüttelte ich meinen Gedanken ab und kam ihm auf halbem Weg entgegen.

Unsere Lippen berührten sich für einen kurzen Moment. Noch länger und wir würden uns ineinander verlieren und das Abendessen wäre ruiniert. *Das Abendessen!*

»Verdammt«, keuchte ich und zog mich zurück, woraufhin er stirnrunzelnd meine Hüfte umfasste. »Wie spät ist es?«, fragte ich und ging um ihn herum. Als ich sein Lachen hinter mir hörte, war ich sicher, dass er vor Belustigung über mich den Kopf schüttelte. Vermutlich funkelten auch seine blauen Augen, als ich in die Küche eilte.

Es war leicht, in meinem kleinen Atelier die Zeit aus dem Blick zu verlieren. Schließlich hatte ich schon einmal ein Abendessen ruiniert. Ich öffnete den Ofen und seufzte erleichtert auf.

»Riecht lecker, Babe. Ist es okay?«

»Perfekt.« Über meine Schulter hinweg lächelte ich ihm zu und sah, wie er ein iPad auf den Tisch legte und zum Kühlschrank ging.

»Möchtest du etwas trinken?«, erkundigte er sich, und ich winkte ab.

»Ich bin versorgt. Ich habe bereits ein Glas Wein«, teilte ich ihm mit und machte mich daran, das Abendessen aus dem Ofen zu holen, ehe ich mich zu ihm umwandte.

Ich liebte die Art, wie er sich bewegte. Er setzte sich auf einen Stuhl und deutete auf seinen Schoß. Eine wortlose Aufforderung von meinem herrischen, sanften Riesen. Ich war versucht, ihm eine freche Antwort zu liefern, stattdessen ließ ich mich einfach auf ihm nieder. Warum sich zur Wehr setzen, wenn es der beste Platz im ganzen Haus war?

»Wie war dein Tag?«, fragte er an meinem Haar.

»Lang«, antwortete ich und sah auf. »Und deiner?«

»Genauso«, murmelte er. »Ich muss morgen etwas für die

Bar erledigen und dafür unseren Händler treffen«, erzählte er.

»Okay.« Ich beobachtete seine Mimik und wusste, warum er so gestresst war. Er hatte erwähnt, dass er den Alkohol bei jemandem kaufte, der etwas weiter weg war.

»Ich möchte, dass du dich vorsichtig verhältst und nur zur Arbeit gehst. Nicht zum Mittagessen oder ...«

»Blaze«, stöhnte ich.

»Warte, bis ich dich zu deinem Kurs fahre, und wenn ich zu spät komme ...«

»Blaze«, unterbrach ich ihn. »Atme«, drängte ich und umfasste sein Gesicht. Mit den Fingerspitzen fuhr ich die kantige Linie seines Kiefers nach. Es reizte mich, sie zu zeichnen und zu Papier zu bringen. Nicht dass ich ihm das sagen würde. »Ich kenne die Vereinbarung«, sagte ich leise. »Ich komme schon klar.«

»Ich bin vor deiner Veranstaltung zurück.«

»Es ist auch in Ordnung, wenn das nicht der Fall sein wird. Ich kann selbst fahren und ...«

»Und nichts.« Er runzelte die Stirn, aber ich glättete die Sorgenfalten. »Ich bringe dich hin.« Ich atmete langsam ein und aus.

»Hör auf, dich zu stressen. Es ist bisher alles ruhig gewesen. Wer auch immer diese schlimmen Dinge getan hat, hat aufgegeben.« Ich sprach laut aus, was ich in der letzten Woche gedacht hatte, und hoffte, damit recht zu behalten.

»Ja.« Blaze schluckte. Da mir die Dunkelheit in seinen Augen nicht gefiel, versuchte ich, die Stimmung aufzulockern.

»Ich meine, wie sicher sind wir, dass hinter diesen Streichen nicht doch Tara gesteckt hat?« Genau das fragte ich mich selbst immer wieder. Vielleicht, weil ich ernsthaft ausflippen würde, wenn ich die Vorkommnisse als etwas anderes als Streiche betrachten würde. Ich wusste, dass sie sich in der Bar aufgehalten hatte, als jemand diese Liebesbriefe an meinem Auto anzündete. Doch das schloss nicht aus, dass es eine ihrer Freundinnen gewesen war, um ihr zu helfen, mich zu verscheuchen.

»Babe, ich glaube nicht, dass sie es gewesen ist.« Er seufzte, und ich schob meine Unterlippe vor.

»Sie hat zugegeben, die anderen zwei Brände gelegt zu haben«, betonte ich, obwohl ich wusste, dass ich Tara die Schuld geben wollte. Tara wäre das kleinste Übel, wenn noch ein Problem auftauchen würde.

»Nur den auf der Veranda«, erinnerte er mich.

Nach unserem Zickenkrieg hatten die Männer mit ihr gesprochen. Sie hatte gestanden, dass sie die brennende Tüte mit Hundekot vor meiner Tür abgestellt hatte. Von dem Brand im Büro hatte sie genauso wenig Ahnung gehabt wie davon, dass mein Auto mit leuchtend orangefarbener Sprühfarbe beschmiert worden war. Oder sie war gut darin, die Unwissende zu spielen.

»Wie auch immer«, murmelte ich. »Bereit fürs Abendessen?« Er sah mich einen langen Moment an, bevor er sich vorbeugte und mich auf die Nasenspitze küsste. »Ich verhungere«, murmelte er, und ich berührte seine Lippen mit meinen, ehe ich aufstand und nach seiner Hand griff.

»Gut, denn ich habe uns etwas Besonderes gemacht.«

»Ach ja? Was ist es?«

»Das Lieblingsessen meiner Mutter«, flüsterte ich und holte die Teller aus der Küche. Ich ignorierte den Schmerz in meinem Herzen. Erst am Ende des Tages, kurz bevor mich einer der Männer nach Hause begleitet hatte, war mir das heutige Datum und was ich damit verband aufgefallen.

Ich spürte Blaze' Körper direkt hinter mir und wie er mir das Geschirr abnahm, um es neben mir auf dem Tresen abzustellen. Er legte die Arme von hinten um meine Taille und neigte den Kopf zu mir herunter. Insgeheim liebte ich es, wenn er das tat. Ich fühlte mich dabei sicher und geliebt. Und so verdammt zart und feminin.

»Alles in Ordnung?«, brummte er fürsorglich. Ich nickte und lehnte mich gegen ihn.

»Ja«, flüsterte ich, während er mich enger an sich drückte.

»Vermisst du sie?«, fragte er. Ich hätte wissen müssen, dass er bemerken würde, was nicht stimmte. Er war so aufmerksam.

»Sie hat morgen Geburtstag«, teilte ich ihm mit zittriger Stimme mit.

»Millie.«

»Ich hätte es fast vergessen.« Die Worte kamen so leise heraus, dass ich mich fragte, ob ich sie überhaupt laut ausgesprochen hatte.

»Babe.« Er drehte mich in seinen Armen, und als ich in seine warmen Augen blickte, biss ich mir auf die Unterlippe. Es war, als könnte er all die Worte sehen, die ich zurückhielt. »Sprich mit mir, Millie.«

»Ich habe mich schuldig gefühlt«, gab ich zu.

»Warum?«

»Ihr Geburtstag ist morgen«, wiederholte ich und spürte wie meine Nase zu brennen begann. Seit mir das Datum aufgefallen war, hatte ich versucht, die Erinnerungen zu verdrängen. Ich hatte mich abgelenkt, indem ich ihr Lieblingsessen zubereitete, während ich mich mit den guten Dingen beschäftigte. »Ich war glücklich«, murmelte ich und schüttelte den Kopf. »Ich meine, ich weiß, da ist die Sache mit den Bränden ... aber mit uns, und sie ...«

»Ist fort«, vermutete er. Ich nickte und schluckte die Tränen hinunter, die hervorzuquellen drohten. Blaze zog mich näher zu sich heran, und ich schmiegte meine Wange gegen seinen Oberkörper und atmete ein.

»Ich wäre nicht hier, wenn sie noch an meiner Seite wäre.«

Meine Stimme brach, weil ich es hasste, dass sie ihn nie kennenlernen würde. Sie würde nie sehen, wie gut Blaze und ich zusammenpassten. Sanft streichelte er über meinen Hinterkopf und ermutigte mich damit, weiterzureden. »Sie hat mich auf ein Abenteuer geschickt, Blaze. Sie wollte, dass ich mir verschiedene Orte ansehe. Mom hatte sich in den Kopf gesetzt, dass ich mich verlieben sollte, und am Ende ...« Ich musste meine Lippen zusammenpressen, zu überwältigend waren die Gefühle, als ich mich an die letzten Momente mit ihr erinnerte.

»Am Ende was, Engel?«

»Sie wollte, dass ich Motorrad fahre.« Ich lachte und blickte zu ihm auf. Wahrscheinlich waren meine Wimperntusche und mein Make-up verlaufen, aber er sah mich an, als wäre ich das schönste Wesen auf der Welt. »Sie war immer so dagegen«, informierte ich ihn und wischte mir kichernd über das Gesicht. »Aber am Ende wollte sie, dass ich auf einem Motorrad mitfahre und mich verliebe.« Ich schniefte.

Blaze hob mich hoch und setzte mich auf die Arbeitsplatte, sodass wir auf Augenhöhe waren.

»Du hättest sie gemocht«, sagte ich. Die Worte schwirrten mir schon eine Weile im Kopf herum. Bei dem Gedanken schlich sich ein Lächeln auf meine Lippen. Die Dinge, die sie gesagt hätte. Wie sie reagiert hätte, wenn sie ihm das erste Mal gegenübergestanden hätte. Ich war sicher, dass sie über seine Tätowierungen überrascht gewesen wäre, aber seine Augen hätten ihr gefallen. Mutter wie Tochter hatten eine Schwäche für blaue Augen, und die von Blaze waren die schönsten, die ich je gesehen hatte. Blaze hätte Mom in dem Moment für sich gewonnen, sobald sie beobachtet hätte, wie er mit mir umging. Zuvorkommend. Fürsorglich. Liebevoll. Stets stellte er meine Bedürfnisse über seine eigenen.

»Ganz bestimmt, Engel. Sie hat dich gemacht«, betonte er liebevoll. »Ich hätte sie allein dafür angebetet, Babe.« Mein

Kinn zitterte, und ich zupfte an seinem T-Shirt.

»Sag nicht solche Dinge«, entgegnete ich, und seine Mundwinkel zuckten. »Du kannst nicht so süß sein, wenn ich so emotional bin.«

»Du verdienst all das und mehr, Babe.« Er küsste mich auf die Stirn, bewegte sich aber nicht, seine Arme waren um mich geschlungen und seine Fingerspitzen streichelten über meinen Rücken, während er sprach. »Es ist furchtbar, dass sie fort ist ... Ich hasse es, dass du verletzt bist. Aber ich muss dir sagen ...« Seine Stimme wurde fester. »... ich bin froh, dass sie dich auf diese Weise in ein Abenteuer geschickt hat. Du hast deinen Weg hierher gefunden. Zu mir.« Ich lächelte zu ihm hoch. Blaze löste eine seiner Hände von meiner Taille, und wischte die Tränen aus meinem Gesicht. »Lass uns einen Ausflug machen.«

»Eine Fahrt auf dem Motorrad?«, fragte ich, überrascht von seinem Vorschlag.

»Ja. Wird das Abendessen so lange halten? Wenn nicht, können wir zuerst essen«, schlug er vor. Ich wusste, dass der Auflauf es überstehen würde.

»Das geht in Ordnung«, flüsterte ich, und seine Finger wanderten zu meinem Kinn. Ich neigte den Kopf zurück, und Blaze küsste mich mit einer tief verwurzelten Leidenschaft, die mich atemlos zurückließ, als er seine Lippen von meinen löste.

»Alles, was du noch tun musst, ist, selbst fahren zu lernen. Wenn das Wetter gut ist, können wir das dieses Wochenende ausprobieren.« Ich spürte, wie die Schmetterlinge in meinem Bauch zu flattern begannen. Ich wusste, was er damit sagen wollte.

In Blaze hatte ich die große Liebe gefunden, die sich Mom für mich gewünscht hatte.

»Patrick!«, keuchte ich, während ich meine Hände ins Laken krallte und meinen Rücken wölbte. »Oh mein Gott!«, stöhnte ich und drängte mein Becken gegen seinen Mund.

Seine großen Hände drückten meinen Hintern, als er mich näher zu sich heranzog und mit seiner Zunge tief in mich eindrang. Ich war gierig nach ihm und allem, was er mit mir anstellte.

»Mehr ... Blaze ... Pat...« Ich wollte schreien, blieb aber stumm. Kaum hatte ich die Augen geschlossen, schien es, als würden tausend Farben hinter meinen Lidern explodieren, während mein Körper vor intensivem Vergnügen erschauerte.

Langsam kehrten meine Sinne zurück, und mir wurde bewusst, dass mein Mann immer noch zwischen meinen Beinen war. Seine Lippen lagen auf meinen Schenkeln und verteilten kleine, süße Küsse darauf. Er löste seine Hände von meinen Pobacken und streichelten über meine Hüften. Ich zwang mich, meine Augen zu öffnen, und beobachtete ihn durch einen leicht verschwommenen Schleier. Lächelnd sah ich, wie er meinen Geschmack von seinen Fingern leckte.

Er löste seinen Blick von meinem und betrachtete stattdessen meinen Körper, während seine Hände zu meinem Bauch wanderten. Das Blau seiner Iriden wurde von Sekunde zu Sekunde dunkler.

Ich stützte mich auf die Ellenbogen, um ihn besser sehen zu können. »Patrick?«, sagte ich, und er schenkte mir seine Aufmerksamkeit, während er gegen die Innenseite meiner Schenkel drückte und mich stumm aufforderte, mich weiter für ihn zu öffnen. Und ich folgte seinen Wünschen, konnte es kaum erwarten. Obwohl ich gerade gekommen war, verlangte ich nach mehr.

»Was hältst du von Kindern?«, fragte er in einem Ton, den ich noch nie zuvor an ihm vernommen hatte.

»Kinder?«, flüsterte ich und beobachtete ihn schweigend, wobei ich feststellte, dass sich ein wilder Ausdruck auf seine Gesichtszüge gelegt hatte.

»Kinder. Mehrzahl. Mehr als eins«, stellte er klar und umfasste seine Erektion. Sich selbst streichelnd war sein Blick auf meine Mitte geheftet.

»Wie viele?«, hakte ich leise nach. Eigentlich hätte es mich erschrecken müssen, aber aus einem seltsamen Grund war das nicht der Fall. Oh Gott. Als ich ihn an meinem Eingang spürte, ließ ich mich aufs Bett zurückfallen. Es war ein kleiner Vorgeschmack auf das, was noch kommen würde. Wie er mich ausfüllen würde. Ich sehnte mich nach dem wohligen Ziehen, wenn er in mich eindrang.

»Mindestens zwei. Kinder brauchen Geschwister«, murmelte er.

»Patrick ...« Er musterte meinen Körper, bis er mir in die Augen schaute. Kein weiteres Wort drang über seine Lippen. Stattdessen gönnte er mir einen Moment zum Nachdenken, während er mit den Fingern über meine Schamlippen strich und mich neckte. Dabei stieß er immer wieder gegen meine Klit und rieb darüber. Verlangen pulsierte in mir, und ich öffnete mich noch weiter für ihn. Mir war bewusst, dass er auf eine Antwort wartete, nur hatte ich keinen Schimmer, was ich erwidern sollte. Bisher hatte ich noch nie darüber nachgedacht, mein Leben mit jemandem zu teilen, geschweige denn Kinder zu bekommen. Sekunden verstrichen, während unser Atem schneller wurde und sein Daumen meine empfindlichste Stelle umkreiste. In diesem Augenblick kannte ich die Antwort.

Mit ihm an meiner Seite konnte ich mir all das vorstellen. Ein Für Immer, das wirklich von Dauer war.

Blaze und ich waren nicht nur zeitweise füreinander bestimmt. Warum ich bisher nie selbst darüber gegrübelt hatte, war mir in diesem Moment schleierhaft. Bilder von unserer Zukunft formten sich in meinem Kopf und zeigten unser gemeinsames Leben. Wie wir eine Familie gründeten und unsere Kinder großzogen. Seite an Seite, während wir zusammen alt wurden. Und alles durchstanden, was das Leben für uns bereithielt, weil wir zusammen waren.

»Ich will alles mit dir, Patrick.« Es gab keinen Zweifel an meinen Worten. In dem Moment, als ich sie ausgesprochen hatte, wusste ich, dass sie der Wahrheit entsprachen. Seine Nasenflügel bebten, ehe er sich tief in mir versenkte. Als er mich vollständig ausfüllte, wölbte ich keuchend meinen Rücken und schlang die Beine um seine Hüften. Seine Hände an meiner Taille hielten mich so fest, dass ich es morgen noch spüren würde.

»Alles«, knurrte er. »Verdammt.«

»Ja«, stimmte ich zu, während sein Körper mit meinem eins wurde. Sein Geruch und seine Hitze umgaben mich, als er noch tiefer in mich eindrang.

»Sag mir, dass du mir gehörst«, verlangte er durch zusammengebissene Zähne.

»Ich gehöre dir.«

»Ja, das tust du. Du bist mein.« Er verlor sich in dem Moment, als er mich ausfüllte und sich wieder und wieder in mir versenkte. »Und ich gehöre dir«, teilte er mir mit, und mit einem Nicken verschränkte ich die Hände hinter seinem Kopf. »Oh Gott, deine Pussy ist so verdammt eng. So feucht. Du weißt, wem du gehörst, nicht wahr? Dein verdammter Körper weiß es.«

»Patrick«, keuchte ich und drückte mich noch enger an ihn. Der Schimmer in seinen Augen ließ mich erkennen, dass er spürte, wie sich meine Muskeln zusammenzogen. Das ermutigte ihn. Heftig und fordernd nahm er mich. Es war intensiv, und ich genoss jede Sekunde davon, während ich seinen Stößen entgegenkam.

»Härter«, stöhnte ich und verlangte nach mehr. Seinen Kopf zu meinem Hals gesenkt, waren seine Lippen ganz nah an meinem Ohr.

»Noch härter, und ich tue dir weh«, knurrte er.

»Damit kann ich umgehen«, erwiderte ich und grub die Nägel in seine Kopfhaut. »Ich bin für dich gemacht.«

»Bist du sicher?«, fragte er, und das steigerte meine Lust nur noch mehr. »Dir gefällt die Erinnerung von mir zwischen deinen Beinen? Damit du bei jedem Schritt, den du machst, an mich denken kannst. Habe ich recht?« Er erhöhte das Tempo, glitt nahezu vollständig aus mir heraus, ehe er sich erneut in mir versenkte.

Ich stieß einen Fluch aus. Das vertraute Ziehen ließ all meine Empfindungen lebendig werden. Ich war kurz davor zu kommen, aber völlig außer Atem, sodass ich es ihm nicht mitteilen konnte. Er wusste es ohnehin, Blaze kannte meinen Körper in- und auswendig.

»Komm für mich«, forderte er mich auf, und mein Körper erzitterte unter seinem, während eine Welle purer Lust über mich hinwegschwappte und mich mit sich riss. Er folgte mir nur Sekunden später, während ich mich an ihm festhielt und mich von dem Gefühl meines eigenen Höhepunktes noch ein wenig länger davontragen ließ.

Obwohl unsere Körper verschwitzt und erhitzt waren, wollte ich Blaze nicht loslassen. Als wir wieder zu Atem kamen, küsste er meinen Hals und ich spürte, wie er unsere Verbindung löste. »Verdammt«, fluchte er leise, was mich erschauern und lächeln ließ.

»Ich liebe dich, Patrick.«

»Ich liebe dich auch, Milagros«, flüsterte er, bevor er sich von mir runterrollte und neben mir auf der Seite liegen blieb. Seine Hand wanderte meinen Oberkörper hinunter zwischen meine Beine.

»Was machst du ...«

»Shht.« Sein Blick war auf die Stelle zwischen meinen Schenkeln gerichtet. »Ich mag es, dich zu verausgaben. Vielleicht macht mich das verrückt, Babe, aber du musst wissen, dass ich es genieße.«

Sein Fokus lag noch immer auf meiner Mitte, und ich öffnete mich ihm bereitwillig ein wenig mehr. So hemmungslos war ich noch nie gewesen. Nur mit Blaze.

Er schob einen Finger in mich, und ich nahm ihn tiefer auf. Seine Augen weiteten sich und er schmunzelte »Das gefällt dir, nicht wahr?« Unsere Blicke trafen sich, und ich nickte. »Mein kleiner Engel ist so verdammt perfekt für mich«, sagte er, bevor er mich küsste. Seine Zunge strich über meine Unterlippe, und ich ließ ihn gewähren.

Ich liebte es, Patrick zu küssen. Er war so bestimmend, fordernd und liebevoll zugleich. Als er sich zurückzog, küsste er mich erst auf die Stirn, ehe er mir mitteilte, dass er mich sauber machen würde. Kaum hatte er sich aus dem Bett erhoben, lag ich einfach nur da und starrte an die Decke, während ich unseren Abend Revue passieren ließ.

Wir hatten eine Fahrt im Mondschein gemacht. Ohne ein bestimmtes Ziel vor Augen waren wir herumgefahren. Einfach weil wir es konnten, und ich hatte jede Sekunde davon genossen. Zurück in meinem Haus aßen wir den Auflauf, den ich zubereitet hatte. Blaze liebte das Rezept meiner Mutter und räumte anschließend die Küche auf, aber erst nachdem er mich unter eine lange heiße Dusche geschickt hatte. Als der Abwasch erledigt gewesen war, war er mir gefolgt. Er hatte mir den Rücken sowie einige andere Stellen gewaschen. Was wir unter dem Wasserstrahl begonnen hatten, hatten wir soeben im Bett beendet. Ich hätte nichts daran ändern wollen.

Mit schweren Lidern ließ ich den Blick durch den Raum schweifen und blieb an der Schlafzimmertür hängen. Sie war offen. Ich hätte schwören können, sie wäre geschlossen gewesen, als wir aus der Dusche gekommen waren.

»Babe?«, rief ich.

»Ja?«

»Hast du ...« Ich beendete meinen eigentlichen Satz nicht. Vielleicht bildete ich mir das alles nur ein?

»Was?«, fragte er und steckte seinen Kopf aus dem Badezimmer.

Ich zeigte auf die Tür, und er runzelte die Stirn.

»Du hast sie nicht geöffnet?«, fragte er mit leiser Stimme. Ich verneinte, während ich das Laken höher über meinen Körper zog. Das Blut in meinen Adern gefror, und ich schluckte schwer. »Bleib hier«, verlangte er und ein kalter Schauder durchfuhr mich.

»Patrick«, flüsterte ich.

»Nimm dein Handy.« Er zeigte auf meine Kommode. »Wenn ich in fünf Minuten nicht zurück bin, wähle den Notruf.« Ich war nicht in der Lage, etwas zu erwidern, weil er den Raum verließ und die Tür hinter sich zuzog.

Ich eilte aus dem Bett, schnappte mir mein Telefon und hob Blaze' Hemd vom Boden auf, um meinen Körper damit zu bedecken. Dann riegelte ich ab. Das Handy fest in meinem Griff, tippte ich die Ziffern ein, um im Notfall anrufen zu können. Normalerweise mochte ich Ruhe, aber in diesem Moment hasste ich die Stille im Haus. Einzig mein pochender Herzschlag, der wie eine Posaune in meinen Ohren klang, war zu vernehmen.

»Hey«, hörte ich seine tiefe Stimme, und ich zuckte dennoch zusammen. Meine Schlafzimmertür war verschlossen, und als ich auf den Knauf starrte, war ich hin- und hergerissen zwischen der Hoffnung, dass er zurückkommen würde, und der Sorge, dass es nicht Blaze wäre, der dahinter auf mich wartete.

»Babe, mach auf.« Kaum hatte ich aufgeschlossen, zog er mich an sich. »Warst du heute in deinem Atelier?«, fragte er, und ich runzelte die Stirn.

»Was?«

Angespannt wiederholte er seine Frage.

»Ja, ich war dort, bevor du nach Hause gekommen bist.«

»Du hast das Fenster offen gelassen. Eine Katze hat sich hereingeschlichen«, teilte er mir mit.

»Was?«

»Eine Katze, Babe. Sie muss die Tür aufgestoßen haben, als sie das Haus erkundet hat. Sie ist sofort aus dem Fenster gesprungen, als ich sie entdeckt habe.« Erleichtert sank ich in seine Arme, wohl wissend, dass er mich auffangen würde.

»Es tut mir so leid«, flüsterte ich an seinem Oberkörper.

»Ist schon gut.« Er gab einen amüsierten Laut von sich und küsste mich auf den Scheitel, ehe er mich enger an sich drückte. »Ich hätte das Haus überprüfen sollen, als wir von der Fahrt zurückgekommen sind.« Es war süß, dass er meine Sorgen zerstreuen wollte, aber der Schock saß tief und ich hatte ihn selbst verursacht.

»Bereit fürs Bett?«, fragte er und hob mich auf seine Arme. Ich liebte es, wenn er das tat. Mich an seinen Schultern festhaltend, waren seine Lippen genau vor mir. »Willst du duschen?«

»Duschen?«, fragte ich und biss mir auf die Unterlippe. Wasser auf Blaze' nacktem Körper war immer ein Gewinn. Auch mehrmals am Tag.

»Eine heiße. Seifige. Dusche.« Zwischen jedem Wort küsste er mich, bevor er sich zurückzog und mir zuzwinkerte. Mir war bewusst, dass er mich nur von dem Schreck ablenken wollte, den wir gerade erlebt hatten.

Und ich ließ ihn gewähren. Wer, der bei klarem Verstand war, würde das nicht tun?

16

Millie

Mein Telefon klingelte, und ich lächelte über das kitschige Foto, das Blaze als Profilbild eingestellt hatte. Er änderte es ständig, und obwohl ich mich bei ihm darüber beschwerte, liebte ich es insgeheim. Dieses zeigte uns beide im Bett. Sein Blick war auf mich gerichtet und sein Grinsen so breit, dass sein Grübchen hervortrat, während ich so sehr lachte, dass man meine Augen kaum sehen konnte. Es war ein Schnappschuss von einem süßen und wunderschönen Moment, von dem ich gerade einen Abzug bestellt hatte, um diesen in meiner Wohnung aufzuhängen.

»Hi, Babe«, meldete ich mich, während ich mir Gedanken über die Farbe das Rahmens machte, den ich dafür haben wollte.

»Bist du schon zu Hause?«, fragte er unvermittelt, und ich runzelte die Stirn. Es war nicht seine Art, mich nicht zu begrüßen.

»Das bin ich. Was gibt's?«

»Babe, es gibt einen Unfall auf dem Highway.« Er seufzte, und ich wusste, dass er sich mit der Hand über den Kopf fuhr.

»Oh. Okay, keine Sorge.«

»Millie ...«

»Ich kann selbst zur *Paint Nite* fahren«, schlug ich vor und erhob mich, um mein Auto zu beladen.

»Babe.«

»Was?«

»Kannst du es nicht absagen?«

»Absagen?«, wiederholte ich ein wenig verblüfft. »Patrick, das ist mein Job.«

»Ich weiß, Babe, aber ...«

»Ich verstehe, dass du dir Sorgen machst ...«

»Wirklich?«, protestierte er, aber ich ignorierte es.

»Mir wird nichts passieren«, versicherte ich ihm.

»Ich bin mit dem Firmentruck unterwegs. Nimm also meinen Wagen«, verlangte er, und ich runzelte die Stirn.

»Patrick, meiner ist völlig in Ordnung.« Ich seufzte und schaute auf die Uhr über meinem Fernseher. Bald musste ich los.

»Woher wusste ich, dass du das sagen würdest?«, murmelte er, und entlockte mir ein Lächeln.

»Ich komme schon klar.«

»Der Wetterbericht sagt, dass ein Sturm aufzieht.«

»Du meinst Regen?«, hakte ich nach und versuchte nicht, meine Belustigung zu verbergen. Ich wusste, dass es regnen könnte, denn draußen war es bewölkt und die Luft war kühl.

»Ja, ich meine Regen.«

»Patrick, in Kalifornien regnet es auch.«

»Besserwisserin.«

»Ich will dir nur klar machen, dass ich schon im Regen gefahren bin.« Ich kicherte. Es war lieb, wie beschützend er war. Schließlich war das einer der Gründe, warum ich ihn so sehr liebte.

»Wenn du weiter so süß bist, versohle ich dir heute Abend den Hintern«, drohte er, aber für mich klang es wie ein Versprechen.

»Oh. Steht das auch auf deiner Liste?«, erwiderte ich frech.

»Engel«, stöhnte er, und ich erkannte, dass es an der Zeit war, ernst zu sein.

»Ich verspreche, dass es mir gut gehen wird.«

»In meinem Auto wärst du sicherer«, beschwerte er sich, und ich musste mir auf die Innenseite meiner Wange beißen.

»Mein Wagen ist sicher.«

»Nein, er ist ein Schuhkarton«, merkte er an, und ich lächelte.

»Baby, bis ich mein Auto beladen, zu dir gefahren bin, einen Parkplatz gefunden und alles in deinen Wagen verfrachtet habe, wäre ich schon zu spät dran«, sagte ich, bevor ich ihm erneut versicherte, dass mir nichts zustoßen würde.

»Millie.«

»Du weißt, dass ich schon mal selbst nach Nashville gefahren bin, oder? Es ist nicht so weit.«

»Babe ...«

»Und ich bin in demselben Auto mit einem Anhänger hinten dran quer durchs gesamte Land gefahren.« Es war an der Zeit für die großen Geschütze, um ihm etwas Seelenfrieden zu verschaffen.

»Also schön«, brummte er. Ich stellte mir vor, wie er in seinem Wagen saß und frustriert den Kopf zurücklegte. »Sei einfach vorsichtig. Sobald ich in der Stadt bin, fahre ich los und ...«

»Warte mal«, unterbrach ich ihn, während ich in mein Atelier ging, um alles einzuladen. »Du kommst heute Abend nicht ins Diner.«

»Ich bin ziemlich sicher, dass ich kommen sollte ...«

»Und ich bin ziemlich sicher, dass du seit Sonnenaufgang wach bist und jetzt im Stau stehst. Du solltest einfach nach Hause fahren und dich entspannen.«

»Und dich heute Nacht allein lassen?«

»Patrick.« Ich seufzte. »Du hast gesagt, es braut sich ein Sturm zusammen. Außerdem bist du müde. Wir sollten nicht grundlos mit zwei Autos unterwegs sein.«

»Mill...«

»Das ist nicht nur eine Verschwendung von Treibstoff, sondern auch unverantwortlich«, betonte ich.

»Engel ...«

»Außerdem ist mein Kurs heute Abend nicht mal in einer Bar. Er ist in diesem süßen Diner.«

»Ich weiß, aber ...«

»Kein Aber«, unterbrach ich ihn erneut und war nun diejenige, die den Ton angab. »Fahr vorsichtig und warte zu Hause auf mich, damit wir heute Abend kuscheln können.« Ich hoffte, er würde all seine verrückten Ideen einfach vergessen. Einen Moment lang herrschte Schweigen, als er jedoch hörbar ausatmete, wusste ich, dass er nachgeben würde.

»Nackt kuscheln?«, fragte er, und ich musste breit grinsen.

»Auf jeden Fall.«

»Okay, Babe. Sei vorsichtig. Trag dein Handy immer bei dir«, verlangte er, und ich verdrehte die Augen.

»Ich verspreche es. Ich liebe dich, Patrick.«

»Ich liebe dich auch, Milagros.« Damit beendeten wir das Gespräch, und ich begann, alles aus dem Haus in mein Auto zu schaffen.

Blaze

Es regnete in Strömen, als Jinx und ich mit dem Ausladen der Lieferung fertig waren.

»Es wird alles in Ordnung sein«, sagte Jinx, und ich warf ihm über meine Schulter hinweg einen strafenden Blick zu. »Woher sollte ich wissen, dass du im Stau stehen würdest?«, verteidigte er sich, aber ich hatte nicht vor, etwas darauf zu erwidern. »Und dieser Sturm stand nicht im Wetterbericht«, merkte er an.

Ich wusste, dass er recht hatte, aber trotzdem biss ich die Zähne zusammen. Mir gefiel der Gedanke nicht, dass Millie bei diesem Mistwetter nach Hause fahren würde. Das Diner, in dem sie ihren Kurs abhielt, lag ein wenig außerhalb von Nashville, und die Straßen wurden bei Regen oft unterspült.

»Was auch immer«, murmelte ich und schloss die Heckklappe des Trucks.

»Kommst du mit rein?«, fragte er, aber ich lehnte ab.

»Nein. Ich werde zu ihr nach Hause fahren und dort auf sie warten.«

Er sah mich einen Moment lang an, ehe er etwas erwiderte. »Das ist noch immer verdammt ernst zwischen euch, hm?«

»Du hast ja keine Ahnung«, murmelte ich und rieb die Stelle über meinem Herzen. Ich hasste die Sorge, die ich empfand, weil ich sie nicht nach Nashville hatte bringen können. Aus ihren Nachrichten wusste ich, dass sie bereits dort war und alles vorbereitet hatte. Sie hatte mir sogar ein Foto geschickt, auf dem sie lächelte. Dennoch änderte es nichts an meinem miserablen Gemütszustand. So fühlte es sich an, wenn man jemanden mehr liebte als sich selbst. Dein Herz befand sich buchstäblich außerhalb deines Körpers.

»Hast du dir die Inserate angesehen, die ich dir geschickt habe?«, fragte Jinx, und ich nickte. Ein kleiner Teil des Ärgers, der sich in mir angesammelt hatte, begann sich zu lösen.

»Das habe ich.«

»Hast du mit ihr über deinen Plan gesprochen?«

»Noch nicht, aber ich werde es tun.« Je eher, desto besser. »Ich mag das kleine grüne Haus«, teilte ich ihm mit. Er verschränkte die Arme vor der Brust und lächelte.

»Das in der Nähe von Clemons?«

»Ja.«

»Eine gute Wahl. Und hervorragende Schulen«, murmelte er, und ich stimmte zu.

»In Ordnung, ich werde jetzt gehen.«

»Alles klar. Wenn du etwas brauchst, ruf mich an.« Ich nickte ihm zu, bevor ich mich wieder in den Truck setzte und zu Millie nach Hause fuhr.

Ich parkte davor, ließ die Einfahrt für sie frei und starrte auf das Fachwerkgebäude. Es war hübsch, aber zu klein für uns, vor allem auf lange Sicht. Kinder benötigten viel Platz sowie einen Garten, in dem sie mit einem Hund herumlaufen konnten. Verdammt, jetzt fügte ich auch noch einen Hund in diesen kleinen Tagtraum ein. Ich lachte über mich selbst.

Auch wenn ich damit ein paar Schritte übersprang, klang ein süßes Fellknäuel nicht wie eine schlechte Idee. Vielleicht würde ich heute Abend damit beginnen, Millie zu einem neuen Zuhause und einem Hund zu überreden.

»Geht es dir gut?«, fragte ich und hörte ihr Lachen.

»Blaze, ich bin okay. Ich bin fast zu Hause.«

»War der Kurs in Ordnung?«

»Ja.« In ihrem Ton lag etwas, das mir die Nackenhaare zu Berge stehen ließ.

»Ist etwas passiert?«

»Nein, nur ...« Ihre Stimme driftete ab, wie sie es tat, wenn sie überlegte, auf welche Art sie mir etwas sagen sollte. »Nichts.«

»Was, Engel?«

»Es ist albern.«

»Dann erzähl es mir«, drängte ich, als es draußen blitzte und der schwach erleuchtete Raum mit einem hellen Licht erfüllt wurde.

»Einer meiner Stammgäste hat mich gefragt, ob ich mit ihm ausgehen will«, berichtete sie. Ich stand von der Couch auf und ging in dem kleinen Wohnzimmer auf und ab.

»Er hat was?«, knurrte ich und fuhr mir mit der freien Hand durch die Haare.

»Wahrscheinlich hat er gesehen, dass du nicht da warst, und dachte, ich wäre wieder zu haben.«

»Was hast du gesagt?«, wollte ich wissen. Mir war klar gewesen, dass ich sie begleiten hätte müssen.

»Ich habe ihm gesagt, dass ich einen Freund habe, aber dass es süß ist, gefragt zu werden.«

»Hm«, erwiderte ich, und sie klang amüsiert.

»So eifersüchtig.«

»Du hast keine Ahnung«, antwortete ich verärgert. »Wo bist du?«

»Ich bin fast zurück«, erwiderte sie. Ich atmete tief ein und versuchte, nicht die Geduld zu verlieren. Es war schon schlimm genug, dass sie ihre *Paint Nite* hatte alleine abhalten müssen, aber mit dem Sturm, der draußen tobte, waren meine Nerven mehr als angespannt.

»Ja, und wo genau bist du im Moment?«

»Warum? Vermisst du mich?«, sagte sie frech. Ich hörte das Lächeln in ihrer Stimme und schüttelte den Kopf.

»Ich werde dir den Hintern versohlen, wenn du hier bist, weil du so mit mir spielst.« Trotz der Anspannung, die mich fest im Griff hatte, machte mich ihr leises Lachen an.

»Entspann dich. Ich bin fast da. Ich bin bereits auf der Brücke.«

»Gut. Hast du Hunger, Babe?«

»Ein wenig. Kannst du mir einen Toast machen, aber ...

Verdammt!«

Plötzlich spielte sich alles in Zeitlupe ab.

Jedes Geräusch klang in meinen Ohren zu laut und doch nicht laut genug. Die Reifen ihres Autos quietschten und sie schrie auf. Ich fühlte mich so hilflos, als ich hörte, was sich abspielte, und meine Nerven waren zum Zerreißen gespannt. Ein Fluch kam über Millies Lippen, während mir das Herz bis zum Hals schlug.

Dann herrschte absolute Stille.

Ich war ein Mann, der die Stille liebte. Aber in diesem Moment wollte ich nichts lieber als ohrenbetäubenden Lärm.

»Engel? Millie!«, rief ich, und mein Herz raste, als ich mir die Schuhe anzog und ein Flanellhemd überstreifte.

»Ich bin ... ich bin hier.« Ihre Stimme klang zittrig. Angst pulsierte in meinen Adern, sie musste unbedingt weitersprechen, damit ich sicher sein konnte, dass nichts Schlimmes passiert war.

»Babe, rede mit mir«, verlangte ich.

»Ich bin ...«, begann sie, hielt aber inne. Ich hörte, wie sie scharf einatmete, bevor sie langsam die Luft ausstieß. »Es geht mir gut, Patrick. Ich habe einen Platten.«

»Fuck!« Ich schloss die Augen. Sie hat nur eine Reifenpanne. Das war alles. Ich war so dankbar, dass es ihr gut ging. »Bleib in deinem Wagen. Ich bin gleich da.« Ich ging durch die Vordertür zu meinem Truck.

»Warum?«

»Babe. Bleib in dem verdammten Auto.«

»Blaze, ich kann einen Reifen wechseln«, hielt sie dagegen, und ich biss die Zähne zusammen.

»Ich bin sicher, dass du das kannst, aber es regnet in Strömen.«

»Pat...«

»Nicht«, erwiderte ich knapp und wusste, dass ich wie ein

Arsch klang. Es war nicht der richtige Zeitpunkt, mich so zu verhalten – sie hatte sich gerade zu Tode erschrocken –, dennoch konnte ich nicht anders. Die Geräusche ihres Schreis und der quietschenden Reifen wurden in Endlosschleife in meinem Kopf abgespielt. Ich stieg in den Truck und startete ihn. »Diskutiere jetzt nicht mit mir, Millie. Ich bitte dich. Es blitzt und donnert. Einige Nachrichtensender meinten, es könnte hageln.«

»Ich weiß, aber ...«

»Bleib in dem verdammten Auto und rede mit mir.«

»Patrick ...« Sie seufzte. »Mir geht es gut. Es tut mir leid, dass ich dich erschreckt habe.«

»Ist schon gut«, beruhigte ich sie und beschloss, die Stimmung aufzulockern. »Wie wäre es, wenn du es wieder gut machst, wenn wir zu Hause sind.« Verdammt. Ich liebte die Vorstellung, mit ihr einen Ort zu haben, den ich Zuhause nannte. Obwohl sich jeder Ort so anfühlte, wenn sie bei mir war.

»Ja? Und wie?«

»Es gibt etwas, worüber ich mit dir sprechen möchte.« Ich blieb vage. Nach dem Schock, den wir gerade erlitten hatten, wollte ich ihr nicht zu viel zumuten. Doch genau deswegen wusste ich, dass ich nicht länger warten wollte, was die Zukunft für uns bereithalten würde.

»Ja? Oh, hey! Jemand hält an!«, rief sie aus, und ich trat ein wenig fester auf das Gaspedal. »Blaze«, flüsterte sie in einem Ton, der mir nicht gefiel. Ein eiskalter Schauder lief mir den Rücken hinunter.

»Was?«, hakte ich nach, doch der Anruf wurde immer wieder unterbrochen. Statisches Rauschen klang durch meine Freisprecheinrichtung.

»Bla-ze.« Ihre Stimme klang fast roboterhaft.

Verdammt ... das hörte sich nicht gut an.

17

Millie

»Blaze? Kannst du mich hören?« Der Ton hallte abgehackt aus den Lautsprechern meines Autos. Der Fahrer des rostroten Trucks, der vor mir angehalten hatte, ging in meine Richtung. Als sich der Himmel mit Blitzen erhellte, erkannte ich ihn.

»Millie, verstehst du mich?«

»Patrick, bist du da?« Er steuerte direkt auf mich zu. Er war immer nett gewesen. Seit ich in Nashville aufgetaucht war, hatte er mit nur wenigen Ausnahmen an fast jeder *Paint Nite* teilgenommen. Ein kalter Schauder lief mir über den Rücken, und das hatte nichts mit dem Sturm zu tun, der außerhalb meines Autos tobte. Regen prasselte auf meine Windschutzscheibe, und ein Donner schallte durch die Dunkelheit. »Babe, ich kenne ihn«, flüsterte ich und hoffte, die Verbindung würde halten.

»Wer?«, tönte es verzerrt aus den Boxen, während mein Blick auf den Kerl gerichtet war, der sich näherte.

»Der Typ, der angehalten hat«, erklärte ich, aber ich war mir nicht sicher, ob Blaze mich verstanden hatte.

»Babe, ich bin fast da.« Blaze' tiefe Stimme beruhigte mich. Ich nickte, obwohl ich wusste, dass er mich nicht sehen konnte.

Der Kerl hatte die Fahrerseite erreicht, und ich kurbelte das Fenster ein wenig herunter, so dass Regentropfen in mein Auto fielen. Er lehnte sich näher, und ich wünschte wirklich,

ich hätte Blaze' SUV genommen. Mein Auto kam mir zu klein vor, und dieser Typ schien viel größer, als ich ihn in Erinnerung hatte. Er lächelte auf diese Netter-Nachbar-Art, und ich versuchte, es zu erwidern, während ich nach seinem Namen suchte. Doch egal wie sehr ich mich anstrengte, er kam mir nicht in den Sinn. Ich fühlte mich wie eine Idiotin, schließlich handelte es sich um einen meiner Stammkunden bei den *Paint Nite's*.

»Millie, richtig?« Ich nickte bestätigend.

»Hey«, erwiderte ich und lächelte in der Hoffnung, dass es aufrichtig wirkte.

»Brauchst du Hilfe?«, fragte er, während seine Aufmerksamkeit zu meinen Lippen und wieder hinauf zu meinem Gesicht wanderte.

»Nein, es geht mir gut.« Da war etwas in seinen Augen, das mir ein wenig Angst bereitete.

»Bist du sicher? Dein Reifen ist hinüber«, sagte er mit einem Blick dorthin. In der Art, wie er es mir mitteilte, lag etwas, das mir eine Gänsehaut über den Rücken jagte. Etwas Unheimliches. Als wüsste er genau, wo das Problem lag, ohne nachsehen zu müssen.

»Ich weiß.« Ich lachte und bemühte mich, meine Stimme ruhig zu halten. »Mein Freund ist bereits auf dem Weg, aber danke.«

»Dein Freund, hm?«

»Ja.« Ich nickte, und sein Grinsen verblasste und wurde fast diabolisch.

»Das ist eine Schande. Ich hätte dir helfen können.« Seine Worte hingen in der Luft, und ich schluckte schwer. Warum hatte ich das Gefühl, dass sie eine doppelte Bedeutung besaßen? Hatte ich mich gerade umsonst verrückt gemacht? Bevor ich etwas erwidern konnte, wandte er sich ab und steuerte auf seinen Truck zu.

»Engel?«, ertönte Blaze' Stimme, und ich atmete tief aus.

»Er ist weg«, sagte ich erleichtert. Ich ließ meinen Blick nicht von der großen, schlanken Gestalt weichen. Nachdem er seinen Wagen erreicht hatte, drehte er sich zu mir um und schüttelte den Kopf, ehe er die Kapuze abzog. In diesem Augenblick erhellte ein Blitz den Himmel, und ich hätte schwören können, dass der Kerl einfach durch mich hindurchschaute. Erneut donnerte es, und ich zuckte unwillkürlich zusammen, als er sich mit den Händen über das Gesicht rieb. Obwohl er nass wurde, verharrte er im Regen, als wäre es ihm egal. Schlussendlich schlüpfte er in seinen Truck. »Er steigt in sein Auto«, flüsterte ich und konnte förmlich spüren, wie mir eine Last abgenommen wurde.

»Gut. Ich sollte in ein paar Minuten da sein.«

»Danke, Patrick.«

»Du musst mir für nichts danken, Babe.«

»Tut mir leid, dass ich einen Platten hatte und dich erschreckt habe«, murmelte ich nervös. Obwohl der Typ sein Fahrzeug gestartet hatte und die Lichter angingen, setzte er sich nicht in Bewegung. Er saß einfach nur darin und das bereitete mir Unbehagen.

»Es ist okay«, sagte Blaze, als hätte er meine Gedanken gelesen.

»Ich liebe dich, Patrick«, flüsterte ich und wusste, dass diese Worte bis in die hintersten Winkel meiner Seele der Wahrheit entsprachen. Es würde keinen anderen für mich geben. »Was hältst du davon, bei mir einzuziehen?«, platzte ich heraus und hörte den tiefen Klang seines Lachens.

»Mein Wundermädchen.« Die Wärme seiner Stimme ließ mich lächeln und den Blick von dem immer noch vor mir geparkten Truck abwenden. »Gott sei Dank«, murmelte er, und meine Lippen hoben sich. »Ich hatte mir schon ein paar Tricks einfallen lassen, um dich davon zu überzeugen, mit mir zusammenzuleben«, gestand er, und ich begann zu kichern. »Keine Tricks nötig.«

»Ich habe ein Haus, das wir uns ansehen sollten.« Jetzt war er es, der mich überraschte.

»Ein Haus?«, wiederholte ich. »Ich dachte, du könntest bei mir wohnen. Oder ich bei dir ...« Mein Blick wanderte nach oben und ich runzelte die Stirn. »Patrick?«

»Ja ... ganz egal ...« Er sprach von einem gemeinsamen Ort, aber was ich sah, ließ mich vor Angst erstarren.

»Oh mein Gott!«, keuchte ich. »Blaze, er fährt rückwärts!«, stieß ich hervor. Der rostrote Truck wurde immer schneller, aber ich konnte mich nicht dazu bringen, zu reagieren. »Oh mein Gott! Er wird nicht anhalten!«, schrie ich und hielt mich am Lenkrad fest. Blaze sagte etwas, aber ich konnte es nicht verstehen. Seine Stimme klang verzerrt, bevor die Leitung tot war.

»Verdammt!« Ich spannte mich an, als der Truck gegen mein Auto krachte und mich ein Stück nach hinten stieß.

Er fuhr vorwärts, nur um im nächsten Augenblick wieder zurückzusetzen und meinen kleinen Fiat noch fester zu rammen. Die Motorhaube sah langsam aus wie eine zerknüllte Dose. Und als könnte es nicht noch schlimmer werden, sprühten plötzlich Funken. Ich traute meinen Augen nicht und war entsetzt über den Rauch, der vorne aus meinem Auto aufstieg und sich mit dem Regen vermischte.

»Was zum Teufel?« Ich versuchte, mich abzuschnallen, doch mein Sicherheitsgurt ließ sich nicht lösen. Erneut krachte er mit seinem Truck gegen mich, dieses Mal noch härter. Ich zog und zerrte an dem blöden Gurt und wünschte, ich hätte früher auf alles reagiert.

Warum zum Teufel war ich wie erstarrt gewesen?

Warum hatte ich meinen blöden Sicherheitsgurt angelegt?

Er drängte meinen Wagen immer weiter zurück. Näher und

näher an den Rand, in Richtung Böschung. Meine gesamte Konzentration lag darauf, diesen dummen Gurt aufzubekommen, aber es war zwecklos. Ich hätte stattdessen auf die Umgebung achten sollen. Denn nun wurde die Tür auf meiner Fahrerseite aufgerissen, und sein Gesicht war direkt vor meinem.

»Ich sagte doch, ich kann dir helfen«, grollte er.

Meine Zunge fühlte sich viel zu schwer in meinem Mund an. »Bitte, ich wollte nur ...«

»Wo ist dein nichtsnutziger Bikerfreund, hm?«, stichelte er und meine Unterlippe zitterte.

»Bitte, nur ...«

»Er wird nicht kommen. Das weißt du doch, oder? Wahrscheinlich ist er bei einer anderen kleinen Freundin.« Er lehnte sich näher, und ich erstarrte, als ich seinen Atem an meiner Schläfe spürte. »Vermutlich vögelt er sie gerade, so wie er es dir letzte Nacht besorgt hat«, flüsterte er, bevor sein Mund meine Wange berührte, dann seine Zunge. Seine Hand umschloss meine Kehle, und mir stockte vor Angst der Atem. Fest hielt er meinen Hals in seinem Griff, während er über die Seite meines Gesichts leckte.

»Mhm. So süß«, stöhnte er und ich spürte Tränen in mir hochsteigen. »Wir werden unseren eigenen Spaß haben.« Seine Stimme war rau und mir wurde speiübel. »Hast du eine Ahnung, wie scharf ich war, als ich dich gestern Abend beobachtet habe? Du warst so vertieft, dass du mich nicht bemerkt hast. Ich konnte dich von dort, wo ich stand, riechen«, spottete er.

Mir kam die Galle hoch.

Er war dort gewesen, keine Katze.

»Ich hätte gut für dich sein können. Warum hast du mir keine Chance gegeben? Ich habe dich zuerst gesehen. Ich habe sie zuerst gesehen«, murmelte er vor sich hin und schüttelte den Kopf, während er in ein Selbstgespräch verfiel und seinen Griff um meine Kehle verstärkte.

Er könnte mich auf der Stelle erwürgen. Dieses Wissen gepaart mit dem Adrenalin, das durch meine Adern rauschte, und dem kalten Regen, brachte meinen Körper zum Beben.

Er fasste an mir vorbei ins Wageninnere und löste irgendwie den Sicherheitsgurt. Die Vorderseite meines Autos stand in Flammen. Ich war nicht dumm. Mir blieb keine andere Wahl, als auszusteigen. Dennoch wollte ich nicht mit ihm gehen.

»Komm schon.« Er löste seinen schweren Griff um meinen Hals und packte mich am Unterarm. Seine Finger gruben sich schmerzhaft in meine Haut. Ich schrie auf.

»Du tust mir weh.«

»Du hast mir wehgetan!«, brüllte er und biss die Zähne zusammen. »Sich auf diesen Taugenichts einzulassen! Warum konnte sie mich nicht einfach zurücklieben? Warum hast du dich nicht einfach in mich verliebt?« Seine Augen waren dunkel und wütend. Noch nie in meinem Leben hatte ich eine solche Angst verspürt.

»Es tut mir so leid. Ich wollte dich nicht verletzen«, versuchte ich, ihn zu beschwichtigen, aber er starrte mich nur an, während sich auf seiner Stirn tiefe Falten bildeten.

»Ich habe dich gesehen. Ich habe dich zuerst gesehen! Ja, ja, das habe ich.« Er trat an die Böschung heran, sodass ich unter uns den kleinen Fluss erkennen konnte. »Du hast mir zuerst gehört!«

Ich war schon einige Male an dieser Brücke vorbeigekommen. So oft hatte ich anhalten und mich umsehen wollen, aber nicht auf diese Art. Nicht mit einem verrückten Kerl, der offensichtlich irgendwann den Verstand verloren hatte.

»Es tut mir wirklich leid.«

»Wie lautet mein Name, Millie?«, fragte er und hielt inne. Für einen Moment schien Klarheit den Wahnsinn in seinem

Blick zu verdrängen.

Mein Herz raste und pochte in meinen Ohren.

Ich kannte seinen Namen nicht.

Warum kannte ich seinen Namen nicht?

»Phil!«, riet ich und wusste sofort, dass es falsch war. In meinem Kopf kramte ich nach der Teilnehmerliste meiner *Paint Nite's*. Wer stand fast immer darauf? Dann viel es mir ein. »Jim.« Anerkennung war in seinen Augen zu sehen, und ich wiederholte seinen Namen. »Jim! Bitte! Es tut mir so leid, Jim. Ich wollte dir nicht wehtun. Das wollte ich wirklich nicht.«

»Oh, Baby.« Er zog mich an sich heran. Er war größer als ich, vielleicht zehn Zentimeter kleiner als Blaze, aber er überragte mich trotzdem. »Du kennst doch meinen Namen.«

»Bitte, Jim, lass uns zum Auto zurückgehen.«

»Dein Auto ist hinüber, Dummerchen.« Sein ganzes Auftreten hatte sich verändert, als er mein Gesicht umfasste. Seine Berührung war sanft, dennoch wollte ich, dass er seine Hände von mir nahm. Ich musste verdammt noch mal weg von ihm. »Aber es ist okay. Blaze wird denken, dass du gestorben bist. Er wird wissen, dass es seine Schuld ist. Er hätte dich nicht anfassen dürfen. Du hast mir zuerst gehört. Mir. Nicht ihm.« Seine Worte ergaben keinen Sinn.

»Jim, bitte ...«

»Dann können du und ich ...« Er redete davon, dass wir zusammen weglaufen sollten, und merkte lautstark an, dass ich ihm gehörte. Das war meine Chance.

»Beeil dich, Mija«, flüsterte die Stimme meiner Mutter in meinem Hinterkopf. Ich schluckte und machte Anstalten, ihm in die Weichteile zu treten. Ich hob das Knie an, doch er reagierte viel zu schnell und wich zurück.

»Oh nein, Baby«, sagte er gedehnt, und seine Augen verfinsterten sich. »Das hättest du nicht tun sollen.« Er legte seine Hände auf meine Schultern und drehten mich so, dass meine

Rückseite gegen seine Brust gepresst wurde. Einer seiner Arme war um meine Taille geschlungen, während der andere an meinem Hals ruhte.

»Kämpfe, Millie. Kämpfe gegen mich an«, grollte er, seine Lippen an meinem Ohr. »Schau, wie hart du mich machst. Verdammt, ich kann es kaum erwarten, dich zu vögeln«, murmelte er und sein Schwanz stieß gegen meinen unteren Rücken. Er war groß und dünn, aber stark.

»Hey!«, ertönte eine tiefe Stimme. Ein Blitz zuckte am Himmel und beleuchtete Blaze. Er wirkte wie ein Krieger. »Lass sie gehen«, verlangte er mit gefährlich ruhiger Stimme, während er seinen Blick langsam von mir zum Boden vor ihm wandern ließ, bevor er ihn wieder auf Jim heftete.

»Sie gehen lassen?«, wiederholte Jim. Ein wahnsinniges Lachen erklang, als sich seine Finger um meine Kehle schlossen. Der Regen prasselte auf uns nieder. »Fick dich!«, brüllte Jim. »Du hättest sie gehen lassen sollen! Warum bist du nicht zurück zu deiner kleinen aufblasbaren Barbie gegangen! Du dummes Arschloch!«

»Hey, Mann, hör mal, wenn du ein Problem mit mir hast, ist das okay. Lass sie einfach gehen und mach das mit mir aus.« Blaze bewegte sich vorwärts, die Arme ausgestreckt, als würde er nicht wie eine Bedrohung wirken wollen.

»Ein Problem mit dir? Was glaubst du denn, du Muskelprotz?«, stieß er so laut aus, dass seine Stimme bebte. Ich versuchte, mich loszureißen, doch seine Finger drückten fester zu, während er die andere Hand gegen meinen Bauch presste. »Ich habe dich geliebt, und du bist verdammt noch mal abgehauen.«

»Ich kenne dich nicht«, keuchte ich.

»Du kennst mich. Du kennst mich schon ewig. All die Male, die es nur uns gegeben hat.« Obwohl er mich ansah, hatte ich das Gefühl, dass er mich nicht wirklich wahrnahm.

»Jim, hör auf damit«, flüsterte ich.

»Es ist eine Schande, dass wir nicht mehr Zeit miteinander haben konnten«, raunte er gegen meine Schläfe, während seine Zunge über meine Schläfe fuhr. »Hoffentlich stirbst du dieses Mal schnell.«

»Was?« Mein Blick traf den von Blaze. Dieses tiefe Blau starrte mir entgegen. Die Zeit stand still, als ich für Blaze ein stummes *Ich liebe dich* mit den Lippen formte.

Ich wusste, dass wir uns in der Nähe des Abgrunds befunden hatten. Aber durch den Regen und die Dunkelheit hatte ich nicht bemerkt, wie nah dieser tatsächlich war. Jim packte mich fester und seine Kraft überraschte mich erneut, als er mich zu sich zog und zurückstieß.

Eine ohrenbetäubende Ruhe erfüllte meine Sinne und die Zeit schien anzuhalten. Ich stürzte über den Vorsprung und fiel wie der Regen hinunter zum Fluss, bis ich auf eiskaltes Wasser traf und mich Schwärze umgab.

Blaze

»Millie?«, knurrte ich, aber ich wusste, dass der Anruf abgebrochen war. »Verdammt!« Mit der Hand schlug ich auf das Lenkrad, bevor ich die Einsatzkräfte alarmierte.

»Notrufzentrale. Wie lautet Ihr Notfall?«

»Es gibt einen Autounfall«, begann ich und nannte die Brücke und den Ort, von dem Millie mir erzählt hatte, dass sie dort gewesen war. Ich hoffte bei Gott, dass es richtig war. Nachdem ich aufgelegt hatte, rief ich Jinx an.

»Hey ...«

»Ich brauche Hilfe«, sagte ich und teilte ihm mit wenigen

Worten mit, was er tun sollte. Als ich Millies kleinen gelben Fiat sah, legte ich auf und stieg aus meinem Wagen.

Ruiniert und zertrümmert, sah das Ding aus wie eine recycelte Dose. Ich stützte die Hände auf meinem Kopf ab, während ich ihren Wagen betrachtete. Trotz des Regens, der auf ihn fiel, loderten helle Flammen daraus hervor. Ich eilte auf die Fahrerseite. Verzehrt von der Angst vor dem, was ich finden würde, als ich näherkam.

Die Fahrertür stand offen. Das Innere ihres Autos war leer, ihre Handtasche und ihr Handy lagen auf dem Beifahrersitz.

Erleichterung machte sich in mir breit, bevor ich das Grauen realisierte. Das Blut rauschte in meinen Ohren, als ich mich umschaute und sie endlich erblickte. Ein Mann hielt sie im Arm und sprach mit ihr. Vorsichtig bewegte ich mich auf die beiden zu.

Sobald ich in Hörweite war, konnte ich all den Mist verstehen, den er von sich gab. Mein Gott, der Typ war total durchgeknallt.

»Hey!«, rief ich, weil ich mit dem Kerl reden musste.

Ich versuchte, ihn abzulenken oder ihn so wütend zu machen, dass er Millie loslassen und stattdessen auf mich losgehen würde. Aber ich versaute es.

Ich wusste es in dem Augenblick, in dem es passierte. Etwas in seiner Miene veränderte sich. Als würde ein gefährlicher Schalter umgelegt werden. Ich sah zu, wie dieser kranke Idiot die Seite ihres Gesichts ableckte. Kein einziges Mal löste meine schöne, tapfere Frau den Blick von mir, als wollte sie so viel von mir aufsaugen, wie sie nur konnte. Als würde sie sich verabschieden.

Mit den Lippen formte sie ein *Ich liebe dich*, dann lief alles in Zeitlupe ab. Mein Herz schlug mir bis zum Hals, als der Arsch sie über die Kante in Richtung Fluss warf.

»Millie!«, rief ich, »Was zum Teufel ...«

»Nicht so schnell!« Er zog eine Pistole und richtete sie direkt auf mich. »Weiter als bis hierher wirst du nicht kommen. Das ist deine Schuld, Mann.«

Ich bewegte mich vorwärts, blieb aber stehen, als er mit der Waffe herumfuchtelte. Der Kerl war verdammt psychotisch. Und ich konnte nichts anderes tun, als darauf zu hoffen, dass er mir eine Chance geben würde, ihn zu überwältigen, damit ich Millie zu Hilfe eilen konnte. Ich versuchte, die Angst zu unterdrücken, die mich zu überwältigen drohte, die Angst um mein Mädchen, während ich zusah, wie dieser Verrückte ausrastete.

»Sie gehörte mir. Sie gehörte immer mir!«, brüllte er und ruderte mit den Armen.

»Sie hat nie dir gehört«, knurrte ich.

»Fick dich!«, rief er. Ich hörte, wie sich jemand hinter mir näherte, aber ich drehte mich nicht um, um nachzusehen. »Dieses Mal gehe ich mit ihr«, erklärte der verrückte Idiot und hörte auf, mit der Waffe herumzuwedeln.

Im nächsten Moment richtete er die Pistole auf sich selbst, und Sekunden später sackte sein lebloser Körper auf den nassen Boden.

»Scheiße«, murmelte eine tiefe Stimme. Ich drehte mich um und sah mich Nico Mayson gegenüber, dem Onkel von Wes' Frau. Ich hatte ihn schon ein paar Mal getroffen. Nur dass er jetzt älter war, aber immer noch ein knallharter Typ.

»Alles wird gut werden.« Mit ausgestreckten Händen, als würde er sich einem wilden Tier nähern, kam er auf mich zu. Da wurde mir klar, dass er die Zusammenhänge nicht richtig gedeutet hatte. Er wusste nicht, dass Millie über die Böschung gestürzt war und nun im Wasser lag. Mein Gott.

Ich konnte keine Zeit mehr verlieren.

»Ich muss zu ihr«, rief ich über die Schulter hinweg und rannte an dem Verrückten vorbei, der am Boden lag. Nico rief meinen Namen, aber ich musste zu Millie und sie in Sicherheit bringen. Ohne nachzudenken, sprang ich über den Vorsprung in den eisigen Fluss.

18

Blaze

Das Wasser war nicht tief, die Strömung dafür umso reißender. Während ich mich umsah, drang spärliches Licht von oben zu mir in die Dunkelheit. Der Schein von Taschenlampen gesellte sich an Nicos Seite und ich konnte nur vermuten, dass es andere Polizisten oder meine *Broken Eagles* Brüder waren, die mir die Suche erleichterten. Ich sah mich um, konnte sie aber nicht finden.

»Millie!«, rief ich immer wieder. »Millie! Babe! Wo bist du?« Als ich mich umdrehte, bemerkte ich aus dem Augenwinkel etwas. »Da drüben!«, wies ich an und deutete auf einige Felsen. Die Lichter folgten meiner Aufforderung und beleuchteten die vorgegebene Richtung, doch beim Näherkommen wusste ich anhand des Umrisses, dass es nicht Millie war.

»Fuck.« Ich rieb mir den Nacken, und sah mich weiter um. »Millie!«, versuchte ich es erneut, denn die Angst kroch mir in die Knochen und setzte sich tief in mir fest. »Millie!«

»Millie!«

»Mills!«, riefen die Männer von oben.

Mehr Licht erfüllte die Umgebung, als meine Brüder ihre Autos an die Böschung heranfuhren und mit ihren Scheinwerfern nach unten leuchteten. An der Seite des Hügels konnte ich Jinx und Harlen ausmachen, die zu mir kamen.

»Patrick«, vernahm ich eine leise Stimme, ehe ein Hustenanfall folgte. »Babe.« Sie hustete erneut und ich folgte dem

Geräusch.

»Verdammt«, fluchte ich, als ich sie weiter unten am Fluss erblickte. Sie hielt sich an einem der Grundpfeiler der Brücke fest. Sie wirkte unverletzt. Ein bisschen blass und durchnässt, aber sie schien okay zu sein. »Bleib da«, verlangte ich, und versuchte, zu ihr zu gelangen.

»Ich denke, das ist eine gute Idee«, erwiderte sie. Ein raues Lachen entwich meiner Kehle. Wenn sie besserwisserische Worte von sich geben konnte, musste es ihr gut gehen. Ich erreichte sie und hielt mich mit einer Hand am Pfosten fest, während ich mit der anderen ihr Gesicht umfasste.

»Bist du okay?«

»Ja.« Sie zitterte und hatte eine Wunde an der Wange.

»Bist du sicher?«, hakte ich nach, und sie biss sich auf die Unterlippe.

»Ich stecke fest«, flüsterte sie, woraufhin ich den Blick senkte.

»Du steckst fest?«

»An einer Art Draht. Es ist um mein Bein gewickelt.« Ich griff nach unten und tastete sie ab. »Patrick, ich habe Angst.« Als meine Fingerspitzen den Draht direkt unter ihrem Knie spürten, schaute ich zu ihr auf.

»Shht ...« Meine Stirn an ihre gelegt, drängte ich sie, mich anzusehen. »Es wird alles wieder gut. Ich hab dich. Versprochen.«

»Lass mich nicht hier, bitte«, flüsterte sie mit klappernden Zähnen.

»Mein Wundermädchen im Fluss zurücklassen? Auf keinen Fall. Wir müssen uns doch Häuser ansehen, schon vergessen?«

»Häuser?«, wiederholte sie. Ich nickte, während ich versuchte, das dünne Metall zu entwirren. »Wir werden ein Haus kaufen?«

»Ja. Unsere beiden Namen werden auf der Urkunde stehen.

Was denkst du denn?«

»Ich d-denke, das gefällt mir.«

»Baby, schneidet der Draht in deine Haut?«, erkundigte ich mich, als ich spürte, dass er fest um sie gewickelt war.

»Nein, eigentlich nicht.« Sie zitterte und schüttelte den Kopf.

»Okay, ich werde versuchen, ihn von deinem Knie zu lösen.« Sie nickte. »Konzentrier dich nur auf mich, okay?« Ich versuchte, sie aus dem Geflecht zu befreien, aber es gab nicht nach. Ich rüttelte etwas fester daran und Schmerz zeichnete sich in ihrem Gesicht ab. Ich versuchte es zu ignorieren. Was mir bei meinem eigenen leichter fiel, als der Draht in meine Handfläche schnitt. »Babe, ich glaube, am einfachsten ist es, wenn du deine Hose ausziehst.«

»Selbst in diesem Moment bist du unersättlich«, scherzte sie, um die Stimmung aufzulockern. Inständig hoffte ich, dass es ihr gut ging und dass sie nach all dem nicht nach Kalifornien zurückkehren wollte. Ich würde dafür sorgen, dass sich hierzubleiben für sie lohnte.

»Es tut mir leid, Babe. Ich denke nicht, dass es anders funktioniert.«

»Was auch immer uns aus diesem Wasser rausbringt.« Sie zitterte.

»Okay.« Ich küsste sie auf die Nase, bevor ich sie losließ und ins Wasser sank. Ich half ihr, ihre Schuhe auszuziehen, und gemeinsam schoben wir ihr die Hose hinunter. Ich befreite sie von dem verdammten Draht, der darum gewickelt war. Ganz ohne Kratzer und Schnitte an ihrem Bein klappte es nicht, aber ich hoffte auf oberflächliche Wunden.

Als sie sich bewegen konnte, zog ich sie in meine Arme und trug sie aus dem Wasser. Harlen und Jinx warteten am Ufer, eine Decke in Jinx' Händen.

»Brauchst du Hilfe?«, fragte mein bester Freund. Ich

schüttelte den Kopf. Auf keinen Fall würde ich sie loslassen.

Sie fühlte sich so zerbrechlich in meinen Armen an und zitterte am ganzen Leib. Die blasse Färbung ihrer Haut beunruhigte mich. Als wir den Hügel erklommen hatten, brachten die Sanitäter sie zum Krankenwagen und untersuchten sie. Ich überredete Millie, sich ins Krankenhaus bringen zu lassen, und bestand darauf, sie zu begleiten.

Ihre Hand haltend sah ich ihr unverwandt in die Augen. »Wir werden dir ein neues Auto kaufen. Ein großes. Einen verdammten Panzer. Keinen Schuhkarton mehr, okay?«

»So herrisch«, flüsterte sie. Ich zog die Decke höher und allmählich kehrte die rosige Farbe in ihr Gesicht zurück. Erst als die Ärzte in der Notaufnahme ihre Vitalwerte überprüft und die Schnitte an ihrer Wange und ihren Beinen versorgt hatten, konnte ich endlich etwas aufatmen. Als sie entlassen wurde, brachte ich sie nach Hause.

Millie

Wir saßen auf der Couch in Patricks Wohnung, umgeben von so ziemlich jeder Decke, die er hatte finden können. Es war ein wenig übertrieben, aber ich wollte mich nicht beschweren. Er versuchte nur, sich um mich zu kümmern, und ich fühlte mich endlich warm und gemütlich.

Ich hatte ihm erzählt, was Jim in der Nacht zuvor über mein Mietshaus gesagt hatte, und er beschloss, dass wir in seiner Wohnung bleiben würden, bis wir eine neue Bleibe gefunden hatten. Anfang der Woche würde ich meinen Vermieter kontaktieren und herausfinden, ob ich meinen Vertrag vorzeitig beenden konnte.

Im Moment war das jedoch nicht so wichtig. Ich kuschelte mich enger an Blaze und genoss die Wärme seines Körpers und seinen Geruch. Mein Herz war voll von dem Wissen, dass ich all das für eine wirklich lange Zeit haben würde.

»Geht es dir gut?«, fragte er und ich nickte.

»Ich denke nur nach«, antwortete ich leise, während er über mein Haar strich.

»Worüber?«

»Unser Zusammenziehen«, gestand ich. Nach allem, was in der Nacht zuvor passiert war, gab es keinen Grund, schüchtern zu sein. Nicht wenn ich wieder einmal daran erinnert wurde, wie kurz das Leben war.

»Gut«, murmelte er, und ich hob den Kopf, um ihn anzusehen.

»Du musst meinen Grandpa kennenlernen.«

»Das habe ich vor, Engel.« Ich drehte mich etwas, um ihn zu küssen. Bevor jedoch mehr daraus werden konnte, klopfte es an der Wohnungstür. Er stöhnte und zog sich zurück. »Wahrscheinlich Nico Mayson, der am Tatort war.«

»Mayson? Ist er mit July und April verwandt?«

»Ja, er ist ihr Onkel.«

»Oh, okay.« Wir erhoben uns von der Couch, und während Blaze ein T-Shirt zu seiner grauen Jogginghose anzog, faltete ich einige der Decken zusammen. Ich trug einen übergroßen Pullover mit einem schläfrigen Gnom auf der Vorderseite, über dem *Gnope Not Today* stand, und dazu schwarze Leggings.

»Hey, Mann«, vernahm ich eine tiefe Stimme, als Blaze die Tür öffnete.

»Nico. Cobi«, antwortete Blaze. Ich sah auf und war überrascht. Gab es in dieser Stadt nur heiße Typen? Sie sollten wirklich das Wasser testen lassen.

Cobi hatte ich bei meiner Auseinandersetzung mit Tara in

der Bar bereits kennengelernt. Er war ein gutaussehender Mann mit einem ernsten Auftreten. Dann war da noch Nico, July und Aprils Onkel. Blaze hatte mir erzählt, dass er als erster am Tatort angekommen war und gesehen hatte, wie Jim die Waffe auf sich selbst richtete. Er war älter, aber durch die Tattoos und seinen durchtrainierten Körper war er immer noch sehr ansehnlich. Er wirkte nicht wie einer der Cops, denen ich in LA begegnet war, sondern eher wie die Typen, die im Hintergrund agierten.

»Wie geht es dir, Milagros?«, fragte Nico, als er auf dem Sessel Platz nahm. Cobi blieb direkt daneben stehen. Blaze hingegen setzte sich wieder zu mir auf die Couch und zog mich auf seinen Schoß.

»Es geht mir gut«, antwortete ich. Nico sah mich an, dann wanderte sein Blick zu Blaze. Als er mich erneut anschaute, zwinkerte er mir zu.

»Du bist es und wirst es bleiben.« Er beugte sich vor und stützte dabei die Ellenbogen auf seine Knie. »Jetzt muss ich dir erzählen, was wir über Jim Kazinski herausgefunden haben.« Ich schluckte schwer, denn ich hasste es, wie zerrissen ich mich wegen ihm fühlte. Der Mann hatte offensichtlich an einer Art Psychose gelitten, aber die Erinnerung an das, was passiert war, hatte mich erschüttert.

»Er war ein guter Kerl. Stabil. Ein Mathelehrer und Schwimmtrainer an einer Highschool in einer der kleineren Städte oberhalb von Nashville. Er war völlig in Ordnung ... bis seine Welt aus den Fugen geriet.« Nico hielt inne, als wollte er sich vergewissern, dass ich zuhörte. »Das Mädchen, mit dem er schon auf der Highschool zusammen war, starb ein paar Monate, bevor du in die Stadt gekommen bist. Ich schätze, er hat sich in dich verguckt, weil es eine Ähnlichkeit gab.«

»Wie ist sie gestorben?«, fragte ich und hasste die fehlende Kraft in meiner Stimme. »Hat er ...« Der Rest meiner Frage blieb unausgesprochen, aber zum Glück ließ mich Nico nicht lange grübeln, denn er schüttelte den Kopf.

»Nein, Liebes. Sie hatte eine seltene Blutkrankheit, kämpfte eine Weile dagegen an, aber ihr Körper war nicht stark genug. Jim war bis zum Ende bei ihr. Dich dann zusammen mit Blaze zu sehen, muss etwas in ihm ausgelöst haben. Was genau wissen wir nicht, und ich schätze, wir werden es auch nie erfahren.«

Nein, das würden wir nicht. Jim hatte sich tödlich verletzt. Jinx hatte Patrick darüber informiert, dass Jim bereits tot gewesen war, als der Krankenwagen am Unfallort eingetroffen war. Trotz allem erfüllte mich Traurigkeit wegen dem Leben, das zu früh geendet hatte. Aber ich musste zugeben, dass ich mich sicherer fühlte, weil ich wusste, dass er nicht mehr in den Schatten lauerte.

Nico reichte mir ein paar Karten. Eine für einen Therapeuten und die andere für den Fall, dass ich ihn jemals erreichen musste. Ich bedankte mich bei beiden, und sie verabschiedeten sich.

Blaze und ich brachten sie zur Tür. »Hast du Hunger?«, fragte ich, da ich mich dringend beschäftigen musste.

»Ich könnte etwas zu essen vertragen.«

»Ich werde dafür sorgen, dass wir ...« Ich war gerade dabei, mich von ihm zu entfernen, als Blaze meine Hand in seine nahm, und mich zu sich herumdrehte.

»Geht es dir gut?«, erkundigte er sich, als würde er meine ängstliche Energie spüren. Es war so viel in so kurzer Zeit passiert, dass jedem der Kopf geschwirrt hätte. Doch ich war okay, denn ich wusste nun, was mit Jim passiert war, und ich konnte mir einer Sache ganz sicher sein: Blaze war ein Teil meiner Zukunft, und das machte alles besser.

»Solange ich mit dir zusammen bin«, antwortete ich aufrichtig und bemerkte, wie sich die Luft zwischen uns veränderte.

»Wie hungrig bist du?«, erkundigte er sich, und ich lachte, weil mir klar war, was er im Sinn hatte. Seit wir aus dem Krankenhaus zurück waren, hatten wir die Finger voneinander gelassen. Es war süß gewesen, dass seine Sorge um mich überwog und er sich deshalb zurückgehalten hatte.

»Nicht sehr«, hauchte ich, als seine Hand über meinen Hals und meine nackte Schulter strich, die dank meines verrutschten Pullovers entblößt war.

»Ich werde dich lieben, und zwar für lange Zeit«, versprach er. Sofort war mir klar, dass er damit nicht nur das meinte, was wir gleich hinter verschlossenen Türen tun würden.

Er meinte, für den Rest unseres Lebens.

Und ich konnte es nicht erwarten.

Epilog

Blaze

Ich sah zu, wie meine Frau vor lauter Lachen den Kopf zurückwarf und ihre Augen dabei leuchteten. Sie war glücklich und entspannt. Verdammt, ich liebte es, dass ich ihr das hatte geben können.

Es war schon ein Monat vergangen, seit sich die Ereignisse auf der Brücke in jener regnerischen Nacht zugetragen hatten. Hin und wieder suchten sie ein paar Albträume heim, aber je mehr Zeit verstrich, desto seltener war das der Fall.

Wir hatten gerade das kleine grüne Haus in der Nähe von Clemons gekauft, dessen Angebot Jinx mir geschickt hatte, und ich hatte Millie mit Flugtickets nach Kalifornien überrascht, um ihre Familie zu besuchen.

»Sie ist glücklich.« Millies Großvater trat neben mich und hielt zwei Flaschen Corona in der Hand. Er reichte mir eine, und ich nahm sie nickend entgegen. »Du führst also zwei Geschäfte?«

»Das tue ich, Sir.«

»Sir.« Er schüttelte den Kopf. Der alte Mann war aus einem verdammten Eisblock gemeißelt, der sich nicht für mich erwärmen wollte. Seit wir vor drei Tagen hier angekommen waren, machte er mir das Leben schwer. Nicht dass ich es ihm verübelt hätte. Jeder, der versuchen würde, mir Millie wegzunehmen, würde auf meiner Abschussliste ziemlich weit oben stehen.

»Ich liebe sie, Emilio«, sagte ich, als ich meinen Blick von Millie löste und ihn ansah. »Ich liebe sie auf eine Art, von der ich angenommen habe, dass sie von der verdammten Filmindustrie erfunden wurde.«

»Hm«, murrte er. »Sie sagte, ihr hättet ein Haus gekauft.« Es klang fast wie eine Beschwerde. Doch auch dieses Mal verstand ich, worauf er hinauswollte.

»Das haben wir.« Ich nickte und wandte mich ihm so zu, dass wir uns gegenüberstanden.

Millies Grandpa war kleiner, aber das bedeutete gar nichts. Seine Haltung forderte trotz seines Alters und seines Wohlstandbauchs Respekt ein. Was nicht nötig war, denn diesen zollte ich ihm bereits.

»Ich werde Milagros bitten, mich zu heiraten.«

»Schön für dich«, murmelte er sarkastisch, und ich wusste, dass er es mir nicht leicht machen würde.

»Aber ich möchte auch Ihren Segen haben, Sir.«

»Meinen? Warum? Ich bin nicht ihr Vater.« Er sah mich finster an, als wollte er mich testen, aber ich war nicht der Typ Mann, der sich dadurch einschüchtern ließ.

»Sie sind mehr ihr Vater, als ihr biologischer es je gewesen ist. Sie sind ihre Familie, und Milagros wird hoffentlich die meine. Ich weiß, Ihre Zustimmung würde Millie viel bedeuten.« Seine steinerne Miene war unbeweglich, als er mich auf seine Antwort warten ließ.

»Mein Junge ...« Verdammt! Er wollte nicht nachgeben. Ich war kein Mann, der um etwas bettelte, aber wenn es jemals einen Moment gegeben hatte, um es zu tun, dann war es dieser.

»Ich verstehe, dass Sie mich nicht mögen«, unterbrach ich ihn. Seine buschigen Brauen zogen sich nach oben. »Ich verstehe, warum ...«

»Warum denkst du, dass ich dich nicht mag?«, fragte er und neigte den Kopf zur Seite.

»Millie ist ihrer Mutter zuliebe auf ein Abenteuer gegangen, und Sie hatten fest damit gerechnet, dass sie zurückkommen würde. Jetzt tut sie es nicht. Nicht so, wie Sie es sich vorgestellt hatten. Sie ist Ihre Enkelin; Sie waren immer für sie da. Bei jedem Schritt, jedes Mal, wenn sie etwas geschafft hat oder ihr Herz wegen einer Sache schmerzte. Und jetzt bittet ein grobschlächtiger Biker mit einem Haufen Tattoos um ihre Hand und hält sie damit davon ab, zu Ihnen nach Hause zurückzukehren.«

Emilio sah mich genau an. Noch immer hatte er nichts gesagt, also würde ich weiterreden und beten, dass ich nicht ins Fettnäpfchen trat.

»Ich verspreche Ihnen, dass ich sie jede Minute eines jeden Tages lieben werde ...«

»Es ist schwer, sie nicht zu lieben.«

»Ohne jeden Zweifel«, stimmte ich zu. »Ich werde auch für ihre Sicherheit sorgen. Sie wird alles haben, was sie braucht. Ich gebe Ihnen mein Wort, Emilio. Ich werde mich um sie kümmern und sie so behandeln, wie sie es verdient.« Ich hielt den Atem an, bis er einen langen, dramatischen Seufzer ausstieß.

»Mein Gott, Junge.« Er rieb sich über den Scheitel. »Sie ist temperamentvoll«, warnte er mit einem Grinsen. »Bring sie ab und an zurück, ja?« Seine Stimme klang emotional, und eine Last fiel von meinen Schultern.

Er hatte mir seinen Segen gegeben.

»Ihre *Mamá* hätte dich gemocht«, murmelte er und schenkte mir ein Lächeln. »Willkommen in der Familie. Du hast meinen Segen.« Er zog mich in eine Männerumarmung und wir klopften einander auf den Rücken. Er gab mich frei und sah mir in die Augen. »Nur damit du es weißt, ihr beide hattet meine Zustimmung in dem Moment, als mein Mädchen mir sagte, dass sie in Tennessee glücklich ist. Für alles andere ist das

Leben zu kurz ... Meine Tochter hat das immer gesagt.«

Er schluckte schwer und sah zu Millie und ihrer Schwester hinüber, die sich unterhielten.

»Ich habe das nie wirklich verstanden, bis sie von uns gegangen ist. Sie hatte es nicht leicht gehabt, aber auf wen von uns trifft das nicht zu, richtig?« Ich nickte. »Aber meine Tochter hat alles für ihre Mädchen getan, und die beiden ...« Er nickte in ihre Richtung. »... sind mein ganzer Stolz.«

Eine Sekunde blieben wir still, dann richtete er seinen leicht glasigen Blick auf mich.

»Damit das klar ist: Umtausch gibt es nicht, mein Freund. Das ist ein verdammter No-Return-Deal.«

Ich kaschierte mein Lachen mit einem Husten. Mein Blick glitt zu Millie und ich wusste, dass sie über diese Wendung glücklich sein würde.

»Du willst was?«, fragte sie und sah mich an, als wäre ich verrückt.

»Zurückfahren«, wiederholte ich und zog sie näher an mich heran, wobei sich ihre Brüste an meinen nackten Oberkörper drückten. Wir lagen im Bett unseres Hotelzimmers, nachdem wir den ganzen verdammten Tag in Disneyland verbracht hatten. Nur Millie konnte mich überreden, an so einen Ort zu gehen.

»Zurückfahren? Du meinst, mit dem Motorrad? Zurück nach Hause?« Fuck, ich wurde scharf, wann immer sie Murfreesboro als ihr Zuhause bezeichnete.

»Warum nicht?«

»Was ist, wenn das Wetter umschlägt?«

»Wir nehmen uns irgendwo ein Zimmer und vergnügen uns, bis es aufklart.« Ich grinste und zwinkerte ihr zu, als sie lachte und mir spielerisch gegen die Schulter boxte.

»Typisch Mann.«

»Typisch dein Mann, Babe.« Ich nahm ihre Hand in meine und schob sie über meinen Oberkörper zu meiner Erektion hinunter. Millies Augen weiteten sich und sie biss sich auf die Unterlippe.

»Schon wieder?«, erwiderte sie und räusperte sich. Ich nickte und senkte meinen Mund auf ihren.

»Noch einmal«, wiederholte ich an ihren Lippen, bevor ich ihr einen Kuss stahl. Wenn es um Millie ging, wollte ich immer mehr.

Millie

Wir fuhren denselben Weg zurück, den ich genommen hatte, als ich zu meiner ersten Abenteuerreise nach Tennessee aufgebrochen war. Obwohl ich zugeben musste, dass es mit Blaze an meiner Seite viel mehr Spaß machte. Wir verfolgten keine genaue Route, legten Stopps ein, wann immer wir wollten, und übernachteten in Hotels die am Weg lagen. Ich genoss jeden Moment davon.

Gerade hielten wir vor unserem neuen Haus an und ich betrachtete das kleine grüne Gebäude mit den weißen Fensterläden. Ich liebte es. Ich liebte alles an diesem Ort.

»Meinst du, wir sollten uns etwas zu essen holen, oder ...« Ich drehte mich um und erwartete, Blaze auf dem neuen Motorrad sitzend vorzufinden, das er in Los Angeles von einem der Freunde meines Großvaters gekauft hatte. Doch dort war er nicht. Er befand sich direkt hinter mir, auf einem Knie, und streckte mir eine kleine Box entgegen.

»Oh mein Gott«, flüsterte ich. Seine freie Hand umschloss die meine und führte sie zu seinen Lippen, um einen Kuss auf meine Haut zu hauchen.

»Mein Wundermädchen. Mein Engel auf Erden. Du weißt, dass ich dich liebe. Seit dem ersten Moment, in dem ich dich gesehen habe. Du hast mir gezeigt, was Liebe ist.«

»Patrick«, erwiderte ich leise, während sich Tränen in meinen Augen sammelten.

»Mir ist klar, dass es zwischen uns sehr schnell geht, aber verdammt, Babe, ich habe dich getroffen und BOOM! Ich wusste, was ich wollte. Dich. Für den Rest meines Lebens. Und wenn ein Mann erst einmal ein Ziel vor Augen hat, gibt er nie auf, auch nicht, wenn er es erreicht hat. Ich werde hart daran arbeiten, dass unsere Ehe funktioniert, mehr als ich es je für etwas anderes in meinem Leben getan habe. Und, Millie, ich werde uns niemals aufgeben. Ich werde dich lieben, auch wenn wir uns mal nicht einig sind. Denn ich will mein Leben mit dir teilen und eines Tages eine Familie mit dir gründen.«

»Oh Babe ...« Ich schniefte.

»Heirate mich, Milagros. Heirate mich, und ich verspreche, jeden Tag daran zu arbeiten, dich glücklich zu machen.«

»Das bin ich doch längst«, flüsterte ich, kniete mich hin und schlang meine Arme um ihn.

»Sag es«, knurrte er in mein Ohr, während er mich an sich drückte.

»Ich werde dich heiraten, Patrick Kelly. Ich werde deine Frau und dafür sorgen, dass du glücklich bist.« Er stand auf, hob mich hoch und wirbelte uns herum.

»Ich liebe dich«, sagte er, als er mich auf dem Boden absetzte und sanft meinen Hinterkopf umfasste. Dann lagen seine

Lippen auf meinen.

Die Sonne begann unterzugehen und verwandelte den Himmel über uns in ein Farbenmeer aus Orange- und Rosatönen. Sie warf ihr Licht auf Patrick, das ihn in meinen Augen noch schöner machte.

Ich hatte mich auf ein Abenteuer eingelassen und so viel mehr gefunden als erhofft. Meine große Liebe, die sich Mom für mich gewünscht hatte. Eine Liebe, die ich nicht für möglich gehalten hatte, bis ich Blaze begegnet war.

Danksagung

Ein Buch entsteht nicht nur, indem sich ein Autor vor einen Computer setzt. Ein ganzes Team trägt dazu bei, dass es zum Leben erwacht. Ich liebe meine Leute. Ich bin jedem Einzelnen von ihnen für immer dankbar.

Aurora Rose Reynolds & Boom Factory Publishing: Vielen Dank für die Möglichkeit, eine deiner Figuren zum Leben zu erwecken. Es war mir eine Ehre, über Blaze zu schreiben. Ich hoffe, ich habe dich mit Stolz erfüllt.

An meine Kinder und meinen Mann: Danke für eure Geduld und Hingabe. Ich weiß, es ist nicht einfach, wenn ich unter Zeitdruck stehe. Ihr seid mein Leben, und ich bin dankbar, dass ihr vier meine Cheerleader Nummer eins seid.

An Julia, Teeny, Kelly und DD: Vielen Dank für alles, was ihr tut. Wir sind über den ganzen Globus verstreut, aber ihr sollt wissen, dass eure Freundschaft, euren Zuspruch und Liebe die Welt für mich bedeuten. Keine Ahnung, was ich ohne euch tun würde. Ich liebe euch!

An *Statham's Sexy Stars*: Vielen Dank für eure endlose Unterstützung, aber vor allem für eure Freundschaft!

An meine wundervollen Leser: Danke, dass ihr euch auf diese Geschichte eingelassen habt. Das bedeutet mir unglaublich viel. Ich weiß, dass es eine grenzenlose Zahl an Büchern gibt, und ich fühlte mich geehrt, dass ihr euch die Zeit nehmt, meine Worte zu lesen. Im Ernst: DANKE! Ich weiß das zu schätzen und hoffe, dass euch Blaze und Millies Reise auf der Suche nach Liebe gefallen hat!

UNTIL US: AUTUMN
von Sheridan Anne

ISBN-Taschenbuch: 978-3-903413-10-8
ISBN-EPUB: 978-3-903413-11-5

Nicht jeder sieht gern dabei zu, wie ein Baby zur Welt kommt, doch Autumn kann sich nichts Schöneres vorstellen, als Geburtshelferin zu sein. Nun steht sie kurz davor, sich diesen Traum zu verwirklichen. Nichts würde ihr in die Quere kommen, auch nicht Dr Thorne Mayson. Dieser viel zu gutaussehende Mann ist nicht nur Experte auf seinem Fachgebiet, sondern auch völlig von sich überzeugt und überhaupt nicht das, was Autumn von ihrem Vorgesetzten erwartet hat. Vor allem aber scheint er die Macht zu besitzen, ihr den Boden unter den Füßen wegzuziehen, und das in vielerlei Hinsicht.

Thorne Mayson hat bereits erlebt, wie seine Cousins einer nach dem anderen der Liebe zum Opfer fielen. Den Boom nennt es seine Familie – ein Mythos, dem er bisher keinen Glauben geschenkt hat. Zu sehr war sein Fokus auf seine Berufung gerichtet. Als gefragtester Entbindungsarzt in Nashville hat er in den letzten Jahren alles erreicht, was ihm je wichtig war. Nie hätte er gedacht, dass ihm zu seinem Glück noch etwas fehlt. Oder vielmehr jemand: Autumn.

JUST ONE MISTAKE

von Jana Aston

ISBN-Taschenbuch: 978-3-903413-12-2
ISBN-EPUB: 978-3-903413-13-9

Von manchen Männern lässt man besser die Finger. Kyle Kingston ist einer von ihnen. Er ist nicht nur ultraheiß und ziemlich reich, sondern auch verdammt schwer zu erreichen. Vor allem, wenn man ihm mitteilen möchte, dass man von ihm schwanger ist.

Heikle Situationen verlangen nach gewagten Maßnahmen, also schlich ich mich auf die Ruhestandsgala seines Grandpas. Ein guter Plan mit katastrophalem Ausgang. Ich hatte mit vielem gerechnet, aber nicht mit einem Heiratsantrag. Kyle würde alles tun, um das Image seiner Familie zu wahren. Während er noch seinem Pflichtgefühl nachkommt, habe ich längst mein Herz an ihn verloren ...

UNDERGROUND KINGS: JUSTIN
von Aurora Rose Reynolds

ISBN-EPUB: 978-3-903413-18-4

Bei Underground Kings: Justin, dem vierten und letzten Teil der Reihe, handelt es sich um eine süße Kurzgeschichte, die eure Neugierde befriedigen wird.

Als Justin die hübsche Blondine zum ersten Mal sieht, ist er sofort fasziniert von ihr. Auch Aubrey fühlt sich augenblicklich zu ihrem neuen Nachbarn hingezogen. Doch obwohl er ein guter Kerl zu sein scheint, fällt es ihr schwer, ihm zu vertrauen. Wird sie sich Justin öffnen und zulassen, dass er die Gespenster ihrer Vergangenheit